译文经典

沉沦·流放与王国

La Chute
L' Exil et le Royaume

Albert Camus

〔法〕加缪 著

沈志明 译

上海译文出版社

《廉政的法官》为祭坛画《神秘羔羊之爱》的一部分。起初由休伯特·凡·艾克绘制，其弟扬·凡·艾克在兄长去世后接手完成。羔羊隐喻耶稣，意为耶稣似羔羊一般被钉在十字架上。

整幅作品最初收藏在圣巴夫主座大教堂，后来有部分失窃，下落不明。加缪于1944年9月13日在《战斗报》头版文章中指出，祭坛画二战期间曾一度珍藏在法国波城。

《沉沦》中，《廉政的法官》曾挂在酒吧墙上，而它之前是供奉在教堂中的祭坛画，这形成了一种荒诞的对比。现实中，《廉政的法官》已经丢失，现在展出的是杰夫·范德维肯的仿作。

1957年10月，加缪前往瑞典领取诺贝尔文学奖之前，在巴黎大受赞扬但也不乏质疑责难

《沉沦·流放与王国》金句摘录

译者按语：本集看似微薄，内容则异常丰厚。问题是文本艰涩难懂，简直是一本小小的“天书”。这不，加缪党好卖弄正话反说，反话正说，使读者一头雾水，搞不清他究竟想说明什么，一不小心便走神了。更要命的是，他又好搞旁证博引，指桑骂槐，把一部好端端的《圣经》搅和成一潭混水，竟敢从中摸出几条大鱼而扬扬自得。更有甚者，看似良心发现，深刻反省忏悔，却同时笔锋一转，含讥带讽，含沙射影，时时处处反击以萨特为首的存在主义者，含不尽之意于言外。自己主动照镜子，同时又把镜子抛给敌手，大家彼此彼此，皆为法官——忏悔者，谁都逃不了这个命运。再加上内心独白（意识流）占主轴又掺杂其他多种创作方法，倒是形成一种加缪独特的文学艺术风格，或可青史传名，流芳百世。

有鉴于此，译者使出长期在国内外高校搞教学编教材的手段，除忠实翻译，婆婆妈妈搞了一大堆注释和评说，期盼与入世不深的青年学子共勉，当然也谨请国内外法国文学研究水平极高的同仁们指教。是为盼。

自由是太过沉重的负荷。

自由是一种苦役，一次长跑，十分孤独的、极度疲劳的长跑。

人最自然的想法是天真顺势而产生的，好像从本性顺流而出，那是自己无辜的想法。

世人只会等到您死掉才会确信您的苦衷、您的真诚、您的辛劳负重。只要您还活着，您的案子就是悬案，您只能接受世人的怀疑。

每个人都在见证所有其他人的罪行，这是我的信念，也是我的希望。

宗教一旦宣扬道德和宣判戒律就不对劲了。创造犯罪和惩罚犯罪无需上帝，我们自助便好，有我们的同类足矣。

坦白我的过错，让我重新做人时心情比较轻松而已，也让我得到了双重享受，先享受自己的天性，后享受惹人疼爱的悔过。

友谊，可不那么简单，要经过漫长而艰苦的努力才可得到。

人生苦短，光阴似箭，画家本人的精力是有限的。既要画出世态人情，又要与世人同舟共济，很难呐。

在这个世道上既是主宰也是奴仆。

人一旦没有个性，就必须自己努力想办法。一旦得法，便有神效，毫无异议。

总目录

沉　沦

叙事文（Récit[①]）

① 译者按语：《沉沦》单独出版时，加缪特意坚持在标题下外加 Récit（叙事文）。明明是中篇小说，为什么坚持加上“叙事文”？加缪不肯说明理由，别人也不好多问。加利马出版社里外高人济济，个个心中有数，不去点破他罢了。译者为此专门查阅《沉沦》所有版本，包括注释按语非常详实的《七星丛书》也未查到。在下冒昧给出一种解释，以飨读者。众所周知，加缪从中学时代开始就在恩师让·格雷尼埃指导下研读普鲁斯特的名著《追忆逝水年华》，这给他从事文学艺术创作深深地打上了普鲁斯特的烙印，最显而易见的例子，就是他从不把自己的作品称为小说（le roman），充其量称之为中短篇小说（les nouvelles）。这是完全照搬普鲁斯特的文体界定：普氏声称《斯万的一次爱情》主人公是斯万，用的是第三人称，是个例外。《追忆逝水年华》其余篇幅全是主人公“我”，第一人称。为此，普氏为自己的创作下了一个定义：“一位成熟的叙述者用第一人称笔录自己的人生感悟，一律称之为叙事文（le récit）。”当然包括叙述主人公与其他人物交谈和从事的各种活动，以及喜怒哀乐等各种表露和心理状况，都是通过主人公“我”表达叙述的。当然，内心独白（即意识流）是最佳创作方法了。

目 录

译者导言

加缪笔下的人物往往是风流侠士或风尘女子，皆为沦落风尘而不能自拔者。主人公在叙述自己沉沦的心理状况时，表现出他们一概都是反抗者，对上帝、对社会、对家庭，怀反抗之心态，持反抗之举动，却只会引来无穷无尽的乖戾而陷入沉沦，难以从囚徒困境中自拔。

La chute，一词多义。加缪首先想到该词带有宗教色彩，便借用 la chute d'Adam，意为“原罪”。据《圣经 · 创世记》记载，上帝在地球东方设置了一座花园，让人类的祖先亚当和夏娃居住，名为伊甸园。何为原罪？基督教指人类始祖亚当和夏娃在伊甸园偷吃了上帝禁吃的智慧之果而犯下的罪过。传给后世子孙，成为一切罪恶和灾祸的根源，故曰原罪。而与本文直接有关的含义则是：一则，一名年轻女子跳入塞纳河自杀，这一坠落引起主人公无穷的诗意；再则，不久又忽然听得一阵笑声，使他很不爽，产生难以消除的窘迫感，久而久之，一想起便毛骨悚然。为什么？因为他刚刚跟一名女子干完好事儿。总之，“我产生了一种说不清道不明的感觉”，主人公如是说。这个突发事件成了核心主题，是中篇

小说《沉沦》的主旋律。

主人公的名字让-巴蒂斯特（Jean-Baptiste）出自施洗者约翰，即圣徒约翰。据《福音书》记载，他过着苦行僧的生活，给弟子们洗礼和取教名，后来给耶稣本人在约旦河中行洗礼。巧就巧在加缪利用了《圣经》的一句话，拉丁文为 vox lamatis in deserto，意为“在沙漠中布道的声音”，将拉丁文 clamatis（布道）变成姓氏，再把它变成法国人姓氏 Clamanse（克拉芒斯）。再一次，巧就巧在这正是法国家喻户晓的一句谚语：假圣徒说话没人听。加缪爱玩文字游戏。

反正，克拉芒斯自鸣得意：他描绘自己所要的花招而又不失大雅，沾沾自喜之余，特意展露自己与同事们之间的相异和相似之处，甚至于乐不可支吹嘘自己的职业是法官-忏悔者，也不管这个行当是否养得活自己，因为这是个完全以自我为核心的行当。

何为法官-忏悔者？又何为法官们-忏悔者们？加缪实在拿不出一个言简意赅的定义，或难以下定义，或一下子说不清楚，但这又是他首创的画龙点睛神来之笔，他很是自我得意。因此，我们不得不花费一些笔墨，一步一步加以诠释，敬请读者见谅。

1954 年 12 月 14 日，加缪在《手记》中写道：“存在主义。当他们自责时，大家可以确信，这总是为了责难别人。一帮忏悔的法官（des juges pénitents）而已。”把“忏悔的”与“法官”组合在一起，这在法文语法中称为矛盾形容词。一旦加缪将其转化为一门职业，便使其成为 juge-pénitent 或

juges-pénitents。一言以蔽之，既审判他人也审判自己；既审人又审自己的悔过自新者也。这个矛盾形容词就有了相反相成的效用了。克拉芒斯操持法官-忏悔者这个行当，在于把自己尽可能描绘得一团漆黑之后，随即递给自己的对手，使后者照镜子似的发现自己也是黑头黑脸的。这里说的法官，已经完全不是纯司法系统法庭上的法官了，无非是指那些板着法官面孔，在政治思想等意识形态上凶神恶煞批判对手的傲慢者了。

因此，加缪小说创作中的法官称号，一词多义。当然，首先是法庭上宣判人类罪行的法官，但也包括检察长、警察以及一切有权势整肃他人的掌权者和势力者，绝对是贬义的。人物一概是盲信者、助纣为虐者、残暴者，有时是心理变态者。总之，令人愤慨者。《陌路人》中的预审法官审问默尔索时，挥动银质十字架问他是否相信上帝，面对默尔索这个所谓“铁石心肠的人”，最后说：“今天到此为止，反基督先生。”在法庭上，检察官起诉默尔索，以捍卫道德价值观的名义起诉默尔索对母亲去世无动于衷，提议将其重判死刑，因为他是个“道德魔鬼”。检察官谴责默尔索在母亲死后没有哭是丧尽天良，等于意识上杀害母亲而成为杀人犯，必须歼灭之。于是大声宣判：“是的，我控告了此人以罪犯的心肠埋葬了一位母亲。”总之，法官作为职业人物，成了社会工具，坚决消灭罪犯，哪怕不公正，为的是清除公众对社会伦理混乱的恐惧。

又如《鼠疫》中的塔鲁，这个人物一谈起父亲就觉得恶心，仅仅因为父亲是代理检察长，经常要求法官判死刑。塔鲁坚决拒绝成为这种“合法谋杀”的同谋，进而决定与自己家庭发生的坏事做斗争，最后离家出走。而《戒严》中法官卡萨多政治上奴颜婢膝，步前辈之后尘，参与镇压民众，尽管女儿维多利亚苦苦哀求，他依然站在瘟神一边，继续恐怖镇压民众。瘟神把所谓“嫌疑人”一批批召到自己的宝座前，加快把无辜者变成罪犯，宣称“全部是嫌疑人，开局很好哇！”法官全盘接受这种荒谬的审判，是这种奴颜婢膝促使他废除原先的法律。

然而，《沉沦》中的法官，已完全失去与司法审判有关的含义了，成为广义上的“法官”了。比如，加缪笔下的律师从另一层意义上讲也是“法官”。他写道：“（作为律师）至少我明白自己站在罪人和被告一边也是有限度的，前提是他们的过错对我丝毫无损。他们的罪责反倒使我雄辩有加，因为我并非受害者。我一旦受到威胁，就轮到我变成法官，更有甚者，我成了一个暴躁的主子，不顾一切法律，痛打犯人，而且叫他下跪。此后，我亲爱的同胞，那就很难正经八百地继续认为自己是正义的天职奉行者和孤儿寡母的天然守护者了。”

为此，我们不妨再次简要回到耶稣与施洗者约翰的关系上来：耶稣把施洗者约翰比喻为先知以利亚，是说约翰一般被描绘成指头向上举的那个圣人。按《福音书》的说法，是约翰向神祈祷，要求降祸于他的同代人，而在加缪的笔下，耶稣和施洗者约翰的关系则是两者都被列入救世主的队伍。

所以，克拉芒斯宣告：“我是始与终，我宣布法律。”等于说，总之，我是法官-忏悔者，更等于说：“我就是以利亚！”克拉芒斯进一步宣告：“我屹立于全人类的面前概述我的种种耻辱，同时紧盯着我造成的效果，我承认：‘我是无耻之尤。’于是，神不知鬼不觉之间，我在演讲中把‘我’过渡到了‘我们’，即‘法官们-忏悔者们’。当我讲到‘这就是我们的现状’，木已成舟……”“我跟他们（存在主义者）是难兄难弟，一副德行，拴在一条绳上。”“我越自审自责就越有权审判他们了。”

事出有因，1952 年 8 月《现代》刊登让松批判《反抗者》的文章《阿尔贝·加缪》，加缪第一个反应，“这篇恶毒的文章令我心碎”。加缪在经历了一场严重的自信危机之后，写道，“存在主义者们身上说到底，向往奴役”，“二十世纪最强烈的激情是奴役”，“我们的主人公确实心灰意冷了，所以他作为一个虚无主义者鼓吹奴役，而我呢？难道我鼓吹奴役吗？”

让我们重新回到文本。克拉芒斯从事“法官-忏悔者”这个职业，自认为光明正大，他所谓“占有性保存版画理由充分，冠冕堂皇”，《廉政的法官》来路正当，墨西哥城酒吧一名顾客以一瓶酒的报酬把《廉政的法官》卖给大猩猩老板。克拉芒斯既未参与盗窃，也未介入以一瓶烈酒交换画的收购。仅为其保管，理由有三条之多，条条冠冕堂皇，说得振振有词，占了大便宜，还叫你说不出怀来，既当了婊子又立了牌坊。只好把感化法庭推出来跟“萨特之流”决一雌雄，尽管在哲学学术上、政治理论上、辩论才华上，斗不过他们，但在感化法庭上总可以打个平手吧。加缪写道：“现在我发言有的放矢，自然靠理念阻止讥笑，避免本人被审判，尽管表面看来，没有任何出来，逃脱审判的最大障碍难道不就是我们自己最先跳出来自我谴责吗？”结论：“咱们难兄难弟，皆处于法官们-忏悔者们之列：一丘之貉！”

有鉴于此，加缪找到了法官与忏悔者之间的辩证关系：既然不能谴责他人而立刻自省，那就应当责难自己以确保审判别人的权利。既然法官总归有一天变成忏悔者，那就应当反其道而行之，在逆向行驶中充当忏悔者一职以便最终成为法官。加缪进一步辩护说：“既然咱们都是审判员（法官），彼此都以丑恶的方式充当基督一个接一个上十字架，而自己始终莫名其妙。”克拉芒斯没有早早找到出路，没有找到唯一的解决办法使其真相大白。

顺便说一句， la chute 的确有“堕落”的含义，但与本文无关。在法国，乃至整个西方国家，主人公自以为堂堂男子汉，尤其是假圣人，也坐得正站得直。当自己处于沉沦状况，发挥不出才能，一般只好寻求酒与色的刺激，以增强自己的活力。玩女人的底线是双方情愿，就相安无事，享受偷情和偷腥。相反，女方若不答应，哪怕碰一下关键部位，便可视为堕落，即犯罪，严重者，可以判刑。又如，本集中另一位假圣人约拿，失去画画的灵感后寻找刺激，喝醉后也玩了多次女人，最后醒悟，得到爱妻的原谅，但画画的灵感已荡然无存。加缪由此得出的结论是：双方不得不继续互相审讯和互判有罪。虽然没有因犯罪而陷入堕落，却硬是陷入沉沦而不能自拔，恰如《鼠疫》中人人陷入囚徒困境不能自拔。

加缪经过选择之后确定了上述前提，便放开手脚选边站，选择对其“有利的一边”，即理直气壮诉讼的一边，凌驾于法官之上。然而，一旦发现自己有过失，便立即成为法官-忏悔者，就是说他替人告罪的同时给自己抵罪，着实是奇怪的法官。克拉芒斯把自己封闭在对自己过错进行估计之时，便既是法官又是当事人。他一旦发现自己错了，便披挂法官-忏悔者的外表，固执拒绝一切审判诉讼，而只是自己审判自己，他体现了心理变态的法官那种具有讽刺性的人物形象，不受世人法规的惩戒，而他的极限挑衅则是窝藏《廉政的法官》。凡·艾克的这幅真迹藏在他住所壁柜里，而收藏在根特博物馆的则是一幅复制品。故事梗概完美无缺：“真的法官们”在他家里，“假的法官们”浪迹天涯。他可以不受任何惩罚，独自享受逃避法律制裁的乐趣，“我还发现了一个顶峰，只有我可以攀登，并从那里审视整个世界。”我们似乎可以说，《沉沦》是假圣人让-巴蒂斯特·克拉芒斯的忏悔录，更是加缪自己的忏悔录。

然而，一旦忏悔之后，立即反击，而且采用了同样的话题，矛头直指《现代》杂志存在主义的大编辑们以及萨特本人，暗喻荷兰油画家伦勃朗两幅油画《布商公会的理事》[①]

① 现藏于阿姆斯特丹国立博物馆。

(1662) 和《杜普教授的解剖课》[1] (1632)，杜普教授戴着帽子上课。加缪趁机婉转反击萨特于 1952 年 8 月在《现代》发表的《答阿尔贝 · 加缪》所写的话："我仿佛看到伦勃朗的画：您是教授，让松是死者，您用手指向惊讶的观众指出让松的伤疤。"

确确实实，我们应当承认，加缪通过克拉芒斯做自我解剖的同时也解剖了萨特，真的是刀刀见血。他通过克拉芒斯之口坦白："以我为核心，我，我，我，一切从我出发，一味自鸣得意，一味自我欣赏，其结果必然走向消沉，必然导致沉沦。"加缪写道："我过一天算一天，天天必诵'我'字经，唯独我—我—我相连，没有其他的连贯性。天天玩女人，天天积德或缺德，活得像狗似的，但我本人天天坚守岗位……匆匆翻阅一下书籍，马马虎虎关爱一下朋友，走马观花参访城市，漫不经心玩弄女人，所有这一切行动出于厌倦或出于消遣，因为魂不守舍……我历来只惦记着自己。"

正当克拉芒斯得意忘形之际，有一天他驾着自家豪华汽车，因红绿灯被前面一辆摩托车不守规矩而夹住，发生了争执，结果被旁人狠狠揍了一拳，打在耳朵上，摩托车手趁机扬长而去。西装革履的大律师尽管趾高气扬，却吃了大亏，还被人骂了一句"可怜虫"。他不得不承认："总之，我当众出丑了。"从此，克拉芒斯彻底陷入沉沦不可自拔。这个当众出丑的例子非常生动地隐喻加缪与萨特等人的争论，因为这

① 现藏于海牙博物馆。

是他挥之不去的梦魇，为使读者进一步理解，不妨多花一点笔墨。

冷战时期，加缪不肯选边站，受到左右夹攻：不管怎样，加缪一向是左派，开始受到右派的攻击，后来跟以萨特为首的《现代》存在主义发生矛盾，很快得到右派和中间派名人学士的支持和吹捧。萨特手下的大将以及法共大员们坐不住了，特别是《答阿尔贝·加缪》给了加缪致命一击，弄得他狼狈不堪，两面不是人，使他陷入沉沦，不得不躲到法国南方靠近地中海的地方“闭门思过”一年多。《沉沦》活灵活现描述阿Q精神胜利法：左脸挨了打，递过右脸再挨打！自我批判吗？反正深刻反省之后，明白了挨打活该。不管怎么说，被打脸之后，看出自己的弱点开始反省了：“我的梦想禁不起事实的考验……我梦想成为一个完人。在人格上如同在职业上均受到尊重，打个比方：半个塞尔当①，半个戴高乐。简而言之，在一切事情上我说了算。所以，我摆架子讲阔气，装模作样显示体格灵巧多于智力天赋。”但在挨骂被打之后，梦想彻底破灭了，总不能再充好汉往前冲了，总得打退堂鼓，闭门思过了吧。

然而，一旦闭门思过，不好了，“我的离群索居一旦昭然若揭，我便可以沉湎于雄性的万般愁绪之中。”沉沦意味着沉疴、沉痼。克拉芒斯说：“女人是男人的休息处和避风港……我心慌意乱之余，跑到我的天然避风港……我确实觉得，在

① 塞尔当（1915—1949），法国著名拳击手。

这样的阶段我有情感需要。”是呀！男人往往事业失败，离开男人社会，躲进女人窝而沉沦。什么是自己的避风港？坠入情网呗。这在西方一般不叫堕落，而是失落之后陷入沉沦状态。于是，崇拜并模仿唐璜，甚至不要命地模仿。

况且，克拉芒斯是搞女人的好手，他说：“我搞女人总是不费多大气力就马到成功。”“几乎在我乐意的时候，我总如愿以偿。……人家觉得我有魅力，我顺水推舟罢了。”这是一种心照不宣的互相允诺，而不必讲明任何问题。“按加缪的观点，好色欲不属道德范畴，底线是男女心甘情愿，纯粹享受。这也属于加缪荒诞人生哲学的一部分吧。再说，加缪为什么选阿姆斯特丹为小说背景呢？不妨补充一个理由，因为大街商店“玻璃窗卖淫——透明”，商业行为，合情合理，与道德无关。

然而，谨请注意，加缪本人绝非唐璜式的人物，他写道：“我的好色，姑且只谈好色，是实实在在的……当然，我有原则的，比如朋友的妻子是神圣的。”他是在暗指自己始终把西蒙娜·德·波伏瓦和萨特在私生活关系上看作“大哥大嫂”。当大嫂在性关系上多次引诱他，小弟却不敢造次：大哥之妻不可沾，尽管萨特对此根本无所谓。波伏瓦亲自在回忆录中记载过，她与加缪发生过多次性游戏，小弟从来不敢越轨，屡试不爽，尽管小弟有许多缺点：任性自负、好斗善辩，甚至要小孩子脾气，争吵之后破门而出，但死守两性关系这个所谓“道德底线”。

话说回来，事实上，又要放荡纵欲，又要长生不老，是绝对办不到的。崇拜一下唐璜，在所难免，但不可死命效仿：要么放荡纵欲，要么短命夭折。由于“布尔乔亚的婚姻把我们的国家搞得拖鞋似的懒散拖拉，不多久便会被推向死亡之门”，加缪赞同存在主义这个观点时如此说道。荒诞人为了解脱，放荡一下在所难免，但纵欲只会一死了之。这可不是荒诞人的选项，因为荒诞人有很强的求生欲望，有勇气从一个极端跳到另一个极端。在这一点上，他与存在主义者站在一条线上。这不，连诺贝尔文学奖评委会都称他“存在主义者”呢。诺奖斐然可观，出一点儿小差错在所难免。不管怎么说，加缪笔下的荒诞人终于明白：矜功自伐很可笑，矜功伐人更糟糕。这正是加缪荒诞哲学一个重要组成部分，甚至可以说是加缪荒诞哲学一个小小的贡献吧。

综上所述，让-巴蒂斯特·克拉芒斯一身兼任二职：既是法官又是忏悔者。当然，法官不是一般法官，而是另类审判者，即心理变态者；忏悔者，因为所谓福星高照，必定迫使冒犯了他人的自我忏悔。作家加缪只需把让-巴蒂斯特·克拉芒斯塑造成一个双面人即可。这不，加缪写道：“克拉芒斯最终杜撰一个完善的第二个我（atler ego），巴黎律师的对立面。”无论对话者是个“真实”的人物，抑或纯粹的魔幻，克拉芒斯的行径结局同样模棱两可。如果按照他的意愿，对立者是个警察，势必因他窝藏名画将其逮捕，那他在监狱就有空暇扮演殉道者了。当他面对一位律师，他又取得另一类成功：获得良机成为一个双面人，完美的双面人。可以非常自在地向另一位递上一面镜子，与其平分秋色，把自责的罪过与别人共同承担。

加缪的荒诞哲学注视矛盾的对立面，以及构成对立面的两极。加缪称之为“双重警觉”，也可以说，这正是《沉沦》展现的所谓双重人格。

克拉芒斯给自己描绘了一幅自画像：“我知道自己的招牌：两副面孔，像是富有诱惑力的雅努斯①。大门上挂着家传格言：‘切勿信以为真。’我的名片上写着：让-巴蒂斯特·克拉芒斯，喜剧演员。”他自我吹嘘：“我扶一个盲人过马路，搀他走上人行道，送别时向他敬礼。这个脱帽礼显然不是献给他的，因为他根本看不见，那么我向谁致意呢？向公众呗。”做给众行人看的呗。又写道：“……我一向虚荣得要命。我，我，我，这就是我宝贵生命的老调门儿，一说话就把‘我’挂在嘴上。”自我欣赏自鸣得意自我吹嘘，纯粹以我为中心。与其说加缪在自我批判，不如说也在描绘萨特的形象。所谓纯粹以我为中心，明眼人看得清楚：与其说是加缪的自画像，不如说更像萨特的画像。

加缪借克拉芒斯之口活脱脱描绘他与萨特大哥这一对难兄难弟的双重人格，一对两面派，一对双面人。克拉芒斯宣告：“人有两副面孔。”这是毫无疑问的。问题在于怎么能知道他显示的是哪一面呢？当他显露双重性时，是真诚的吗？要认真对待他的问题，就必须授以一种心理和道德的意义，

① 古罗马宗教信奉的兽形精灵，司掌门户和街上所立的拱门，传说人前人后两副面孔。

瞧他野心勃勃，装着居高临下，表述尼采的名句：“假如存在一个上帝，我怎么能忍受不是我呢？”危险倒是在于，一旦野心泯灭，此公立即堕入虚无主义深渊，那便是另一类统治法道了。好在克拉芒斯摧毁人类尊严的勾当聪明至极：在叙事范围内不怀任何政治野心。《沉沦》仅仅陈述一种欲望，即不顾尊严，自我贬损，自我异化，毫无内疚听任同类揽权获取高位。克拉芒斯坦然自我暴露双面人，攻击专制主义者，暗喻萨特是独裁哲学家，老是摆出一副凶神恶煞的面孔。其实，是在赞扬萨特至少不是两面派双面人。萨特的自信和傲慢不亚于尼采，谁会相信尼采是两面派双面人呢？所以说，《沉沦》主要还是加缪的忏悔自责，对大哥发发牢骚而已，应当说谁都不如萨特更能读懂加缪。

加缪之所以把笔下的主人公定为职业律师，是因为其地位所限定的。克拉芒斯说：“（我们）既算不上玩世不恭，也够不上行善积德。既没有精力作恶，也没有精力行善。”双重人格是由职业决定了的：“我对自己进行长久研究之后，发现了世人根深蒂固的双重性。”“我参与预审诉讼直到结束，所得出的结论则是我尤其精于蔑视。那些我最常出手相助的人是我最蔑视的。对那些睁眼瞎，我彬彬有礼，显露至善至诚的友爱，其实每天都朝他们脸上啐唾沫。”当律师需要懂得心理学：通过喜怒哀乐，准确而仔细把握人的各种心理状态。有一个范例：若恭喜某人经过努力变得聪明或大方，不会让他太高兴。换言之，若赞赏他天生高贵的仁慈，他就心花怒放。

然而，怪就怪在，忏悔者越是自审自责就认为有权审判别人。更有甚者，克拉芒斯说："我挑动你们自我审判，我由此获得了同等程度的宽慰！"于是，不得不承认自己是稀奇古怪的人，也是卑微恶浊之辈。"只要回顾我们各自的生平，就少不了会对自己感到惊讶和愤慨！"所以，从中找到自己毕生追求的安逸。

加缪进一步认识到身为法兰西民族的一分子，对自身劣根性做了很好的自我批判："我们极少信任比我们优秀的人物，千真万确；我们宁肯躲避跟他们结交。反倒常常跟我们性格相似而弱点相同的人们倾诉衷肠。这不，我们既不希望改正，也不希望被改进。那么我们有必要被判一蹶不振，我们只要求在自己的道路上被同情和被孤立。一言以蔽之，我们既希望不再被认为有罪又不费力净化自己。天生的诚实和聪明并没有功绩，恰如天性引发犯罪肯定不比机遇引发犯罪要承担更大的责任。"

说到诚实，加缪承认自己搞过小动作，欠诚实，神不知鬼不觉之间，在演讲中把"我"过渡到"我们"，当由"我"讲到"这就是我们的现状"，立马木已成舟了。萨特确实在《答阿尔贝·加缪》中责备加缪巧妙运用"人称代词"搞"鱼目混珠"，耍语言把戏以致叫人弄不清楚"我们俩（让松和萨特）究竟是谁说了此话"。这说明加缪故意张冠李戴，让萨特为让松的话负责，背黑锅。言下之意，加缪不诚实。好在加缪承认了不诚实，承认自己有两面性，是双面人，那又怎么样？坦白了，就没事了。他通过克拉芒斯坦然承认：为什么要改变，既然我找到了对我合适的幸福？我接受了两重性而不感到懊恼，坦白我的过错，让我重新做人时心情比较轻松而已，也让我得到了双重享受，先享受自己的天性，后享受惹人疼爱的悔过。

总之，加缪反对克拉芒斯的犬儒主义，倒是他一向严防死守的。克拉芒斯，这个能说会道的家伙，首先是巴黎知识分子的代表，尤其是存在主义者圈子的代表。有关自由，克拉芒斯替萨特代言道："我用这个关键词敲打任何反对我的人，我运用'自由'这个词儿来为我的欲望服务，为我的权势服务。"

我们知道加缪和萨特倒是一流戏剧作家，并且都是一流导演的"免费特级顾问"。《陌路人》中，法庭审讯向我们展示演员的职业与法官或律师没有多大的区别，只不过演员为了艺术需要而说谎，让观众看清他是乔装打扮的，只是扮演一个角色，旨在揭示一个高尚的真理，而法律人士则在愚弄社会。加缪写道："对我而言，戏剧给我提供我所需要的共同体，包括物质约束以及一切人和一切精神所需要的限制。艺术家实施统治，但统治者，孤独也，虚空也。"① 克拉芒斯断定他所掌握的真言在社团中为他树立的威望是矫揉造作的，既然此后得不到社团的博爱，既然不能情投意合，不如选择孤独而可控制的博爱，抑或不如选择孤独而可控制的虚空。

克拉芒斯的对话者说："您哪，您是一个挑剔的当事人。"这个"您"可以理解为暗指萨特及萨特分子。加缪反其

① 引自 1959 年《大镜头》电视节目，题为《我为什么搞戏剧？》。

道而行之，装出教训萨特，以胜者自居的样子，明知自己不是对手，却充满阿Q精神。当然，这个“您”是听他讲故事的那个无名氏，实际上也是与加缪志同道合之人。但讲到法官们-忏悔者们时，主要是针对萨特的。但不管怎样，作者加缪承认了自己的两面性：既看破红尘，又执着追求幸福。正如西蒙娜·德·波伏瓦所说：“凡是客观现实存在的，勇敢承认比否认要好，承认了便是解脱了。”那么，“承认什么呀？承认我必须凌驾于您之上？是呀，我的思想把我托得高高的啊。”“他们会砍了我的头，我不再惧怕死亡，我得救了。您举起我血淋淋的头颅，高举过聚集的人群之上，以便他们在我的头上认出他们自己，我重新作为杀一儆百的典范，高居众人之上，算是功德圆满吧。”

加缪终于走到前台说单口相声了，自问自答，大有自比耶稣之嫌：他仿佛是与萨特心平气和促膝谈心，企图让萨特相信，难兄难弟其实穿一条裤子，很不舒服，但就是相互摆脱不了。更确切地说，要萨特相信他们是一路人，一条船上的，哪怕背上一丘之貉之恶名也在所不惜。

最后，笔者在此申明，无神论者加缪把耶稣当作世人赞扬，而并非奉其为神或圣来推崇和爱戴。他本人死于车祸，死而不知如何死，倒是如他所愿。但生前不得不卷入拥护人间基督和反对人间基督两派相争胡斗，日子真的难熬。好在他可以在以巨石为墓碑的地球母亲怀抱中永远安息了！从感情上，绝大多数法国人喜欢加缪胜于萨特，这种情感完全可能世世代代传下去！

至于对他文学艺术作品的评价，人们一致认为他的作品几乎全部转向人的状况，从荒诞哲理起步，逐渐在反抗中找到一条出路：诚惶诚恐的人道主义接替了他对地中海的酷爱痴情，严谨而明晰的风格接替了初期作品的抒情表达形式，《沉沦》便是一个典范。毫无疑问，西方国家一致认定加缪是二十世纪的一位世界级大作家。

沈志明

2019 年 12 月 25 日圣诞节于巴黎

请予刊登[①]

《沉沦》中的能说会道者，尽情倾诉一场工于心计的悔过。他，避难于阿姆斯特丹一座运河交错、光线冰凉的城镇，扮演隐士和预言家的角色。这位离职律师在一家不三不四的酒吧等候拍马屁的听众。

他有新派胆量，就是说不能忍受被审讯，故而急于打理本人的案件，以便更好地审视他人。用来端详自身的镜子最终用于照射别人。

忏悔从何开始？谴责从何下手？本书讲道者状告自身抑或起诉自己生活的时代？他是个特例，抑或是个当代名流？

不管怎样，在这场经过精心策划的照镜子游戏中，唯一的真实情况是：痛苦，尽可预期也。

① 系指法国出版社在分赠报刊的样书中印有作者介绍该书的文字插页。

作者有关《沉沦》出版后的按语

人们自审自责是为了更好审视责人。由于这个道理，由于互相提供手段或压倒对方的幻觉，我们大家都有罪过。您完全不以为然吗？我们生活在众多法官-忏悔者中间。只要读一读我们的周刊和专刊就明白了。

一向以来，很自然哪，这种故弄玄虚因为发端于我们大家的现实境况而更加凸显出来。我竭尽全力描述境况，展现装神弄鬼时必要的讽刺之能事。这就是人们所称《沉沦》的模棱两可。然而，是非不分，含糊不清是不可避免的，因为症结正在于描绘是非分不分、含糊其辞的畜生们。

但是，我不把结论说尽。出了差错而不能自慰者，是会力图把事情办得更好的。别再拿世俗的虚假心碎来跟我们胡搅蛮缠，抑或让他加入法共，它如今是我们之中误入迷途的知识分子的大本营。然而，世人偏偏不肯弄明白把他们引入歧途的事情。《背教者》也是一丘之貉。

译者按语

《沉沦》共五节，无标题，因为没有必要。这不，法兰西人文知识分子没有不读《圣经》的，哪怕像列宁那样拿来当小说阅读，否则就称不上西方文化人了。但对中国读者则不然，哪怕为了帮助读者理解其内容，译者也认为有必要加上小标题。因为，无神论者加缪模仿了《福音书》《启示录》的形式。其中“天使献上香炉和圣徒的祈祷”中一大节有六小节，即六天：“第一天使至第六天使吹号”。章节上，第四节似乎是一天，其实是两天，所以我们不妨干脆标明第一天至第六天，可能更有助于中国读者理解作者的本意。

第一天

先生，不嫌弃的话，可以为您效劳吗？恐怕您不晓得怎样让这位值得尊敬的大猩猩[1]明白您的意图吧，他可是掌管了这家商业机构的命运。这不，他只讲荷兰语。您若想喝刺柏酒，除非您授权予我办理这桩案子，否则他猜不出您想要什么。瞧，他这一点头，准是意味着他折服于我的说词。果不其然，他动窝了，忙活了，尽管慢条斯理的。您运气好，他没有抱怨。每当他拒绝服务，一声嘟囔足矣：谁也不再坚持。任性使坏是大动物的特权。先告退了，先生，为你效劳，不胜荣幸。喔，谢谢，这样吧，恭敬不如从命，倘若我真的不讨人嫌，您真是好心人。那我就把我的酒杯放在您的酒杯旁边了。

您言之有理：他，默不作声，却犹如震耳欲聋。原始森林的寂静笼罩着他整个嘴脸。咱们这沉默寡言的朋友顽固地与文明语言闹别扭，时不时令我惊愕。他的职业本就是在这家阿姆斯特丹酒吧接待世界各国的水手嘛，尽管不知道为何叫“墨西哥城”酒吧[2]。如此重任在身，您不认为人们可能担心他的无知会带来不快吗？请设想一下，克罗-马尼翁[3]人寄宿巴别塔[4]，至少会感受到背井离乡之苦吧。否！此公并无被流放之感，只顾赶自己的路，什么也动摇不了他。我从他嘴里听到一句不同凡响的话，他宣称这事儿取舍自便。难道必须要么取，要么舍吗？想必是我们这位朋友本人吧。我向您坦言，我被这类一丝不苟的人深深吸引。一旦对世人思考良多，不管出于职业还是出于使命，不免对灵长类动物产生怀念之情。而灵长类动物，它们则没有私心杂念。

说实话，我们的东道主有些私心杂念，尽管在私底下盘算，让人难以察觉。由于老是听不懂别人在他面前说的话，他性格上满腹狐疑，摆出正经八百的模样，却又胆怯易惊，好像疑心重重，至少怀疑起人与人之间总有什么问题。这种心境使得谈论与他职业无关的事情变得更不容易。比如说，喏，瞧见了吧，在他脑袋右上方，尽头的墙壁上有块长方形空白，显而易见那是挂画的位置。先前确实挂过一幅画，特别引人注目，一幅货真价实的杰作。这不，酒吧主人收购时，我在场；出让时，我也在场。两次交易，同样令人满腹狐疑，深思熟虑了好几周呐。在这一点上，必须承认，社交圈子有点败坏了他率真爽直的天性。

谨请注意，我并不是评判他。我以为，他的疑虑站得住

---

① 此处意为彪形大汉，也有保镖之意。

② 这家水手酒吧位于瓦莫斯特拉阿瑞特街 91 号。加缪于 1954 年 10 月路过阿姆斯特丹时去过一次，好几个当代证人确认酒吧老板有点粗鲁，只会说荷兰语。

③ 法国多尔多涅省一处史前遗址。

④ 据《圣经》记载，诺亚的儿孙们想修造此塔以便登天，但上帝阻止了他们荒唐的做法。

脚，本人乐意赞同。如您所见，我爱交流沟通的天性不至于遭到反对吧。无奈，我又爱唠叨，倒也容易结缘。虽然我善于保持适当的距离，但所有的机会我一概不放过。当我在法国度日，一旦遇到风趣的人，我便立即与他结交。啊！我注意到您对虚拟式未完成过去时①皱了皱眉头。我坦白对这种语态的癖好，一般来说，我偏爱优美的语言。请相信，我自责这种偏爱。我很清楚，喜爱精致的内衣袜子并不一定意味着双脚不干净。这不是理由。风范，恰似府绸掩盖湿疹，太过经常了。我对自己说，可以聊以自慰了，不管怎么说，讲话支支吾吾的人也并非单纯吧。是吧！还是喝咱们的刺柏酒吧！

您久留阿姆斯特丹吗？美丽的城市？是吧？很迷惑人吗？这个形容词，我好久没听说了。自从我离开巴黎，算来也有七年了吧。然而，心自有其记忆力，关于我们美丽的首都以及塞纳河两旁的码头，我什么也没忘记。巴黎的骗人表象实实在在，美妙的景致中飘浮着四百万个人影②。按最近的人口普查，已接近五百万，是吧？不过，事出有因，提防着点儿，也别责怪他们；又不是唯独他们如此，整个欧洲一个样嘛。有时我瞎想未来的历史学家会对我们后人如何说道。一句话将足以评说现代人："现代人搞私通和读报纸。"在做出这

① 法文语法中的一种语态，一般用于书面语，运用者颇有炫耀语言修养之嫌或有学究气的人才使用。

② 加缪在 1947 年写道："每当人们决议把某个人视为敌人，就把他抽象化，从而远离他。才不管他报以爽朗一笑呢。他已成为一个侧影了。"

个强有力的定义之后，我敢说，这个题目就算研究透彻了。

荷兰人，可不一般哪，他们远没有这么现代化！他们有的是时间，瞧瞧他们悠哉的样子，他们干什么呢？这帮先生靠那帮娘们干活计为生。那帮布尔乔亚生物，公母男女，来到这里，一如既往地或听信谎言，或出于愚蠢。说到底，是由于想象力过剩或不足吧！这帮先生，时不时或玩刀或弄枪，可别以为他们动真格的，角色使然而已。他们发出最后几发子弹，却害怕得要命。虽然如此，我却觉得他们还是比较有道德的，另一些人则在家里耗着，慢慢损耗而死。您难道没有注意到咱们的社会就是为了这种清洗而组织起来的吗？您自然听说过巴西江河有种小鱼，成千上万一拥而上袭击鲁莽的游水者，小口小口快速啮噬，没一会儿工夫就将其除掉了，只剩下干干净净的骨架。哎，就这德行，这可是它们的组织呀。“您想要清清白白的生活？像所有人那样？”你自然回答“是”。如何说出“否”呢？“好吧。您会遭到清洗。这是一门职业，一个家庭，一类有组织的娱乐活动。”小小的牙齿，小口小口啮噬您的肌肤直至骨头。我这么说是不公平的。不应当说他们的组织，而应当说我们的组织，说到底，究竟谁在清除谁呢。

终于给我们上刺柏酒了。祝您兴旺发达！您瞧，大猩猩张口称呼我博士。在这类国度，人人皆大夫和教授。他们喜爱恭敬，出于善意或出于谦逊。在他们的国度，至少恶意并未浸染国体。反正，我不是大夫。您若想弄清楚，我来此之前是律师。现在我是法官-忏悔者。

那就请允许我做个自我介绍吧：在下让-巴蒂斯特·克拉芒斯，愿为您效劳。很高兴认识您。没准儿您是经商的吧？差不多？回答妙极了！也恰如其分。凡事，咱们八九不离十就得了。这样吧，请允许我扮演一番侦探。您跟我差不多岁数吧，四十来岁，见多识广的眼神，几乎已经饱经世故。您衣着颇为得体，就是说跟咱们国内相仿，而且您双手光滑。因此，您是个布尔乔亚，八九不离十吧。当然还是个高雅的布尔乔亚！您对虚拟式未完成过去时发牢骚，确实双倍证明您是有文化的，首先您知晓这个语法时态，其次它使你恼火。到头来，我却让您开心，在下并非自夸，这证明您在某种程度上是思想开放的。故而您八九不离十是……嗨，管它干什么？对我而言，行业不如教派使我感兴趣。请允许我向您提两个问题，你若觉得不唐突就请回答：您拥有钱财吗？有一些？好。跟穷人共享您的财产吗？不。那么您就是我所谓的撒都该人[①]。假如您不身体力行《圣经》，我便认准您不再有出息了。您有进步吗？那您熟知《圣经》喽？您使我感兴趣啦，我拿定主意了！

至于我……悉听尊便，由您自个儿判断吧。从身材和双肩来看，从别人常说我凶巴巴的面孔来看，我活像个橄榄球运动员，是不是？但是，倘若根据我的谈吐做判断，势必承认我有点文雅吧。为我的外套提供毛绒的骆驼没准儿长了疥

① 古时犹太教一个以祭司长为中心的教派。加缪本人倾向撒都该派，因为该派教义否认灵魂不朽和死后复活等。

疮；作为弥补，我的指甲修剪得有模有样。其实我也顶世故的，但跟您只有一面之交，便和盘托出了。总之，尽管我举止文雅，谈吐不俗，却是泽迪伊克水手酒吧的常客。得了，别兜圈子了。我的职业是双重的，一言以蔽之，恰似造物者①具有双重性，我已对您说了。我既是法官又是忏悔者。我的情况简简单单：我一无所有。是的，我曾经富裕过，却不曾与别人分享。这说明得了什么呢？我无非也是个不信《圣经》的人呗……喏！您听见渡口汽笛声了吗？今夜，须德海②上将大雾弥漫。

您这就走啦？对不起，耽误您了。您允许的话，不必付账。您光临墨西哥城酒吧，等于来我家做客，让我特别高兴。我明晚肯定会来这儿，每晚如此，我接受您的邀请，真是感激不尽。您的路程……这样吧，您若不见外的话，最简单的办法是我陪您一直走到港口，好吗？好，从那里绕过犹太人区，就到达美丽的大街，有轨电车载满了鲜花，伴着喧嚣的音乐一辆接一辆驶过。您的旅馆位于其中一条大街上，叫达姆拉克大街。走吧，你先请，不必客气。我，住在犹太人街区，在我们那帮希特勒狗弟兄清洗犹太人以前一直这么称呼。一锅端根除七万五千名犹太人，被流放或被杀害，“真空式”清洗。我赞赏这种一以贯之的努力，赞赏按部就班的

① 基督教徒认为上帝创造万物，故称上帝为造物主。教徒作为生灵，自称造物者。

② 荷兰西北部一个浅水湾。

耐心！人一旦没有个性，就必须自己努力想办法。一旦得法，便有神效，毫无异议。我就住在历史上发生过最大罪行的地方。也许是这个缘故助我理解酒吧大猩猩及其戒备。我因此可以跟我的天性搏斗，它把我不可救药地推向同情。我看到一张新面孔，附在我身心上的某人便敲响警钟："减速。危险！"因此，即使在同情心最强烈的时候，我依旧有所戒备。

您知道吗？在我出生的小村庄，在一次报复性的镇压活动中，一名德国军官彬彬有礼地请一位老妇自愿在两个儿子中选择一个作为人质枪毙。选择！您想象得出来吗？那个吗？不行，这个吧。眼睁睁地看着他被带走了。不必细说了吧！请相信我说的，先生，什么意想不到的事情都可能发生。我见识过一颗纯洁善良的心，一味拒绝戒备。他是和平主义者，绝对自由主义者，他一心一意爱全人类和一切动物。一颗卓越的心灵，对吧，毫无疑问。这不，在欧洲最近一次宗教战争①期间，他隐退乡间，他的房屋门槛上写道："无论你来自何方，请进，欢迎你们。"② 请您猜一猜，该如何回应如此好意的邀请？一些民团分子③恰如进了自己的家，

① 暗指第二次世界大战，所谓宗教战争是个比喻，系指残酷的德寇造成的悲惨后果如同历史上欧洲宗教战争。

② 据加缪《手记》记载："托尔斯泰式的虚无主义者居然在德寇占领期，在自己门上写着：'无论你们来自何方，你们都受欢迎。'进门的却是民团分子。"

③ 系指第二次世界大战时期法奸组织的保安队队员，即保安队士兵。

随心所欲，竟把主人开膛破肚了事。

哦！对不住，太太！好在她什么也没听懂。这么晚了，行人摩肩接踵。嗯，况且几天来雨下个不停！幸亏有刺柏酒。漆黑一片之中，唯一的光明。您感觉得到这酒洒在你身上的金黄色、古铜色光芒吗？我乐意趁着刺柏酒的热乎劲儿在晚上漫步全城。我夜夜漫游，沉思梦想，或无休止自言自语。就像今夜，是的，我担心有点把您搞糊涂了。哦，谢谢，您太谦恭啦。我实在话多，一张口，话语一句句流出来。再说，这个国家激发我的灵感。我热爱这里的人民，比肩继踵挤在人行道上，困于屋宇与水域的狭小空间之间，被轻雾笼罩，被冰冷的土地以及像冒着肥皂泡沫的大海围住。我喜欢，因为这情景是双重的：小空间既在这里，又在别处。

是啊，听着行人踏在泥泞路面上发出的沉重脚步声，望见他们笨拙地从一家铺子拐进另一家铺子，前一家摆满金黄色的鲱鱼，后一家满货架枯黄色的首饰，您恐怕以为他们今晚会在这些地方？您跟众人一个样子，您把这些正直的人当作一帮行会理事和商人[①]，揣着长生不老的好运，数着自己的钱币，而他们唯一的诗性在于有时戴着大帽子去上解剖课，是不是呀？您弄错了。他们在我们身边行走，确实不假，但瞧瞧他们的头颅，处在霓虹灯、刺柏酒和薄荷饮料混杂的薄雾中，沿着灯红酒绿的招牌徐徐落下。荷兰是个梦！先生，

① 暗指伦勃朗的两幅油画，《布商公会的理事》和《杜普教授的解剖课》，杜普教授戴着帽子上课。

一个烟雾缭绕的金色梦，白天雾气较浓，夜间金光璀璨；无论黑夜还是白天，梦里尽是罗恩格林[1]，恰似人们骑着高高的黑色自行车神情恍惚地快速前行，或者忧郁的天鹅不停盘旋，在整个地区围绕着一片片海域，沿着一条条运河打转。他们在做梦，他们把脑袋埋在古铜色的云雾中：他们团团转，活像梦游者，在金黄色氤氲薄雾中祈祷，其实他们已不在原地了。早已飞到几千公里以外，飞向遥远的岛屿爪哇。他们向印度尼西亚的鬼脸神祇祈祷，并拿来装点自家的橱窗。这些神怪此刻在我们的头顶上空游荡，然后降下来，活像装模作样的猢狲堂而皇之栖身在招牌上，提醒那帮思乡的殖民者，荷兰不仅是商人的欧洲，而且属于大海，通向扶桑国[2]，碰上那里许多岛屿，据说那里的人们死的时候疯疯癫癫，但很幸福。

嗨！我情不自禁，不由自主辩护起来了！请原谅。习惯了，先生，职业使然，我也乐意帮助您全面理解这座城市，理解事物的核心！这不，我们正处于事物的中心。你是否已经注意到阿姆斯特丹一条条同心圆的运河酷似地狱一层层圆圈呢？布尔乔亚的地狱自然充满了噩梦。一旦从外圈进入，随着一圈又一圈深入，生命，这么说吧，生命积累的罪行愈发厚实、黑暗。终于到了第九层[3]……啊，您知道吗？真见

---

① 即天鹅骑士，德国民间传说中的一位英雄。

② 传说在东方海中的一个古国。

③ 但丁的《神曲》中提到，地狱共九层。

鬼，您变得更难以归类了。但您还是明白了我为什么认为事物的中心就在这里，尽管我们处于欧洲大陆终端。一个敏感的人明白这些咄咄怪事。不管怎么说，日报的读者以及乱搞男女关系的人们是想不到那么远的。他们来自欧洲各个角落，在内海周围止步息脚，躺在黯然失色的沙滩上。他们倾听声声汽笛，枉然在迷雾中寻觅船只的轮廓，然后回头再跨过一条条运河，冒着雨折回。他们冷得瑟瑟发抖，来到墨西哥城酒吧，用各国语言点一杯刺柏酒。我守在那儿，等着他们。

明日见吧，先生，亲爱的同胞。不远送了，现在您认识路了，我在这座桥边跟您分手。夜里，我从不过桥，这是许下一个愿的后果。说到底，设想一下有人投水自尽。二者必居其一，要么您跟着跳下去把他捞上来，但天冷时节，您要冒很大的风险。要么您弃之不顾，溜之大吉，那么跳下水的人回家后没准儿会感到全身怪异的酸痛。在此祝您晚安。怎么啦？玻璃橱窗里那帮娘们？梦哪，先生，廉价的梦！去印度神游！这些娘们满身涂抹香料。您若进去，他们便拉上窗帘，神游便开始了。神灵降临赤裸的肉体，岛屿漂荡，颠簸疯狂，一头散乱的长发恰似棕榈树叶在风中飘荡。

第二天

何谓法官-忏悔者？啊哈，这事儿，让您莫名其妙了吧。

我可没有任何戏弄您的意思，请相信，我可以解释得清清楚楚。某种意义上讲，这甚至是我职业分内的事儿。但我不得不首先向您陈述一定量的事实，以助您更好地理解我的陈述。

几年前，我在巴黎当律师，确实还是个颇有名望的律师。当然，我没把真名实姓告诉您。我专门承接高尚的诉讼，为孤儿寡母辩护，不知道为什么这就是高尚的，反正也有骗人的寡妇和暴戾的孤儿。不管怎样，只需在被告身上寻到轻微的受害气息，我便撸起袖子投入行动。出手就打抱不平，哼，简直就是暴风骤雨！我放手大干一场。居然真会相信正义之神每晚跟我睡觉。我确信您必定赞赏我语气精当、情感真切、振振有词、热情奔放，但我辩护词的义愤是有节制的。我天生有副好体格，不费吹灰之力便可摆出高贵的姿态。何况还有两股真挚的情感支撑着我：其一，站在法庭席位正义一边令我感到心满意足，其二，还可以泛泛地对法官表现出本能的蔑视。话说回来，这种蔑视也许并非怎么出自本能吧。我现在搞清楚个中缘由了。不过，从外表上看，蔑视更像一种激情。不可否认，至少眼下还是需要法官的嘛，是不是呀？不过，我不能理解一个人自愿从事这种惊世骇俗的职务。我接受法官这种职务，因为我直面法官了，但有点类似我认可了蝗虫。区别在于，直翅目昆虫从未带给我一文钱，我得以谋生则是靠着跟我瞧不起的人对话。

喏，就这样，我站在有益的一面，这足以让我良心安宁。亲爱的先生，因自感正义而理直气壮，因有理在握而心满意足，因自重自尊而满怀喜悦，这些都是强大的原动力，使我们腰板挺直或者使我们不断前进。假如把世人的这一切剥夺了，就把世人变成狂怒之犬了。有多少罪行就这么简简单单犯下了，只因犯罪者不认罪。我从前认识一位实业家，他有个完美的妻子，有口皆碑，可他偏偏欺骗了她。此公不折不扣因为自认理亏而怒火中烧，更因不可能获得或自授德行证书而怒不可遏。他的妻子越是至善至美，他就越是气急败坏。他对自己的过失忍无可忍，您猜怎么着啦？停止对妻子不忠？不，他把妻子杀了！正因为此事我才会跟他有交往。

我的境况更令人羡慕。我不仅没有堕落的风险，不会有落入罪犯阵营之虞（特别不具备杀妻的机会，因为我是单身），而且我还为他们辩护，只有一个条件，那就是他们必须是实实在在的杀人犯，正如另一些人是名副其实的野蛮人。我选择的这类辩护给我极大的满足。我的职业生涯确确实实无可指摘。我从不受贿，自不待言，也从不屈尊去走门路。更为罕见的则是，我从未对任何一个新闻记者溜须拍马，就为了让他刊登对我有利的报导。我从未奉承过任何公务员，以求他的友好没准儿可派上用场。我甚至有两三次机会被授予荣誉军团勋章①，但我婉拒了，不事声张地保持了尊严。最后，我从未让穷人支付律师费，并且从未有过大肆宣扬。亲爱的先生，我所说的这一切请别以为是在自我吹嘘。我并没有任何功劳。然而，当今社会中，贪婪替代了雄心，这点始

① 波伏瓦在回忆录《势在必然》中写道："加缪跟萨特一样拒绝荣誉军团勋章，那是在 1945 年，一些参与执政的朋友很想给他们颁发。"

终让我嗤之以鼻。我的志向高远得多；您将会领悟到，这个说法对我来说倒是准确的。

然而，您已经在评估我的自满自足了。我享受自身的天性，大家都知道这是幸福之所在，尽管为了彼此相安无事，有时需要搬出自私自利的名目来假装谴责这种洁身自好的乐趣。至少我享受自己这部分天性，对孤儿寡母会做出精准反应，日久天长成了日常主导。比如说，我喜欢帮助盲人过马路。打老远看见一根盲杖在人行道街角犹豫不决，我就疾步上前，就算有时已经有人伸出了慈善之手，我也要抢先一秒，不让盲人接受其他人的善行，我那温暖而坚定的手搀扶他走过人行横道，避开来往车辆，步入安全地带，才彼此激动地分手。同样的，我总喜欢接受路上行人的问路，替他们点烟，推一把太沉的货车，助推抛锚的汽车，买一份救世军的报纸和一束老婆子贩卖的鲜花，就算明知她是从蒙帕纳斯公墓坟头偷来的。我也喜欢，啊，更不便启齿了，我喜欢施舍。我的朋友中有一个大基督徒看见有乞丐走近自己家门，第一感觉便是不痛快。换我，欣喜若狂。就此打住吧。

咱们还是聊一聊我的谦恭吧。我讲究礼貌，远近闻名，不容置疑。彬彬有礼确实让我喜不自胜。某些早晨的公共汽车或地铁里，但凡有机会，我就会给理应有座的人让座，捡起某位老妇失落的东西，并奉回给她一个我十分熟悉的微笑，抑或只是把我的出租汽车让给比我更急迫的人，那么这一整天我都会容光焕发。必须交待的是，在公共运输车辆罢工的日子里，我看到在公共汽车站傻等回不了家的同胞，我便很高兴有机会开自家车顺路载上几人。在戏院里，为了让一对夫妻坐在一起，我主动让座。在旅途中，把小姑娘的行李箱放上她够不着的行李架。这一系列的事迹，我比别人做得更经常，因为我逮住机会就做，由此取得的乐趣更耐人寻味。

我被视为慷慨大方之人，我本来就是嘛。我捐赠了许多，公开和私下。当我必须与一个物件或一笔金钱分离时，我并不痛苦，反而从中得到持久的快乐。有时想到我的捐赠不值一提以及可能引起的忘恩负义，不免产生些许忧郁，但与我所获得的哪怕最微不足道的乐趣相比也是不可等量齐观的。我乐善好施到了这样的地步：讨厌因此而被感激。钱财的准确数字令我不胜其烦，受之恶心。我的施舍物必须由我自己做主。

这些都是鸡毛蒜皮，但能使您理解我在自己的生活中，尤其在我的行业中保持旷日持久的兴致。比如，在法院走廊上被一位被告的妻子拦住，而我分文未取为他辩护只不过出于正义或怜悯，却听到这女子低声细语说道，什么也表达不了，对，什么也不能表达感恩之情，是的，难以忘怀我的恩德，而我说，这是再自然不过了，换了谁都会这么做的。甚至当场解囊相助，以解燃眉之急，帮助他们度过未来艰难的日子。后来，为了阻止唏嘘感叹，使他们保持恰到好处的共鸣，我就凑上前去亲吻可怜女子的手，就此打住了事。请相信我，此时的境界远高于庸常的野心，我到达了至高点，自此之后德行只能自行滋养。

咱们不妨在顶峰之上驻足停步。现在您明白我所谓“瞄准更高境界”了吧。我讲的正是这些至高点，也是我唯一得以安身之处。是的，我唯独处于崇高的地位才怡然自得。哪怕关乎生活细节，我也需要居高望远。我喜欢乘公共汽车胜于地铁，喜欢敞篷马车胜于出租汽车，喜欢露台胜于夹层住宅。我热爱飞机，置身于广袤天空。乘船时，必登艉楼，在里面不停踱步。登山时，我避开山谷，专爬山口和高地。我至少算是一个准平原人吧。假如命运逼迫我选择一门手工职业，车工或屋面工，放心好啦，我准选择屋面工，与天旋地转友好结伴。我讨厌货舱、底舱、隧道、煽动、深渊，甚至特别憎恨洞穴学者，他们居然恬不知耻占据报刊头版，其功绩令我作呕。竭尽全力达到负八百米的标高，冒着把脑袋夹在乱石嶙峋的山间缝隙的危险（一个虹吸洞道，正如那帮糊涂虫所说！）。我觉得干得出此类愚蠢行为，必定是心理变态者或精神受过创伤的人：心底隐藏着罪恶。

在海拔五六百米处若有一座天然阳台矗立于海边，极目所望，一片阳光灿烂辉煌，俯视大海碧波荡漾，我呼吸畅快，尤其高踞蚂蚁般芸芸众生之上独处，呼吸更为酣畅。我不难搞明白：布道，关键性的说教，拜火教仪式，为何都在尚可达到的高地上举行。以敝人之见，在地窖和单身牢房是无法思考的（除非是高塔里的牢房可以极目远眺），否则只能发霉。我理解受戒的人为何还俗，他本以为他的单人房间会视野开阔，却是一堵墙壁遮挡了一切。至于我，请您相信，我可不会发霉。每时每刻，无论是独处还是跟别人在一起，我都在往高处攀升，每攀一处便点燃明火，熊熊火焰恰似一阵欢乐的致敬向我迎面升起。我至少因此获得了人生的乐趣，萌生优越的快感。

幸亏我的职业满足了我攀登高峰的志趣，避免我对众生怀有怨怼，我总是帮扶他们又从不对他们有任何亏欠。我的职业使我居于法官之上，因为反过来由我审讯他；同时也使他居于被告之上，因为他必须对我感恩戴德。亲爱的朋友，请好好掂量掂量，我过着逍遥法外的生活，任何审判都与我没有干系。我不在法庭审判台上，而在别处，身处吊篮，人们时不时地借助机关把吊篮降下，把我像神明般请下来，调节一下剧情，赋予情节意义。总之，据守高位过日子，依然是受芸芸众生注视和致敬的不二法门。

我有几个忠厚的罪犯当事人，杀人时就是听命于这类情感的驱动。读一读报刊上有关他们的报道，他们所处的凄惨境况没准能让他们获得某种凄婉的慰藉。他们跟许多老百姓一样，对自己默默无闻忍无可忍了，这种焦躁说不定使他们铤而走险，穷途末路。反正只需杀掉自己所住楼房的门房就可以出名了。说来可叹，什么出名，过眼云烟而已，尽管有的门房活该挨上一刀。罪行不间断地占据前台，罪犯却昙花一现罢了，随即就被替代。末了，短暂风头付出了太过昂贵的代价。相反，我为这帮想出名的人辩护倒真的出了名，在同一时间同一地点，但手段经济得多。这也鼓励我多加努力，尽可能减少他们要付出的代价：他们所付出的多少也是代替我付了一部分。作为报答，我消耗义愤、才干和情谊，抵偿我亏欠他们的一切。法官惩罚，被告赎罪，而我呢，不受一切义务约束，避开审判又不受惩罚，我自由自在霸占着一片伊甸之光。

亲爱的先生，何谓伊甸园？不就是挂上挡的人生吗？这正是我的人生。我从来不需要学习生活。在这一点上，我生而知之。有些人，他们的问题在于躲避世人，或甚至于瞎对付。对我而言，我和世人达成了和解。需要随和时，我决不拘礼，需要保持沉默时，我三缄其口；我既能潇洒脱俗又可正经八百，直截了当，直言不讳。因此，我深孚众望，在社交界获得的成功不计其数。我，仪表不俗，既是不知倦怠的舞伴，又是审慎的博学者。我既能溺爱女人又可主持正义①，不容易吧。我搞体育和艺术都出手不凡。得了，就此打住吧，亲爱的先生，免得您会怀疑我沾沾自喜。不过，话说回来，请你想象一下，一个年富力强的男子，体魄强壮，禀赋深厚，体力和智力敏捷；介于贫富之间，睡得安稳，对自己深感满意，表现得合群，善于跟人交往。您得承认，我满可以谦顺地说，我的一生是成功的吧。

不错，比我更顺天应人者少之又少。我与生活融合得无缝对接，而且全部融入其中，自上至下熔融，绝不排斥生活的揶揄讽刺、威严高贵和奴役约束。特别是肉欲，肉的载

---

① 加缪把陀思妥耶夫斯基《群魔》开场白中一句话“我既不能溺爱女人呢，又不可以主持正义”反其义用之，从而把“弱者”变成“强人”。

体，一言以蔽之，相貌，令许许多多的男人在情爱和孤寂中困窘受挫，却带给我同等快乐并且不用成为外表的奴隶。我天生一副好皮囊，我因此达到了身心和谐美满，连外人都感觉得出我的松弛自如，他们时不时向我坦诚相告：他们因此在生活中受益匪浅，所以刻意与我结伴为友。生活及其生灵与馈赠向我迎面而来，我以一种善意的自豪感欣然接受赏赐。确实，做人处事到了这个分上，既有福分又具纯朴，我觉得自己有点儿成超人了。

我出身正派而卑微（我父亲是军官），然而某些早晨，我觉得自己是王子或永久燃烧的荆棘[①]。请注意，问题在于别处，即我确信自己比众人活得更聪明。况且，这种信念无足轻重，因为那么多笨蛋人皆有之呢。不，由于事事圆满，反倒让人不好意思承认自己是命中选定的[②]。众人之中，我独独被选中获得长久稳定的走时运。总之，这是我谦逊的功效。我拒绝把这种成功归功于自个儿的功绩，我无法相信我独自一人兼备如此不同又如此极端的品质是纯属偶然的结果。所以，我以某种方式感觉到生活幸福，事事如意，多多少少是上天的旨意。我若一早告诉您我没有任何宗教信仰，您就会看得更清楚，这种信念之异乎寻常。这不，寻常也罢，不寻常也罢，这种信念早已让我超脱于凡俗之上，翱翔于室外好

① 出自《圣经》典故：上帝在永久燃烧的荆棘中向摩西显形。

② “被选定”原文为 être désigné，引自古罗马的执政当选者 consul désigné，又如 roi désigné，公元 978—1137 年间，法国国王在位期间已选定的下一任国王。

几年，说实话，时至今日，我依然心存憾恨。我整日翱翔，直至傍晚……哦，不，这是另一码事，理应将其遗忘。况且，我也许言过其实了。反正我诸事顺遂，但同时又对什么也不满足。每做一件乐事都催促我再去做另一件乐事。我参加一个又一个盛会，有时候成夜成夜地跳舞，对世人和生活越来越入迷了。有时深夜来临，翩翩起舞、低度烧酒、放纵作乐，一个个粗鲁失控，我于是堕落既疲乏倦怠又心满意足的境地，仿佛处于倦怠的极点，就在这一刹那间，我终于懂得了人与世之间的奥秘，但倦怠第二天消失了，奥秘也随之隐蔽起来。于是我再次向前冲，总是称心遂愿，从不餍足，不知何处止步，直到天明，直到天黑，不如说直到舞曲终止，灯光熄灭。令我乐不可支的盛会啊……喏，你请允许我招呼咱们那位灵长类朋友。请向他点头致谢，尤其请陪我喝一杯，谢谢您的同情。

我看出这番表白令您惊讶。你从未突然需要过同情、救助、友谊吗？当然有过了。我，学会了只满足于同情，因为比较容易获得，况且不必承担义务。“请相信我的同情。”内心传出这句话，便可接着说：“现在，咱们处理别的事儿吧。”这是内阁总理的情感：天灾人祸之后廉价奉送。友谊，可不那么简单，要经过漫长而艰苦的努力才可得到。一旦获取，便无法摆脱，必须面对。尤其别相信您的朋友会每天晚上给您打电话，就好像他们本该打这个电话，就为了知道您是否恰恰打算今晚自杀，或仅仅想要了解您不需要培训，您没心情出门。哦，不，如果他们打来电话，那您就保持沉默，今晚您不会孤单，生活很美好。自杀，他们倒是会推波助澜，在他们看来，这事儿取决于您自己，而他们坐观成败。亲爱的先生，但愿上天使我们免于被朋友抬得过高吧！至于那些负有天职爱我们的人，我想说双亲大人以及姻亲（多甜的称呼！），那便是另一码事了。他们有话要说，但他们的言辞如同子弹；他们打电话好似射击卡宾枪。百发百中！唉，巴赞①之流！

怎么啦？哪天晚上呀？我一定来，对我要有耐心啊。况且，从某种意义上讲，我提起朋友和姻亲的破事也算十分切题。明白吧，有人跟我谈起一个人，他朋友进了牢房，于是那人每天晚上睡在卧房的地板上，不去享受喜爱之人被剥夺的舒适。亲爱的先生，谁会为了我们就地而眠呢？我们自己能做到吗？听着，我倒是乐意做的，我一定做得到。对，总有一天，我们大家都做得到，我们都将得救。但不容易，因为友情是漫不经心的，抑或至少爱莫能助的，即使愿意，也办不到做不成。也许愿望毕竟不够强烈？也许我们对生活的热爱还不够浓烈？您是否注意到唯有死亡才能唤醒我们的喜怒哀乐？恰如我们喜爱刚离开我们的去世的朋友，难道不是吗？我们多么钦佩不再讲话的师长，这不，他们满嘴衔泥啦。敬意油然而生，他们也许等待了一辈子。但您知道为什

① 巴赞（1811—1888），法国元帅，保皇派。他认为与其有利于取得胜利而建立共和国，不如吃败仗更有利于第二帝国，这个大撤退的理由不可接受，被视为懦弱和出卖祖国。1873 年被判死刑，后改为 20 年监禁。

么我们总是对待亡者更为公正，更为宽宏？原因很简单！与死者打交道，不必尽义务。亡者让我们随意，不受拘束，从容不迫，我们可以把对死者的敬佩穿插在鸡尾酒和温柔的情妇之间。简言之，闲暇之余。即使亡者迫使我们尽义务，无非毋忘怀念，而我们恰恰是健忘的。不，我们爱的是朋友中的新鬼，爱的是苦不堪言的死者，爱的是我们自己的悲恸，末了，爱的是我们自己。

我有位朋友，我平素回避他，他有点让我心烦，再加上老教训人。但在弥留之际，他又见到了我，请放心，我一整天没白过。他死了，对我很满意，是握住我的手离开人世的。还有一个女人，老跟我纠缠不清，结果白费劲，她倒也挺知趣，属英年早逝。随即占据了我心中一大块地盘！更有甚者，自寻短见！老天在上，多么美妙的忙乱！电话过去，心潮起伏，言简意赅，语重心长，强压痛楚，是的，甚至有点自责。

亲爱的先生，人就是这副德行，两副面孔：不能爱他人而不爱自己。不妨观察一番您的近邻，万一公寓里发生了一件丧事。大家安安稳稳过着各自的小日子，突然，比方说，门房死了。大家立即如梦初醒，坐立不安，互相打听，动了恻隐之心。死讯发布，好戏开场。人们需要悲剧，您有什么办法呢，这是他们超度亡魂的法子，也是他们的开胃酒。我跟您谈起门房是出于偶然吗？我就遇上一位，真的其貌不扬，一肚子坏水，畏畏缩缩而且积怨记恨。这个魔鬼恐怕连一心行善的方济各修士见了也会望而生畏。我甚至都不理睬他，但仅凭他的存在已经败坏了我平日的生活兴致。请您告诉我为什么，好吗？

葬礼前两天倒蛮有意思的。门房的老婆犯病了，躺在单间房里，人家把开口棺材就搁在她身旁的支架上。住户各自前往取信。他们推开门，招呼一声："您好！太太！"女看门人用手指着死鬼，聆听大家对亡者的赞扬，然后取了信件各自离去。这间屋里的气氛也并不令人高兴，是不是？然而整幢公寓的人鱼贯而入，进出这间散发着防腐剂臭味的门房间。住户并不打发仆人代劳，不，仆人各自利用良机前往，他们也不怠慢，悄然而来悄然离去罢了。落葬那天，棺材太大，平抬不出去。女门房躺在床上悲喜交集地惊叹道："啊，亲爱的，你们瞧，他的个儿多高啊！"葬礼主持人回答："不用担心，太太，把他竖起来后侧着身子，立马就能抬出去了。"这不，大伙儿真的先把他竖起来，然后再平抬。我是公寓唯一送死者到公墓的，还有一个昔日的酒吧跑堂。我后来才明白他每晚陪死者喝佩尔诺开胃酒。我还是唯一往棺材抛鲜花的，但那口棺材的豪华程度着实使我吃惊。葬礼之后，我又拜访女门房，得到她悲剧演员似的道谢。请告诉我，这一切有何等道理？没有任何道理，不外乎开胃酒罢了。

我也参加过律师公会一位老协作者的葬礼，一面之缘，众人瞧不起他，我却总是跟他握手。况且，凡是我工作过的地方，我都跟所有人一一握手，每天不是一次，而是两次。这种平易近人的热诚以小小的代价博得了众人的好感，助我发达。至于安葬办事员，律师公会会长是不会屈尊前往的。

而我到场了，并且我本来是要出差的，这就更值得一提了。我料到我的出场会令人瞩目，并且收获一番好评。这不，您明白了吧，即使那天下雪也阻挡不住我出场。

怎么啦？我正要说呢，别担心，何况我还在讲这个话题。不过先让我提及我们公寓那位女门房，她买的棺材用了上好的橡木、装饰有带耶稣像的十字架以及银质扶把，倾家荡产，为的是好好享受一番自己的激情，可一个月之后她就和一个美声吹牛大王黏糊在了一起。新姘头狠揍她，传出一阵阵惨叫，他马上打开窗户，高唱他偏爱的情歌浪漫曲："妇女们，你们长得好漂亮！"[①] 邻居叹道："出格了吧！"出什么格了，请问？好的，这个男高音人模狗样的，女门房也表里不一。但无法证明他们不相爱吧。话说回来，也无法证明她不爱前夫了。况且，吹牛大王嗓疼臂乏之后远走高飞，她又赞赏起亡夫来了。好一个忠贞的女子！说白了，我见识多了，另一些人仪表堂堂，煞有介事，却不见得更忠实更真诚。我认识一个人，把一生二十年献给了一个没头没脑的女人，为她牺牲了一切，顾不上朋友和差事，甚至自身体面，可一天晚上他承认从未爱过她。他厌倦了，仅此而已，心烦意乱，像世上大部分人那样活得腻烦了呗。其实，他硬是把人生搞得复杂曲折、悲剧丛生。反正，必须搞出一点名堂来，这就是大部分人类采取行动的缘由。必须发生点什么才行，哪怕是那无爱的奴役，哪怕是战争和死亡。因此，丧葬

① 此处系指意大利托斯卡纳情歌。

万岁！

我呢，至少没搬出这种托辞。我不厌倦，因为我主事。我跟您讲起的那个晚上，甚至可以说比任何时候都不感到厌倦。不，说真的，我不希望发生什么事。然而……亲爱的先生，那是个美丽的秋夜，城里尚温暖，塞纳河上空湿漉漉的，夜色来临，两边的天空依然明亮，路灯亮起幽微的光芒。我沿着左岸河堤走上艺术桥[①]。透过旧书商上锁的书箱空当，可以瞥见河水闪闪发亮。两岸河堤上行人寥寥无几：巴黎人已经在吃晚饭了。我踩踏沾满灰尘的枯叶，想到夏天已经过去了。天空渐渐布满星星，我从一杆街灯走向另一杆街灯时瞥见点点繁星倏忽闪过。我领略着失而复得的宁静和夜色降临的温馨，巴黎显得空空荡荡。我洋洋自得。你的工作称心如意：为一个盲人辩护如愿获得减刑，得到当事人热烈的握手，参加了几个慈善捐赠。下午，在朋友面前发表即兴讲话，侃侃而谈，评说我们的领导阶层铁石心肠以及我们的精英虚情假意。

我登上人迹稀少的艺术桥，无非想看一看夜色降临后依稀难辨的河流。面朝绿色风情小公园[②]，我俯视圣路易岛。内心涌起一股力量，而后传遍周身。怎么说呢，是一种功德圆满的感受。我挺直腰板，正想点燃一支烟，一支使我心满意

---

① 连接法兰西学院与卢浮宫的第一座铁桥。

② 位于王太子妃广场和新桥之间塞纳河圣路易岛上，形似一艘船的艏柱。

足的烟，不料此刻我身后响起一阵笑声。惊讶之下，我猛地转身，未见任何人的踪影。我径直走到桥栏杆，既无驳船又无小艇。我转过身子朝圣路易岛走去，背后再一次响起笑声，听得出笑声显得有些悠远了，仿佛顺河飘去。我凝神伫立。笑声渐飘渐弱，却依然清晰听得出来自我身后，除非出自水中，不会来自其他任何地方。与此同时，我觉察到自己的心怦怦直跳。请准确理解我的意思，这笑声毫无神秘之处，那是善意的、自然的、几乎友好的笑声，能将万物复归原位的笑声。很快什么也听不见了。我回到河滨大道，走进王太子妃街，买了些烟，其实我根本不需要。我昏头昏脑，呼吸困难。这天晚上，我给一个朋友打电话，他不在家。我正犹豫是否出门，突然听到窗下传来笑声。我打开窗户。人行道上一些年轻人在快快乐乐互相道别。我耸耸肩，关上窗户。我毕竟还有一个卷宗要研究。我进入浴室想喝杯水。我的面容在镜中映出微笑，但我的笑容似乎具有两面性……

怎么搞的？请见谅，我走神了。咱们明儿见吧，没准儿。明天，好吧，就明天吧。不，不，我不能留下来了。喏，您瞧，那边像棕熊一样的家伙正招呼我有事商量呢。十拿九稳是个正派人，警察却使坏整他，纯属心理变态。您估摸着他长着杀人犯的脑袋？请相信，他长了个职业脑袋。溜门撬锁倒也挺专业的。您准意想不到这个原始人倒卖绘画是顶专业的。在荷兰，人人都是绘画和种植郁金香的行家里手。这位仁兄，别瞧他貌不惊人，却是最著名的窃画大盗。哪一起窃画案？我也许会告诉您，可别对我的学识大惊小怪呀。尽管我是法官-忏悔者，在这里却有一个业余爱好：我替这里的厚道人当法律顾问。我研究过这个国家的法律，在这个街区招来了一批委托人，他们并不查看我的文凭。这并不容易，但我获取了信任，是不？我笑容可掬，不带城府，握手强劲有力，这些都是王牌呀。再说，我解决了几宗难办的案子，首先是因为有利可图，其次是出于信念吧。不过，假如拉皮条的和偷鸡摸狗的总是到处被定罪，那么正人君子就会一个个无休无止地自认为清白无辜了，亲爱的先生。依我的看法，好吧，好吧，恕我直言：这是必须避免的。否则，贻笑大方矣！

第三天

亲爱的同胞，说真的，很感谢您的好奇心。不过我的故事毫无新奇之处。既然您执意想知道，不妨跟您说说，我有几天会偶尔想起那笑声，后来就忘了。那笑声日渐悠远，似乎从我体内某处传来。不过大部分时间里，我可以不费吹灰之力想别的事儿。

尽管如此，我得承认此后再也不涉足巴黎的沿河大道了。有时驾车或乘公共汽车经过时，我的心里一片寂然。我在等待，我这么想。不过，跨过塞纳河，什么也没发生。我舒了一口气。当时我身体也稍有不适，说不上什么病痛，这么对您说吧，有些萎靡不振，难以恢复好情绪。我看过医生，他们给了我兴奋剂，服后提神，而后又消沉下去。

不过今天晚上，我就感到不适，语句颠三倒四，说话不太顺畅，说辞也不怎么有把握似的。没准儿与天气有关吧。呼吸不顺畅，空气很沉闷，以致压迫胸部。亲爱的同胞，您若不介意，咱们出去在市内走一走，好吗？谢谢。

晚上，这一条条运河多美呀！我喜欢带霉味的水汽，喜欢枯叶浸泡在河里的气味，喜欢载满鲜花的驳船升腾而起的丧礼味。这种趣味毫无病态，不，不，请相信我的话。相反，在我，是一种成见。事实是，我强迫自己欣赏这些运河。这世上我最喜欢的是西西里岛，您听明白啦，而且要登上埃特纳火山俯瞰阳光明媚的美景和大海。我也喜欢爪哇，刮信风时的爪哇。是的，我年轻时去过那里，一般说来，我喜欢所有的岛屿。那儿很是便于主宰一切。

瞧，这房屋引人入胜，对吧？您瞧见那两个头颅了吧，那是黑人奴隶的。一块招牌。那栋房子属于一个贩卖奴隶的商人。啊！那个时代的人可不会藏着掖着！人家神气十足，鼓吹："瞧瞧吧，我拥有临街好地段的房屋，我贩卖奴隶，出售黑人劳力。"今天，您想象得出来有人公开宣称这是他们的职业吗？多大的丑闻哪！我在这儿都能听得见巴黎同仁的斥责声，在这个问题上他们绝不妥协，会毫不犹豫发布两三篇宣言，也许更多！经过考虑，我也会在他们的姓名后面加上我的签名。奴隶制，那可不行，我们反对！倘若在自个儿家或者工厂里奉行奴隶制，倒也合事理，但拿来自吹自擂那就未免过分了吧。

我很清楚世人不能摆脱支使人或被支使。每个人都需要奴隶，就像需要纯净的空气。发号施令，犹如深呼吸，您赞成鄙人之见吧？就连最倒霉的人们也能呼吸。社会最底层的也还有老婆孩子。即便光棍也养条狗吧。一言以蔽之，关键在于别人向您发脾气，您无权顶嘴。“不许顶撞老爸”，您知道这个说法吗？从某种意义上讲，这个说法特别没道理：这个世道，不顶撞喜爱的人，还顶撞谁呢？从另一种意义上讲，这个说法令人信服。总得有人说了算吧。否则的话，任何一种道道总会有另一种道道与之相对立，那就没完没了了。权势裁决一切。我们可花费了时日才悟出这个道道。您大概已经注意到了，我们古老的欧洲总算采用有效的方式高谈阔论了，不再像在幼稚时代那样说：“我是这么想的，你有什么反对意见吗？”我们变得清晰明了，用公告替代对话：“我们公告，这是真理，你们尽可讨论，但与我们无关了。不过呢，再过几年，将会有警察向你们指出我言之有理。”

啊！亲爱的星球！如今一切清清楚楚。我们之间明明白白，知道自己能干什么。听我说，不如换个例子，但主题不变，我总是乐意人家面带笑容侍奉我。要是女佣哭丧着脸，那就一整天一整天让我不受用。她完全有权不高兴，想必如此吧。但我心想她笑吟吟侍候总比哭丧着脸更好吧。事实上，这对我更好。我的推理即便不够高明，也不完全愚蠢吧。由此及彼，我一向拒绝去亚洲餐馆吃饭。为什么？因为亚洲人不说话的时候，当着白种人的面经常神色轻蔑。上菜时自然也是那副样子。那么，在享用烤鸡时，尤其在瞧见他们时，内心怎么会觉得自己在理呢？

咱俩说说私下话。侍候，最好是面带笑容的侍候，故而难以避免。但我们又不能承认。免不得使用奴才的人称奴才为自由人，岂非更好？首先是坚持原则，其次不能使他们绝望。给奴才这种补偿是完全应该的，对不对？照此做法，他们将继续面带笑容，而我们也将保持心安理得。否则我们不得不反躬自省，于是痛苦得发疯，抑或谦卑起来，什么都叫人心惊胆战。因此，不需要招牌，招牌招来声名狼藉。此外，倘若众人入席之后亮出各自真实职业和身份，大家就会不知所措！请想象一下名片吧：杜邦，懦夫哲学家，或基督徒业主，或通奸的人道主义者，真是五花八门。那简直就是地狱了！是的，地狱想必如此：挂着招牌的大街小巷，还没有办法解释。一旦归类，无法改变。

就拿您来打个比方吧，亲爱的先生，想一想您的招牌是怎么样的。您不吭声了？得了，您以后再回答我好了。反正我知道自己的招牌：两副面孔，像是富有诱惑力的雅努斯。大门上挂着家传格言："切勿信以为真。"我的名片上写着：让-巴蒂斯特·克拉芒斯，喜剧演员。这不，在我跟您提过的那个晚上过后不久，我又有所发现。我扶一个盲人过马路，搀他走上人行道，送别时向他敬礼。这个脱帽礼显然不是献给他的，因为他根本看不见，那么我向谁致意呢？向公众呗。演完角色得谢幕致敬！演得不错吧，嗯？同一时期的另一天，我助了一个司机一臂之力，他连声道谢，而我回答他，没有人会这么做。其实我想说谁都会这么做。这个倒霉的口误令我耿耿于怀。说实在的，这谦虚而言，谁都比不上我。

亲爱的同胞，我必须谦卑地承认我一向虚荣得要命。我，我，我，这就是我宝贵生命的老调门儿，一说话就把“我”挂在嘴上。我始终做不到说话时不吹嘘自己，尤其当我谨小慎微地自我吹捧一番，我深谙此道。确确实实，我生活得自由自在又有钱有势。面对所有人，我都无拘无束，因为有极好的理由不承认有人可以与我平起平坐。我对您说过了，我总认为自己比大家更聪明，更敏感更机智，优秀的射击手、无与伦比的驾驶员、胜人一筹的情夫。即便在某些很容易验证是我弱项的方面，比如网球，我只能算是牢靠的搭档，但我很难不去相信，只要有时间加以练习，我就能够胜过一流高手。我仅仅对我的强项表示认可，这可以解读为我的宽厚善良和泰然自若。我之所以照顾他人，是因为纯粹的屈尊降贵，完全自由自在，全部功劳在我，于是我在自爱的孕育中又高升一级。

那段时期，就是我跟你叙述过的那个晚上，我逐渐发现了一些显而易见的事。既不是马上，不，也不是很清晰。首先必须找回记忆。然后渐渐地看得愈加清晰了，我记住了一点我曾经所知的事。那个晚上之前，总有一种惊人的遗忘能力在帮助我。什么都忘，首先把一个个决心丢之脑后。说到底，什么都无关紧要。战争、自杀、爱情、苦难，我当然会关注这些事，如果情势所迫，但采取的态度彬彬有礼、浮皮潦草。我时不时也做做样子，热切关心与我日常生活毫无关系的案子。但实质上，我并没有介入，除非身不由己。怎么跟您说呢？浮光掠影，一切从我身上浮光掠影而过。

咱们说公道话：有时候我的健忘倒也值得称道。您已经注意到有些人的信仰在于原谅一切冒犯，也确实原谅了，但永远不会忘怀。我不是好坯子能够原谅一切冒犯，但到头来总是忘得一干二净。有人以为我一直记恨着他，却意想不到碰见我嘻嘻哈哈和他打招呼，怎么也回不过神来。按此人的本性，要么钦佩我的宽宏大量，要么蔑视我的怯懦卑劣，却怎么也料不到我的理由更为简单：我早已把他的名字忘得一干二净。这不，同样的毛病，或使我与世无争，或使我忘恩负义，却都把我塑造成了宽宏大量之人。

因此，我过一天算一天，天天必诵“我”字经，唯独我—我—我相连，没有其他的连贯性。天天玩女人，天天积德或缺德，活得像狗似的，但我本人天天坚守岗位。就这样，我浮于生活表面前行，过过嘴瘾，从不落在实处。匆匆翻阅一下书籍，马马虎虎关爱一下朋友，走马观花参访城市，漫不经心玩弄女人，所有这一切行动出于厌倦或出于消遣，因为魂不守舍。人们追随而来，想要攀附，却一无所获，真是不幸。算他们倒霉，我已忘却。我历来只惦记着自己。

渐而渐之，我倒是恢复了记忆，或不如说我回归记忆，我找到了正等候着我的记忆。在向你细细讲述之前，亲爱的同胞，请允许我给您举几个例子（肯定对您大有裨益），那都是我在探索中发现的。

一天我在开车，绿灯亮起时我迟疑了一秒钟，我们那些“有耐心”的同胞立即在我背后按响喇叭。我当时突然想起在相同情况下发生的另一起遭遇。我在等红灯，一辆摩托车停在我前面，摩托车手是个干瘪的小矮子，戴夹鼻眼镜，穿高尔夫球裤。摩托车停下时熄火了，小个子怎么拼命踩也起动不了。绿灯亮起，我一如往常彬彬有礼请他把摩托车挪开让我过去。小个子正冲着他那气喘吁吁的发动机发火，便按巴黎礼节叫我一边待着去。我坚持要求，依然彬彬有礼，但话语中间夹着几分不耐烦。人家立即要我明白，不管怎样，步行也罢骑马也罢，即刻滚开。就在这当口，我身后有些人摁喇叭鸣汽笛了。但我的口气更强硬，敦请我的对话者说话要有礼貌，要明白他妨碍交通了。这个暴躁的家伙，或许因为他的发动机明显不怀好意想要跟他作对，更加恼羞成怒，向我挑明是否想挨揍，他称之为饱以老拳，他乐意来个大奉送。如此厚颜无耻惹得我义愤填膺，我跳下汽车，想要训斥这说话粗鲁的家伙。我不想干这等卑鄙的事（可谁想呢！），我比那人高了一个头，我还有一身的肌肉。我到现在还认为应该是他尝尝拳头的滋味，而不是我。我刚在马路中央立定脚跟，一个汉子从开始聚拢的人群中挺身而出，直冲过来，劈头宣称我是劣等中的劣等人渣，不允许我去揍一个脚踩摩托车处于下风的人。我面朝这个火枪手式的侠客，说实在的，我甚至还未看清他的模样。这不，趁我刚一转身，几乎同一时刻，便听得摩托车手再次劈里啪啦踩响发动机，驾车扬长而去，而我的耳朵却狠狠挨了一拳。我还没来得及弄清发生什么事，摩托车手已经逃之夭夭。晕头转向地机械地朝达达尼昂[1]走去，就在这时，密密麻麻一长串汽车齐声合奏愤怒的警告。绿灯又亮了。于是，尽管还有一点懵懂，我非但没跟呛声的蠢蛋算账，还乖乖回到车里。我踩下油门发动起车，经过那个混蛋时，他吐出一声“可怜虫”，向我致敬，我至今还记忆犹新。

您会对我说无关紧要的破事，是吗？也许是吧！只不过，我久久不能忘怀，这才事关重要。我算是情有可原吧。我是被揍了还没还手，但总不能怪我怯懦吧。我突然遭到攻击，可谓两头夹击，我跟两边都闹翻了，种种警告彻底把我给弄糊涂了。然而，我倍感懊丧，好像很丢脸。我再次想起当时在众人讥讽的目光下忍气吞声进入汽车，记得我穿了一身非常考究的蓝西装，这更让众人乐不可支。那一声“可怜虫”萦回脑际，毕竟我也觉得中肯。总之，我当众出丑了。一连串的巧合，诚然不作美，但巧合总是会有的吧。事后回想，该怎么做变得一清二楚。我冲着达达尼昂来一记勾拳，把他打倒，回头钻进汽车去追赶那个打我的畜生，把他的摩托车逼上人行道上逼进死角，然后把他拉到一边痛打，让他领受生活的老拳。这部小电影，我在脑海中来回放映了一百遍，期间对脚本稍稍做过几次修改。但一切都太晚了，一番难堪的怨愤，我花了几天工夫才吞食下去。

瞧，又下雨了。咱们就在这门廊下停一会儿，好吗？

---

① 《三个火枪手》男主人公，为人好打不平。

好，我讲到哪儿啦？啊，荣誉！好吧，我后来再次想起上述历险，心里明白了其中的含义。一言以蔽之，我的梦想禁不起事实的考验。现在一清二楚了，我梦想成为一个完人。在人格上如同在职业上均受到尊重，给您打个比方：半个塞尔当，半个戴高乐。简而言之，在一切事情上我说了算。所以，我摆架子装阔气，装模作样显示体格灵巧多于智力天赋。但是，当众挨了打而没有还手之后，我不再可能怀抱此等美好形象了。我以真理和智慧之友自居，那又何妨，反正这桩历险早已被目击者遗忘？我几乎不必自责我的无名之火，自责因为头脑不清没有妥善处理怒火引起的后果。我迫不及待想报复，想痛打，想战胜。好像我真正的愿望不是成为世间最聪明和最慷慨的造物者，而只是成为想打谁就打谁的人，总之，成为最强悍的人，而且是以最粗拙的方式。事实上，如您所知，所有聪明人都梦想着充当大盗，梦想只靠暴力统治社会。但这事没那么容易让人相信，这不是阅读特定小说，因此人们一般信赖政治，投奔最残酷的政党。如果能够对大家发号施令，凌辱精神又何妨？我没准发现自己也在做压迫他人的美梦呢。

至少我明白自己站在罪人和被告一边也是有限度的，前提是他们的过错对我丝毫无损。他们的罪责反倒使我雄辩有加，因为我并非受害者。我一旦受到威胁，就轮到我变成法官，更有甚者，我成了一个暴躁的主子，不顾一切法律，痛打犯人，而且叫他下跪。此后，我亲爱的同胞，那就很难正经八百地继续认为自己是正义的天职奉行者和孤儿寡母的天然守护者了。

既然雨越下越大，咱们又有的是时间，斗胆向您坦白我不久之后在记忆中找到的新发现，怎么样？好吧，咱们坐到那条可以避雨的长凳上吧。几个世纪以来，抽烟斗的绅士就坐在这里静观同样的雨丝落入同样的运河，我要给你讲述的有点难以言状。这次有关一名女子。首先必须让您知道，我搞女人总是不费多大气力就马到成功。我不是说成功让她们获得幸福，也不是说我因为她们变得幸福。不，仅仅成功而已。几乎在我乐意的时候，我总如愿以偿。人家觉得我有魅力呗，请想象一下吧！什么是魅力，您懂得：一种心照不宣，不用言明就心下了然。那个时代，我有这等本领。叫您意想不到了吧？得了，不必否认嘛。凭我这长相，一露脸便可得手，很自然的嘛。唉，过了一定的年龄之后，凡是男子都得对自己的脸面负责，我的面貌……就此打住吧！事实明摆着，人家觉得我有魅力，我顺水推舟罢了。

不过，我对女人从不工于算计，而是诚心诚意，差不离吧。我跟女人的关系秉持自然而然，从容自在，像通常所说，举手之劳。不掺杂什么计谋，或是那种露骨的计谋，她们会将其视作献礼。我喜欢她们，按约定俗成的说法，这等于说我从未喜欢过她们中间任何单独一人。我一向认为，鄙视女人的行为既庸俗又愚蠢。我结交过的几乎所有女人，我都觉得她们比我优秀。我把她们抬得这么高，我更为经常的是利用她们而非为她们效劳。怎样才能把付出的重新捞回呢？

当然，真正的爱情是异乎寻常的，差不多每个世纪存在两三次吧。剩下的，不过是虚荣或烦恼而已。说到自己，反正我不是葡萄牙修女[1]。我心肠又不硬，差得远了，相反我充满温情，还动不动流泪。只不过我的动情兜兜转转还是转向自己，对自己动了情。但不管怎样，说我从来没有爱过也是不对的。我一生中至少缔结过一次伟大的爱情，其对象则是我本人。从这个角度来看，在年纪轻轻经历了难以避免的周折之后，我很快便拿定了主意：好色，唯独好色统领我的爱情生活。我追逐对象只为了性欲和征服。我的体质也帮了我大忙：天性待我很慷慨。我为此颇感自豪，从中获得很多满足，简直说不好是性欲的满足，抑或声誉的满足。好吧，您会说我又在自吹自擂啦。我并不否认吹嘘，但我把真实情况拿来吹嘘一遍之后，反倒觉得有些自惭形秽了。

总之，我的好色，姑且只谈好色，是实实在在，我甚至可以为了十分钟的艳遇不认爹娘，哪怕心酸后悔也在所不惜。我说什么来着？尤其为了十分钟的艳遇，是的，就算我明知这场艳遇将是昙花一现。我当然是有原则的，比如，朋友的妻子是神圣的。要搞，办法也很简单，只要提前几天怀着真心诚意断掉与其夫君的友谊。或许这也不能叫做好色？好色本身并不令人厌恶，姑且宽容为怀，不妨称之为生理缺陷，一种与生俱来的无能显见于爱情之中，除了做爱之外什

① 法国作家吉拉格写下《葡萄牙修女信札》（1669），但直到 1926 年，人们都以为那是葡萄牙修女玛丽娅娜·阿尔科佛拉多写给巴黎一位伯爵的真实情书。

么都做不出来。这种缺陷毕竟令人快慰，与我的健忘技能一旦结合，进一步助长了我的自由。它又赋予我某种疏远的神情以及不可制约的独立，从而给我提供了频频得手的机会。我并非浪漫主义者，但我给浪漫故事切切实实添了料。事实上，咱们这帮女朋友跟拿破仑·波拿巴有共同之处：她们总是想着别人失败之处稳操胜券。

在这类交易中，我满足了肉欲之外还满足了另外的东西：对游戏的爱。我喜欢女人在某个游戏中充当伙伴，她们至少喜爱天真无邪吧。明白了吧。我不能忍受百无聊赖，日常生活中我一味喜欢娱乐休闲。任何团体，哪怕显赫有名，很快我就受不了，而跟自己喜欢的女人在一起从不厌倦。我难以启口供任，我宁愿拿出和爱因斯坦交谈十次的机会来换取一次和美丽戏子的约会。到了第十次约会，我就会当真渴望求教爱因斯坦了，或宁愿闷头阅读大部头著作。一言以蔽之，我从来就是在短暂放纵的间隙才关注一下大问题。有多少次，我站在人行道上跟朋友热烈讨论的当口，看见一个小妖精穿过马路，我随即跟不上朋友的思路了。

于是，我严格按规矩办。我晓得她们不喜欢太快直奔目标。首先应该如她们所说，聊一聊天，温存一番。我是当律师的，诉说衷情难不倒我；眉来眼去也在行，在军队当兵时就学会演戏了。我经常转换角色，但戏本总是雷同的。比如，难以理解的吸引力，“我说不清为什么”，“没什么理由，我没想要被勾引，我对爱情已经厌烦了”。凡此种种，这类戏码老生常谈，但行之有效。还有一种，神秘的幸福，没有其他女人给过您，这份爱是无望的（因为人们不太擅长做保证），但恰恰妙就妙在不可替代。我精心提炼了一小段台词，无往不利，我肯定您也会鼓掌称道的。这段独白的精妙之处要念得既凄楚悲怆又无可奈何，我一无是处，不必依恋我，我的生活在别处，不见得每天都有幸福事，也许本该热爱此等幸事胜于一切，但为时已晚矣。至于这决定性的“晚矣”的理由，我三缄其口，深知带着秘密上床睡觉才是上策。况且，从某种意义上说，我相信自己说的话，我生活在自己的角色中。无怪乎我的女伴们也充满热情，表演得十分投入。女友中最感性的几位千方百计对我体贴入微，这份尽心竭力让她们带着温柔哀怨投入我的怀抱。其他女友见我遵守游戏规则以及体贴入微地先动口后下手也就心满意足了，于是迫不及待地干起好事来。我赢了两次，除了满足了我对她们的性欲，还满足了自爱自尊，因为我每回都验证了自己的男性魅力。

上述言论非常真实，因此即使某些女伴只能给我提供不高明的性趣，我反倒尽量与她们重叙，时隔一阵聚一次，也许是出于某种特殊的欲望，因为分离，因为突然找回的默契，同时也为了验证我与她们之间的关系一如当初，我可以凭一己之力把她们拉回身边。我甚至时不时要她们发誓不属于其他男人，以便一劳永逸地平息我在这方面的焦虑不安。其实我心里根本不存在这种不安，想象出来的都没有。某种自命不凡在我身上显现，我都很难想象委身于我的女人竟然属于另一个男人，尽管这是显而易见的事实。但不管怎样，她们发过的誓会约束自己，却放开了我的手脚。一旦她们不属于别的男人，我就可以下定决心跟她们了断；倘若她们另有所欢，我反倒几乎不可能一刀两断了。我给她们做了一劳永逸的检验，这样我的权利也可以长久得到保障。见怪不怪，其怪自败，是吧？我亲爱的同胞，事情就这德行！一些人喊道："爱我吧！"另一些人嚷嚷："别爱我呀！"但有那么一种人，最恶劣最倒霉的那种，却嚷嚷："不要爱我，但要对我忠实！"

只不过验证从不会一锤定音，每逢新欢必须重新开验。一而再，再而三，就会沾上一些习气。话语不假思索脱口而出，继而成了条件反射，终有一日，没有欲念也要下手占有。请相信我的话，至少对某些人而言，不取非欲之物是世上最难的事情。

有一天，这样的事情发生了，不必向您道破她是何许人也，我只会告诉您她曾经以萎靡而贪婪的神情吸引过我，但我没有真正动心。坦率说，事情办得差点劲，这倒也在意料中。但我这人心里从没这么多弯弯绕绕，很快便把那个女人给忘了，不再见面。我以为她什么都没察觉，甚至想象不到她居然还有什么高见。再说，她那萎靡的神态在我眼里是一种避世的方式。然而，几周之后，我听说她竟然向第三者泄露了我的缺陷。我当即觉得有点被蒙骗了；她原来并不像我想象的那样消极被动，倒是蛮有主见的。事后，我耸了耸肩，装作一笑了之。我真的嗤之以鼻，显而易见，这个意外的小插曲无关紧要。如果说有个领域应当以谦虚为准则，难道不是一切都难以预料的性欲之事吗？并非如此，谦虚属于得益者，就算他身处孤独。我是耸了耸肩，但我好歹要采取点行动吧？过了不久，我又见到这个女人，为了勾引她，我做了该做的事，真正把她搞到手了。这并不十分困难，因为她们也不喜欢失败。从这个时刻起，并非有意为之，但实质上我开始千方百计折磨她。我把她抛开又把她捡起，迫使她在不恰当的时间和地点委身于我，在各个方面都非常粗暴，到头来我反倒依恋起她，恰如我想象中狱卒和囚犯之间的关系。直到有一天，强行纵情施虐竟然使她乐得死去活来，她居然高声赞美遭受的奴役。就在这一天，我开始疏远她。后来就把她给忘了。

看得出来，您的沉默出于礼貌，我同意您的看法，这场艳遇不太光彩。不过想一想您自己的生活，我亲爱的同胞！挖掘一下您的记忆，也许您会发现类似的阅历，以后不妨讲给我听听。至于我，一想到这档子事儿便忍不住笑。但这是另一种笑，类似我在艺术桥上听到的笑。我笑自己的说辞和辩词，比起我说给女人听的言辞，我更加嘲笑自我辩护。对女人说的话，我至少很少撒谎。我的本能透过我的态度已经说得一清二楚，毫不拐弯抹角。比如，做爱的行径就是一种自白。自私在露骨尖叫，虚荣在自卖自夸，或许真正的慷慨也会显露出来。归根结底，这个令人遗憾的故事与我其他的私通相比，我在其中表现出的坦诚超出自己的料想，我说出我是谁，我怎样生活。抛开表象，我在私生活中自尊自爱，或甚至如我对您所说的那样，在我为无辜和正义进行奔放的职业辩护时更是神气十足。在我和人类共事时，我至少不会自欺欺人，无视自己的天性。没有任何人在寻欢作乐时会弄虚作假，此话是我读到的，或说我想出来的，我亲爱的同胞？

当我考虑到和一个女人绝交时的困难，考虑到这种困难会波及我很多的男女关系，我就无法怪罪自己有颗温柔的心。若是我的一位女友因为等待不到激情的奥斯特里茨[①]进而提出分手，这说明不是温情促使我跟她相好。于是，我立马主动向前讨好，又后退让步，又是滔滔不绝。温情也好，甜蜜清新也罢，由我在她们身上唤醒，而我本人只有浮光掠影的感受，只有拒绝能给我一点刺激，只有失去一份情谊能让我警觉。有时候，我真的以为很痛苦，确实是的。可女冤家真的走人了，我也就很容易把她忘掉，但当她决定重投我的怀抱，我就无视在我身边转悠的她。不，当我身处被抛弃的险境时，唤醒我的既非爱情亦非大度，只是被爱以及得到我认为应得的东西的欲望。一旦被爱，我又再次把女伴给忘掉，容光焕发，心情舒畅，我又变得和蔼可亲了。

请注意，这份情谊我一旦失而复得，便又感到不堪重负。在我恼火的时刻，我私下嘀咕心仪的女人红颜薄命才是最理想的解决方法。她一死，一则便可一劳永逸确定我俩的关系，再则也可免去对她的约束。但咱们总不能为了享受不可想象的自由，就希望所有人都死得精光吧，地球人口减少也不行。我的感知倾向于抵制这种想法，我对世人的爱也与

---

① 1805 年拿破仑曾在此大胜奥俄联军。此处暗示“性高潮”。

其抵牾。

我在偷情中感受到的唯一深切情意就是感激，当一切顺利时，当人们给予我安宁和来去自由时，我会更温柔、更快活地对待一个女人，尽管我刚离开前一个女人的床笫，就好像我刚对她们中间的一位欠下的情债扩展到了所有女人身上。况且，不管我的艳情表面上多么混乱，我得到的结果明明白白：我把所有的相好都维系在我周围，任何时候享用都可屡屡得手。我坦白，唯一能让我活得下去的条件就是地球上所有的女人，或尽可能多的女人，都来拍我的马屁，永远抽得出身来伺候我，她们没有独立的生活，随时随刻听从我的召唤，注定断子绝孙，直至有一天我用我的光辉俯允宠幸她们。总之，为了我活得幸福，我挑选的人没有自己的生活，也不应当有自己的生活，只应时不时在我兴致好的情况下讨生活。

啊，但请相信，我给您讲述这些绝非沾沾自喜。每当想起那个阶段，我索取一切却毫不付出，我调动那么多人为我服务，就好像把他们封存在冰箱里，为了某天某日随意可取可用，连我自己都不知如何称呼这涌上心头的匪夷所思的情绪。没准是羞愧吧？请告诉我，亲爱的同胞，羞愧有点令人焦灼不安，是吗？也许是羞愧，也许是有关声誉的某种可笑心态。反正，这种感觉一直萦绕心中，自从我在自己记忆的核心发现了这类艳遇之后，而我必须把这类艳遇和盘托出，尽管我努力扯开话题，并极尽杜撰之能事，但求您保持公道。

瞧！雨停了。劳您驾，陪我回家吧。我累了，怪怪的，倒不是话说多了，而只是想到还有话必须讲出来。好吧！好在三言两语便说得清楚我最重要的发现。再说，何必要多啰嗦呢？为了让雕像纤芥无遗，华丽的致辞自免为好。那天夜里，时值十一月，在我以为听到背后有笑声的那个晚上之前两三年，我正经过王家桥回左岸的住所。子夜之后一点钟，下着小雨，更确切讲是毛毛细雨，驱赶着寥寥行人。我刚离开一个女友，她肯定睡了。我觉得这么走挺惬意的，尽管头脑有点迟钝，身子骨却是平和的，周身的血液酷似细雨缓缓流淌。在桥上，我从一个趴在栏杆上的人形后面走过，此人似乎望着河水。走近才看清是一位身材纤细的女人，穿一身黑。乌发和大衣领子之间露出一段脖颈，细嫩而湿润，令我动情，但只犹豫了片刻便继续前行。我走过桥头，进入河滨大道，朝圣米歇尔广场走去，我就住在那边。当我走了五十米光景，忽然听得扑通一声，尽管隔了一段距离，在夜色的寂静中，我能听得真切那是人体落水的动静。我戛然止步，但并未回头。几乎同时，我听见一声呼叫，重复了好几次，但顺水流去，越来越远，最后突然消失了。随之而来的寂静在突然凝固的夜色中使我觉得无边无际。我很想跑，但动弹不得。我直打哆嗦，又冷又惊，当时是这么以为的。心想必须赶快行动，却身不由己瑟瑟发抖，浑身没有气力，居然忘了当时想了些什么。“太迟了，太远了……”或诸如此类不着边际的想法。我尽管动不了窝，却始终侧耳细听。然后，我冒雨小步离开。没有告知任何人。

我们终于到了，这是我住的房子，我的隐蔽所。明天？

好啊，随您的愿吧，我乐意带您去马肯岛，您会看到须德海。那么十一点在墨西哥城酒吧碰头。什么？那个女子？啊！不知道，真的一无所知。事后第二天以及随后的日子，我连报纸都没有看过。

第四天

一座极小的村庄，您不觉得吗？别有秀丽风光，是吧！但我领您来这座岛，不是为了猎奇风光，亲爱的朋友，谁都能让您欣赏到头巾帽、木拖鞋、彩色的房屋，渔民在光蜡[①]的香气中抽着优质烟草。我不一样，属于极少数能向您指出这里重要之处的人之一。

我们到达堤岸，就应当顺着堤岸继续走，尽可能远离这些过于优雅的房舍。咱们坐下吧，请坐。您认为怎样？没错吧！这景色是最漂亮的照片底片！看见了吧，左边，那一堆灰烬，人们称之为沙丘，右边，灰色堤岸，咱们脚下的青灰色沙滩，面前的海水色调犹如稀薄的洗衣水，开阔的天空倒映着苍白的水色。真是一座萎靡萧瑟的地狱！只有一条条地平线在延伸，毫无光亮，空间五色，一派死气沉沉。难道不是宇宙万物皆空，一片虚无映入眼帘？人烟荒芜，是最要命

① 在荷兰，门窗地板家具都上光蜡。

的，人烟荒芜！只有我和你面对荒芜的寰宇！天空有生命吗？亲爱的朋友，您问得对呀。天空云彩变浓变稠，然后豁出口子，放出层层天梯，锁上乌云的大门。鸽子在飞翔。莫非您没有注意到荷兰的天空充塞了几百万只鸽子，它们翱翔在高空，肉眼不得见，它们拍打翅膀，升降起落整齐划一，灰白色的羽毛在广袤的天空随着气流掀起波涛随风来回往返。鸽群在空中彷徨等候，一年到头在地球上空盘旋，注视着大地，很想落地。但下面空空如也，只有大海、运河、挂满招牌广告的屋顶，连得以落脚停歇的雕像头颅都没有。

您不明白我想表达的意思吗？得向您承认，我心力交瘁了。说话前言不搭后语，不再像朋友常夸我的那样头脑清晰。而且，我那些朋友也就这么一说罢了。我不再有朋友，只有同谋。同谋的数量在增加，他们都是世人。世人中，您居首位，首当其冲。我怎么知道没有朋友了？简单得很：有天，我想要用自杀来拿他们寻开心，算是对他们的某种惩罚。但惩罚谁？有些友人会讶异；有些不会感到受罚。我自此明白了，我没有朋友。况且，即使有朋友，也不管用。除非在自杀之后能看得到他们的嘴脸，是的，那这个游戏倒也值了。然而，亲爱的朋友，大地昏暗，棺木厚实，裹尸布厚实！灵魂长眼睛，那倒也行，如果真有灵魂并且长着一双眼睛！但我们没有把握，永远没有把握。否则，也算有个出路，人家末了还可以假装认真对待。世人只会等到您死掉才会确信您的苦衷、您的真诚、您的辛劳负重。只要您还活着，您的案子就是悬案，您只能接受世人的怀疑。如果确信世人会兴致勃勃地欣赏那种死亡场面，那就值得花费力气向世人证明他们不相信的东西，并使他们大吃一惊。但您自杀了，他们信与不信跟您没有关系了，反正您已不在人世，无法证实他们的惊愕和接受他们的懊悔，更何况他们的懊悔稍纵即逝，您总不能跑进每个人的梦中去参加自己的葬礼吧。为了终止疑神疑鬼，就得终止存在，干脆明了。

这样岂非更好？别人的冷漠使我们太痛苦了。“你要为此付出代价！”一个姑娘对父亲这么说，因为父亲不让她嫁给油头粉面的求婚者。于是，姑娘自尽了。但父亲没有付出任何代价。他挺爱抛饵钓鱼的。三星期之后，照旧去河边，为了忘却，他这么说。他推算准确，真的忘掉了。其实发生相反的情况，倒是怪事一桩了。有人为了惩罚妻子一死了之，到头来反而把自由还给了她。这叫见怪不怪，但还是不见为好。省得别人说您的举动另有缘由。关于我的传言，我已经有所耳闻：“他自杀，因为不能忍受……”啊！亲爱的朋友，世人的创造力何等贫乏，总以为了断一生需要有个缘由，其实完全可以有两个缘由嘛。不，这装不进他们的脑袋。那又何必为了自己找到的理由而自寻短见，自我牺牲呢？您一旦死去，人家便会给您的死安上愚蠢或庸俗的理由。亲爱的朋友，殉道士，应当选择被人遗忘，被人嘲笑或被人利用，三者必居其一。至于被人理解，则永远不可能。

那么，咱们开门见山吧：我热爱生命，这是我实实在在的弱点。我非常热爱生命，以至于对生命之外的事物根本无法想象。如此这般渴求颇为平民，您不这样认为吗？贵族想象中的自我，总与本人及其生命保持一点距离。必须死就死，宁折不弯。至于我，又弯又曲，因为我继续自爱。唷，给您讲了这一切之后，您会以为我怎么了？厌恶自己？得了吧，我尤其厌恶别人。诚然，我清楚自己的过失，深感懊悔。但我继续将其遗忘，冥顽不灵，相当值得称道的冥顽不灵。与此相反，起诉别人倒是在我心中没有间断过。此话必然让您听着刺耳？您也许想这合逻辑吗？但问题不在于保持逻辑，而在于溜之大吉，尤其，哦，尤其在于避免审判。我不说避免惩罚，因为未经审判的惩罚是可以忍受的。况且，有个词儿可以保证我们的清白无辜，那就是“不幸”。不，关键在于逃避审判，逃避没有判词的审判。

然而，逃避审判谈何容易。现如今，我们随时准备对付审判，正像随时准备私通。但两者有差异，我们不必担心私通出纰漏。您若不信，不妨去侧耳细听海滨旅馆餐桌上的言谈，咱们那些好心的同胞一到八月份就要去海边治疗无聊。如果您还犹豫着下结论，不妨读一读当下咱们那帮伟人的文章，抑或观察一番您自己的家庭，必将一清二楚。我亲爱的朋友，万万不可给他们提供审判您的借口，一点儿也不给！不然的话，咱们就要粉身碎骨了，不得不像驯兽师一样谨慎小心。进笼子之前，若有什么不幸，无非就是刮胡子刮破了脸，而一旦进入牢笼，那就成了猛兽的美餐。我是突然领悟这个道理的，那天我突然起了疑心，或许我并不受人爱戴。从那之后，我变得疑神疑鬼。我流了一点血，却看见了血海，以为他们要把我生吞活剥。

我与同代人的关系依然如故，表面上吧，其实已经微妙地显现出不和谐。我的朋友并没有变化。他们一有机会就吹嘘在我身边何其和谐安稳。但我只感受到不和谐，心烦意乱；感到自己脆弱地暴露在公众面前，接受他们的审判。我的同仁朋辈在我眼里不再是我习以为常的恭敬听众了。以我为中心的圈子打破了，他们整整齐齐站成一排，好像在法庭上那样。自从我担忧自己身上存在有待审判的东西，终于明白在他们身上就存在一种不可抗拒的审判使命。是的，他们都在场，像以往那样，但露出笑容，或者不如说我觉得遇见的每个人瞧我时都面带暗笑。那个时期，我甚至觉得有人给我勾脚使绊，确实有那么两三回，我踏入公共场所时无缘无故绊倒了。甚至有一次仰天摔倒在地。我，身为笛卡儿主义的法国人，随即恢复理智，把这些磕磕绊绊归咎于唯一合理的天意，我的意思是说，归咎于偶然性。又有何妨，我照样满腹狐疑。

警觉一旦被唤醒，就不难发现敌人。先是自己的行当，其次是社交生活。有些人，我曾帮扶过，另一些人，我本该帮一把。总之这一切合乎常情，等我发现时也不太伤感。相反，让我感到困惑和痛心的，倒是要求承认我几乎不认识或根本不认识的人中间也存在敌人。我一直以为，我的天真坦率，我已向您列举过几个例子来证明，能让那些不认识我的人在和我常来常往之后情不自禁地喜欢上我。唉，并非如此！尤其那些只远远望见我一眼的人对我抱有敌意，其实本人根本不认识他们。没准，他们怀疑我活得充实饱满，自由自在沉溺于幸福之中：岂能原谅！成功的得意神态一旦流露出来，连驴子也会被刺激得发疯。另外，我的生活安排得满满当当，我由于没空拒绝了许多邀请。又出于同样的原因，过后就把谢绝给忘了。然而，邀请的人，他们的生活并没有安排得这么满，于是对我的谢绝念念不忘，耿耿于怀。

不妨举个例子，女人终究使我付出了代价。我贡献给她们的时间是不会给男人的，而他们未必谅解。如何脱身呢？只有当您跟他们慷慨分享，您的幸福和成就才可得到他们的谅解。然而，为了得到幸福，就不该过多顾及他人。至此，出路全部堵死了。要么获得幸福而被审判，要么被宽恕而成为可怜虫。我受到了更多的不公：我因先前的幸福而被判有罪。我长久生活在普世和谐的幻象中，漫不经心，春风满面，岂料从四面八方朝我飞来的却是评判、利剑和嘲讽。到我引起警觉的那一天，清醒过来，却发现遍体鳞伤，一下子周身乏力。于是天下人竞相嘲笑我。

这是任何人都无法忍受的，除非不食人间烟火者，我想说的是圣贤。唯一的防身武器是往肚子里灌水。于是，人们急于审判别人，为了不受别人的审判。又有什么法子呢？人最自然的想法是天真顺势而产生的，好像从本性顺流而出，那是自己无辜的想法。从这个角度来看，我们大家都很像那个关在布森瓦尔德[①]的法国小孩，他执意向录事提交请愿书，而录事本人也是囚犯，登记了他的到访。一份请愿书？录事

① 二战期间，德国纳粹在魏玛附近建立的集中营。

及其伙伴哈哈大笑："没用的，小老弟，这里不搞请愿的。"法国小孩却说："先生，请您弄明白，我的情况是例外。我是无辜的。"

我们人人都是例外。都想诉求点什么！每个人都不惜代价声称清白无辜，即便为此不得不控告全人类和指摘老天爷。您恭喜某人经过努力变得聪明或大方，不会让他太高兴。您若赞赏他天生高尚仁慈，他就心花怒放。与之相反，您若告诉一名罪犯，他犯罪并非出自本性也非因为性格，而是运气不佳造成的，他必定狂热地感激您。在当庭辩护时，他甚至会选择这个时刻哭泣。然而，天生的诚实和聪明并没有功绩，恰如天性引发犯罪肯定不比际遇引发犯罪要承担更多责任。可是，这帮骗子非要获得赦免，也就是说，推卸责任，厚着脸皮为天性申辩或者推脱那是意外情况，即使两者之间互相矛盾。关键在于：他们是无辜的，他们的品德与生俱来，不容置疑，他们的过失是一时不幸造成的，永远只是暂时的。我对您说过，必须中断审判。既然难以中断，那要人既赞赏又原谅其天性，这事就颇为棘手了，于是人们一个个千方百计发财致富。为什么？您揣摩过吗？当然是为了权势！但首先因为有钱就可避免立即受审，把您从地铁的人群中拉出来，塞进镀镍的私家汽车，安顿您孤零零地住在大花园豪宅，安排您乘坐火车卧铺车厢，最后让您稳坐豪华办公室。亲爱的朋友，财富还不能宣告无罪，只是缓期执行，但有所获总是好的嘛……

尤其是朋友要求您真诚对待他们时，千万别信。他们只是想让您对他们维持好意，给他们一个从您的真诚允诺中汲取的额外担保。真诚怎么竟成为友谊的一个条件呢？不惜一切代价追求真相，这种爱好是一种激情，什么也不放过，什么也抵挡不住。这是一种恶癖，有时也是一种舒适，或一种自私。因此，倘若您落到这个地步，请别犹豫：不妨允诺实话实说，然后千方百计圆谎。您将满足他们深切的欲望，并向他们百分之二百证明您的好感。

我们极少信任比我们优秀的人，千真万确。我们宁肯躲避跟他们结交；反倒常常跟我们性格相似而弱点相同的人倾诉衷肠。我们既不希望改正也不希望改进：我们首先需要被判定为有缺陷。我们只恳求在自己的道路上被同情和被鼓励。一言以蔽之，我们希望不再被认为有罪，并且不用费力净化自己。既算不上玩世不恭，也够不上行善积德。既没有精力作恶，也没有精力行善。请问您是否知道但丁？知道，真的吗？哎唷。那您一定知道但丁在上帝与撒旦之争中承认有中立天使。他把他们放在灵薄狱。类似地狱的前厅。亲爱的朋友，咱们都在这样的前厅里。

总要有点耐心吧？也许吧，您说得对。应当耐心等待最后的审判。可是，咱们偏偏急不可耐，急得我不得不充当法官-忏悔者。不过，我首先应当处理好我的种种发现，了断同代人对我的耻笑。自从那一晚我遭到传唤，我确实被传唤了，我不得不应答或至少寻找答案。这并非易事，我久久徘徊。首先，这无休无止的笑声以及发出耻笑的人们应当教会我对自己看得更清楚，教会我最终发现我并非等闲之辈。请别笑，这个真相未必像看上去的那般初始。要在排除其他一切之后发现的真相，才称之为初始真相，仅此而已。

我对自己进行长久研究之后，发现了世人根深蒂固的双重性。于是，我拼命搜索记忆，领悟到谦虚助我出彩，谦让佐我制胜，德行帮我打压。我以和平手段打仗，又以无私手段觊觎一切。比如，我从不抱怨大家不记得我的生日；而旁人对我在此事上的审慎低调甚感惊讶，并带了几分赞赏。但我不怀功利之心的理由更加不事张扬：我热切希望被遗忘，这样就能自怨自艾。我明知这是个大日子，所以几天之前便开始戒备，刻意不外露任何迹象，以免引人注意，或者唤醒某人的记忆，我本来指望过他们记性不好（我是否有一天会动了念头，篡改家里的日历？）。我的离群索居一旦昭然若揭，我便可以沉湎于雄性的万般愁绪之中。

由此看来，我种种德行的正面也有其不够尊严的反面。从另一层意义上讲，我的缺点反而的确对我有利了。比方说，我为了隐藏我一生恶劣的部分，就不得不摆出冷峻的表情，而旁人却将其和美德之人的表情混为一谈，我的冷漠获得爱戴，我的自私在我的慷慨中登峰造极。就此打住吧：太多的对称类比有碍我的论证。其实，我装作清心寡欲，实则抵挡不住酒与色的诱惑！我看上去积极主动，活力充沛，而我的王国是床笫。我高呼忠诚，但窃以为，我爱过的人中没有一个到头来不让我背叛的。当然了，我一次次背叛并不妨碍我的忠实，我在一贯懒散中解决了一项重活，我从未停止出手相助邻居，因为从中能体会到其乐无穷。然而，重复做这些显而易见的事于事无补，我从中得到的只是浅薄的慰藉。某些上午，我参与预审诉讼直到结束，所得出的结论则是我尤其精于蔑视。那些我最常出手相助的人是我最蔑视的。对那些睁眼瞎，我彬彬有礼，显露至善至诚的友爱，其实每天都朝他们脸上啐唾沫。

坦率讲，找到借口了吗？借口倒有一个，但太过混账，派不上用场。不管怎样，事出有因：我从未相信过人间事物需要认真对待。我也不知道该往何处动真格，除非它不在我所见的一切之内，除非我只不过将它当作儿戏，令人开心抑或叫人讨厌的儿戏。的的确确存在拼搏和笃信，但我从未理解过。我始终带着惊讶并有点怀疑的神态注视那些古怪的造物者，他们要钱不要命，为失去地位灰心丧气，或者为了家族兴旺发达慷慨献身。我更理解一个朋友了，他曾带头戒烟，凭着毅力居然成功了。一天早晨，他打开报纸，读到第一颗氢弹爆炸成功，并且获悉其威力令人折服，于是他毫不迟疑地踏进烟草专卖店。

想必，我有时候在假装认真对待生命。但很快“认真”本身让我觉得轻佻起来，而我只能继续力所能及地扮演我的角色。我扮演自己办事高效、聪明、清白、守本分、气愤、宽容、守望相助、诲人劝善……就此打住，总之，您已明白我跟这些荷兰人一个样子：人在心不在，我占着最大位置之时正是我魂不守舍之时。只有身处运动场和戏剧团时我才挥洒真正的忠诚和热情，因为在团里演戏是自娱自乐。上述两种情况都遵循了一个游戏规则，不是顶真的，按戏本演戏是闹着玩寻开心。如今依旧，一是周日人满为患举行比赛的体育场，二是我怀着无比热情喜爱的剧场，这两处是我感到世上唯一清白无辜的地方。

然而，一旦涉及爱情、死亡，以及微薄的工资，谁会认可这种态度合乎情理呢？可是怎么办？我想象绮瑟①的爱情只在小说或舞台上发生。我有时觉得垂死者是进入了自己的角色。而我那些穷苦当事人的辩驳总让我觉得似乎出自同一提纲。自此之后，既然跟我共处的人不能和我分享他们的利益，我也不再相信自己承担的义务了。我相当礼貌，也相当懒散，但足以在我的职业、我的家庭或我的公民生活中回报他们对我的期待，但每次也会因为某种心不在焉到头来把一切都搞砸了。我的全部生活都在双重特征中度过，我最严肃的行为往往是我最少介入的行为。说到底，我不能原谅自己，因为错上加错，而我最强烈抗拒的则是针对我以及周遭的审判，这就迫使我寻找出路了，难道不是吗？

有一阵子，我的生活表面上毫无变化，一如既往。我上了轨道，滚滚向前，好像凑巧似的，溢美之词纷纷朝我涌来。倒霉事应运而生。请记住："人都说你们好的时候，你们就有祸！"② 这家伙讲的是金玉良言！我可倒霉了！这不，机器开始失灵，时好时坏，莫名其妙走走停停。

---

① 法国中世纪作家克雷蒂安·德·特罗亚代表作《特里斯丹和绮瑟》中女主人公，相传是痴情女子的典型。

② 参见《圣经·新约·路加福音》 6：26。加缪此处只引用了半句，下半句是：因为他们的祖宗待假先知也是这样。

正当其时，死亡的念头突然闯入我的日常生活。我盘算着离末日尚有几多，搜罗已故的同龄人。来不及尽责的念头一直折磨着我。尽什么责？根本不知道。坦率讲，我干的事值得继续下去吗？但也不尽然。其实有一种可笑的忧虑驱使着我：咱们不可能不坦承全部谎言就归天。不是仰对上帝，也不是面对上帝的使徒，我超乎其上，您懂的。不，是要对世人坦白，一个朋友或一位爱过的女友，坦承一切。否则，哪怕终其一生只隐瞒了一句谎言，一旦死了就无法挽回。谁也永远不会知道此事的真相，因为唯一知情者恰恰是死者，长眠于他的秘密之中。一个真相遭到如此绝对的封杀，这个想法曾令我眩晕。而今，顺带一说，我多少产生了微妙的愉悦。比如说，一想到唯独我一人知道人人刨根问底的事儿，一想到自己家藏一个物件让三个警察徒然奔走，纯属妙事一桩。好了，就此打住吧。当年我没找到秘诀，自寻烦恼。

自然而然，我抖擞起精神。一个人的谎言在千秋万代的历史中算得了什么，妄图把历史长河中一个拙劣的欺骗行径引入真理的光明之中，犹如一粒盐掉进大海，这是多么的自命不凡！我也自忖，躯体的死亡，据我亲眼所见来判断，其本身就是一种十足的惩罚，也可以把一切罪过赦免了。世人凭借弥留之际挣扎的汗水获得了拯救（也就是说，一劳永逸消亡的权利）。不管怎么说，苦恼反正与日俱增，死神死盯着我的床头，随着我起床，恭维之词如雷贯耳，却让我难受得如履薄冰。我觉得谎言随之有增无减，无以复加，弄得我永远不能照章办事。

终于有一天，我不再把持得住自己。我第一个反应是没有头绪的。既然我是说谎者，那我干脆表现出来，把我的两面性劈头盖脸向所有那些蠢货扔过去，而且要在他们发现我的两面性之前。我，被挑衅讲真话，我迎接挑战。为了防范嘲笑，我就设想看破红尘，贻笑大方。一言以蔽之，问题仍在于叫停审判。我很想把那些嘲笑者拉到我一边，抑或至少我站到他们那一边去。比如，我琢磨着在街上推搡盲人，暗自窃喜，那种意想不到的喜悦，进而发现我有部分灵魂其实对他们恨之入骨；我寻思扎破残疾人的推车轮胎，到工人干活的脚手架下痛骂穷鬼，到地铁里去扇婴儿的耳光。我梦想过这一切，却完全没有付诸实施，或许也干过一些类似的事儿，但也忘了。不管怎么说，正义这个词不入耳，令我莫名暴怒，但我在辩护词中又势必会使用它。但我公然忤逆人类精神来进行报复；我公开发表所谓揭露压迫的宣言，我宣称被压迫者是在压迫正人君子。一天，我在一家餐馆露天座位享用龙虾，一个乞丐来纠缠，我便叫来老板驱赶，并且为伸张正义的老板的说辞叫好。他说："请别碍事。请设身处地为这些先生女士们想想吧！"我还要说，爱听也罢不爱听也罢，我遗憾的是，不可能再像俄国农奴主那样行事，我欣赏他会同时鞭笞两类人，向他行礼的和不向他行礼的，因为两者皆大胆妄为，非惩戒不可。

我还记得更为严重的出轨行径。我正动手写一篇《警察颂》和一篇《砍头铡刀礼赞》，于是按时定点造访专门的咖啡馆，那里是我们这些职业人本主义者的聚集地。我良好的履历当然使我受到很好的接待。我进去之后，不动声色，没引人注意，我突然抛出粗话："他娘的，谢天谢地！"抑或只说一声："天哪……"您知道，我们这帮酒吧无神论者都是腼腆的初出茅庐者。我脱口而出的粗话耸人听闻，他们面面相觑，惊慌失措，乱作一团，一些人逃出酒吧，另一些人唠唠叨叨，愤愤不平，什么也听不进去了，各个痉挛抽搐，前仰后合，宛如淋过圣水的魔鬼乱成一团。

您大概觉得这很幼稚吧。不过，这类玩笑也许隐含更为严肃的道理。我决意搅乱游戏，是的，尤其摧毁溜须拍马，那种名声，一想起这样的名声，我便怒火中烧。"一个像您这样的人……"人家亲切地对我说，而我听了脸色煞白。我不再需要他们的尊敬，因为这份尊敬尚未普及，既然我都不能认同，怎么普及得了呢？那么最好不如为审判和好评一并披上可笑的外衣。无论如何，我必须释放使我窒息的情感。为了把肚子里的货色暴露在众目睽睽之下，我决意打破我在各处树立起的美好形象。这使我回想起一次座谈会，该是与年轻的见习律师举办的。律师公会会长介绍我时，溢美之词难以想象，我大为恼火，实在忍受不了了。我开始演讲，既激情澎湃又热情洋溢，正如人们所期待的那样，我可以毫无困难地交差了事。但我突然开始推荐大杂烩①作为辩论方法，我说了，不是现代宗教法庭使大杂烩臻于完善，现代宗教法庭

① 参见萨特《答阿尔贝 · 加缪》（1952）："您运用'大杂烩'的做法，这个名称最近还有人揭露……"批评加缪大有混淆是非之意。

既审判窃贼又审判正人君子，用前者的罪过攻击后者。而在这种情况下，律师恰恰相反，为了替窃贼辩护，就要论证正人君子有罪。在这一点上，我解释得丝丝入扣：

“假设我接受了为某个令人怜悯的公民辩护，比方说，一个妒火中烧的杀人犯。我会说：‘陪审团诸位先生，我们看到一个天性善良的人因为性邪恶而备受煎熬，他那愤怒的罪愆由此显得微不足道。相反，我处在法庭栏杆这一边，坐在律师席上，我从未善良过也从未受过骗，罪过岂非更严重？我是自由的，摆脱了你们严厉规定的约束，但我是怎样的人呢？我是太阳公民，类似天之骄子，也是淫荡的公山羊，怒发冲冠的埃及法老，懒散之王。我没有杀过人？想必还没有吧！但我是否听任有功绩的人去死而见死不救？也许吧。我没准可以重新开始。这一位，请瞧瞧，他将不会重新开始了吧：他还在为自己那么出色地完成工作而感到惊讶呢。’”我的这番言论在年轻同事心中掀起了一点波澜。过了会儿，他们决定一笑了之。好在我做结论时，振振有词地援引人性以及假定该有的人权。那一天，习惯依然是顽强的。

我一再说唐突话做出轨事，只是让公众舆论稍稍偏离了方向，却没有解除舆论武器，尤其是我也没有缴械投降。就我所遇见的，我的听众普遍表示出惊讶，带着有点抵触性的困惑，跟您表现得颇为相似——不，请别抗辩——不会给我带来任何抚慰。瞧见了吧，责难自己不足以证明自己无辜，否则，我就是一只无罪的羔羊了。自我认罪还必须讲究某种方式，我花费了好多时间才调整得当，在自我完全弃绝之前还发现不了。至此，笑声仍在我周围回响，我凌乱的拼搏还不足以消除其中的善意以及几乎亲切的成分，这让我感到难受。

大海似乎在涨潮。咱们的船快开动了。瞧，白日将近；看，鸽群聚集在高空，争先恐后又互相紧挨，几乎连成一大片，天色暗淡下来。您是否乐意默默无言地品味这个相当凄惨的时辰？不？听我说话更有意思？您真老实。我现在很可能真的引起了您的兴趣。在解释所谓的法官-忏悔者之前，我应当跟您先讲一讲纵欲放荡和度日如年。

第五天

您搞错了，亲爱的，船走得好平稳。这不，须德海是一片死海，或几乎是死海吧。四面各方的海岸平平坦坦，笼罩在薄雾中，说不好源于何处，止于何方。故而，咱们的行驶毫无参照物，也不能估算航速。一直往前就是了，毫无变化。这不是什么航行，简直是在做梦。

当年在希腊半岛，我的印象正好相反。新的岛屿不断呈现在弧形水平面上。没有树的山脊勾勒出天际，岩石嶙峋的海岸凸显于大海波涛之上。没有任何朦胧感，在真切清晰的光照下，一切皆为方位标。从一个岛到另一个岛，从不间断，我们的小船缓缓行驶，而我却觉得小船日日夜夜在清凉的波涛浪花之巅活蹦乱跳，充满欢声笑语，在滚滚白沫的簇拥下前进。从那时起，希腊本身在我体内某处漂移，在我的记忆边缘漂泊，不知疲倦……嗨！这不，我也漂荡起来啦，我也充满激情啦！亲爱的朋友，快止住我吧，求你啦！

哦，对了，您熟悉希腊吗？不熟悉？再好不过了！我要问的是，在希腊我们能干啥？首先必须怀着纯洁的心地。知道不，在那边，朋友在街上散步成双成对，手拉着手。确实，妇女待在家里，但见男人成熟有加，样子体面，蓄着胡髭，在人行道上庄严漫步，朋友之间手指紧勾着手指。在东方，有时也是如此吗？好哇！但请告诉我，在巴黎街头您会拉着我的手走路吗？嘿！我开玩笑呢。我们讲究举止，我们哪，低微的出身使我们故作高傲，弄得一身油垢。登上希腊诸岛之前，我们必须好好洗洗干净。那边，空气纯洁，大海宁静，享乐无暇。我们哪……

咱们乘坐这类横渡大西洋的轮船。多么大的浓雾！好像我先前讲到纵欲放荡和度日如年便打岔了。是的，我会告诉您怎么回事。在我经过一番挣扎之后，在我竭尽傲慢不逊之后，在我因为种种努力皆徒劳而倍感丧气之后，我决定离开人类的社会。不，不，我并不寻找荒芜的岛屿，那已不复存在。我只是躲到了女人的身旁。您懂的，她们并不真正责备软弱，她们更试图让我们受辱抑或耗尽我们的精力。故而女人不是战士的奖赏，而是罪犯的报酬。女人是男人的休息处和避风港，而男人通常在女人的眠床上被捕。难道伊甸乐园给我们留下的不就是女人了吗？我心慌意乱之余，跑到我的天然避风港。我不再高谈阔论，而出于习惯，也要耍一下嘴皮子，但已缺乏创意。我犹豫着是否要供认不讳，生怕又蹦出几句粗话：我确实觉得，在这样的阶段我有情感需要。猥亵，是不是？反正我感受到一种隐约的痛楚，一种使我更加空虚的缺失，并促使我半推半就地做出一些承诺。既然我需要爱和被爱，我便自认为堕入情网了。换言之，我装糊涂。

我常常会惊讶于自己竟然提出了一个作为见过世面的人理应避免的问题。我听到对方提问："你爱我吗？"您知道在这样的情况下通常习惯回答："你呢？"如果我回答是，就背负了超乎真实情感的承诺，如果我敢说不，我就有不再被爱的风险，从而不胜其苦。我期望从中得到安宁的爱情越是受到威胁，我就会向女伴索求更多。于是，我需要愈发明确的许诺，到头来苛求我的心具备愈发宽阔的胸怀。就这样，我对一位迷人的小傻瓜产生了虚假的恋情，她精读细品言情刊物，侃侃而谈爱情，坚定笃信，活像个知识分子宣告社会不存在阶级之分。这种笃信，您不会一无所知，充满诱惑。我也试着谈论爱情，最后连自己都信了。直到她成了我的情妇，我才明白言情刊物教人谈情说爱，却不教人做爱，我爱上的是一只学舌鹦鹉，却要跟一条蛇睡觉。于是，我到别处去寻找书本允诺的爱情，我从未在生活中遇见过这种爱情。

然而，我缺乏训练。我唯独爱自己三十余载。怎么有望失去这样一个习惯呢？我没有丢掉这个习惯，依然是个对艳情有欲望而没有行动的人。我连连许下承诺，同时结下几段情缘，正如其他时候，我有好几段男女关系需要维护。比起之前那个美好的、冷漠的我，这样的我对别人造了更多的孽。我对您说过吗，我那个鹦鹉小姐绝望之余决意饿死？幸好我及时赶到，耐着性子握住她的纤手，直到有人接班，一位头发灰白的工程师，刚从巴厘岛旅游归来，此公宛如她心爱的言情周刊中的主人公。无论怎样，我离心荡神驰还远得很，也正如人们所说，我永远甭想在情欲中得到赎罪，我只是加重了罪愆，误入了迷途。因此，我对爱情厌恶至极，甚至有几年一听到《玫瑰人生》① 或《绮瑟爱情的死亡》② 就情不自禁牙齿咬得咯咯作响。于是，我试图以某种方式弃绝女色，过一过清心寡欲的生活。何况，女人对我的友情，于我足矣。但这意味着放弃爱情游戏。性欲之外，女人令我厌烦得无以复加，同样显而易见的，我也令她们厌烦之极。没有游戏，就没有戏可演，想必就落入了实处。但亲爱的朋友，真相令人厌烦。

我对爱情和贞洁绝望之余，终于想起唯余恣意狂欢完全可以替代爱情，消弭耻笑，恢复安宁，尤其使人长生不老。深夜，闹到似醉似醒的程度，躺在两名女子中间，发泄了全部兽欲，希冀不再是折磨施虐，听明白了吧，精神统治古今各代，生活痛苦一去不复返。某种意义上，我始终生活在放荡纵欲之中，却从未间断追求长生不老。一则

① 法国著名女歌手伊迪丝·琵雅芙的代表作，家喻户晓，流传至今。

② 暗指瓦格纳的歌剧《特里斯丹和绮瑟》，于 1865 年上演，歌颂死亡和黑暗，反映叔本华的悲观主义。该剧在 20 世纪四五十年代经常在法国演出，受到广泛欢迎。

本性难移，也是我和你提过的自爱自尊的结果。是的，我想长生不老想得要命，我太爱自己了，不能不渴望我所爱的宝贵对象永不消失。清醒状态下，但凡有点自知之明，都不会认为有正当理由让一个淫荡的恶棍长生不老，所以我只能寻求长生不老的替代品。正因为渴望长生不老，我跟婊子睡觉，夜夜痛饮。早晨醒来，自然满嘴死亡的苦涩味。不管怎样，先前毕竟飘飘欲仙了好几个小时。我斗胆向您承认吧？我如今依然柔情满怀地记得在一家龌龊的夜总会度过的某些夜晚，我在那里遇见了一名变装舞女，她对我恩爱有加，我颇感庆幸；为了她的面子，我居然有一晚跟一个好吹牛的乌龟王八蛋大打出手。那时我夜夜在酒吧柜台边徜徉，在这极乐之地的灯红尘垢中，像江湖游医那般信口雌黄，痛饮狂欢。我等待黎明，终于倒在我的公主从不整理的床上，她在机械地纵欲寻欢之后，即刻呼呼大睡，没有过渡。朝阳渐渐照亮这块沦落风尘之地。我起了床，呆头呆脑，待在灿烂的晨曦中。

应当承认，酒精和女人给我提供了与我相匹配的唯一慰藉。我向您泄露这个秘密，亲爱的朋友，不必害怕，体验一番。您将体察到，真正的放荡是解放性的，因为它不产生任何义务。人在放荡中只占有自己，故而放荡是那些高度自恋自爱者所偏爱的消遣。放荡是一片弱肉强食的丛林，既没有过去也没有未来，尤其没有承诺，也没有即刻的惩罚。执行丛林法则的地方是与世隔离的。世人进入的同时把恐惧和希望留在了丛林之外。[1] 这里并不是非要交谈不可的；人们来寻觅，不说话也能到手，是的，甚至经常不必付钱。啊！请您让我向那些素不相识过后就被遗忘的娘们致以特别的敬意，她们当时可是帮了我的大忙。如今，在我怀念她们的记忆中还依然掺杂着类似敬意的情感。

不管怎样，我毫无节制地解放自己，甚至住进一家人称罪孽深重的旅店，跟一名老牌妓女和一位上流社会的姑娘生活在一起。对前者，扮演乐意效劳的骑士，对后者，使她了解某些必须面对的事实。可惜，那妓女有强烈的市侩天性：她居然同意为一家报纸写回忆录，这是一个所谓思想摩登的教派创办的刊物。姑娘这一方，为了满足自己脱缰式的天性，施展了杰出天赋，结婚了事。而我自己呢，也不无自豪地被一视同仁地接纳进了一家当时为世人诟病的男士公会。此事姑且从略不谈吧。您是知道的，即使非常聪明的人也会因为比旁人多喝一瓶酒而得意洋洋。我终于可以在这种称心如意的善意放荡中找到安宁和解脱，但还是在逸乐中碰到自身的障碍。我的肝脏突然经受不住打击，疲顿不堪，可怕之极，迄今还纠缠着我不放。我扮演长生不老之人，可几个星期之后连自己也弄不清楚是否能苟活到第二天。

这次体验的唯一益处，在我弃绝夜间矜功自伐后，是我的日子过得不怎么痛苦了。疲劳折磨我的躯体，同时侵蚀我

---

① 把但丁《地狱》中的两句话变相合二为一，“您进去，就得把一切希望留在外边”和“在这里（地狱）必须排除一切恐惧”。

体内很多的生命点。每次纵欲削弱了活力，也减缓了痛苦。放荡无关癫狂，这和我们的认知相反。它只是长眠。您想必注意到了，饱受妒忌之苦的男人最迫不及待的莫过于跟他们认为不忠的女人睡觉。他们决意验证一番自己的心肝宝贝是否忠贞不渝。俗话说，他们要占有她。但事毕之后，他们就不怎么嫉妒了。肉体的嫉妒既是想象的结果，也是对自身的判断。常人把自己在相同情况下的丑恶想法也加诸情敌身上。好在享乐过度削弱了想象力和判断力。于是，痛苦和阳刚同眠，始终如一。出于同样的道理，少年有了第一个情妇就会丢下先天的不安，而某些婚姻其实是行政化的放荡，如同单调的柩车同时拉走了大胆妄为和创意翻新。是的，亲爱的朋友，布尔乔亚的婚姻把我们的国家搞得像穿了拖鞋似的懒散拖拉，不多久就会推向死亡之门。

我夸大其词了吗？没有，但我离题了。我只是想对您说，我从这几个月狂饮中受益匪浅。我生活在雾中云里似的，笑声也变得喑哑，以至于最后不再觉察得出来了。冷漠本来就已经占据我身心很大的地盘，不再节制地扩大其僵化。再无激情了！脾气平和了，抑或不如说根本没有脾气了。患结核病的肺叶痊愈的同时也干枯了，也慢慢让幸运的主人窒息了。因此，我平静地在治愈中迎接死亡。尽管我的名声因辩护词出了偏差而受到很大的损害，我依然操持旧业为生，不过正常执业还是受到了混乱生活的干扰。有趣的是，我注意到别人更乐意责难我出言挑衅，而非我夜生活纵欲。然而，我在辩护中有时把上帝纯属当作口头咒语，确实导致我的当事人存有戒心。他们大概害怕上天照管他们的利益很可能不如一个在法典上无懈可击的律师那样有把握吧。由此可得出结论：我引证天神，说明我对天国的愚昧无知，其实只有一步之遥。我的主顾迈出了这一步，于是本律师事务所逐渐门可罗雀。我仍时不时出庭辩护，每当忘却了我不再相信自己的说辞时，反倒辩护得很好。我由发自肺腑的声音引领，随之入胜；不像过去那样悬在空中翱翔，好像是稍稍离开地面，掠地飞行。末了，除了职业需要，我很少见世面了，只维系一两名心力交瘁的老相好。偶尔参加纯友谊的晚会，不掺合性欲，差别仅在于，我要强忍厌倦，几乎听不进别人跟我说的话。我胖了一点，终于可以相信危机已经结束，剩下的只是衰老而已。

然而有一天，我邀请一位女友旅行，并没有告诉她是为了庆祝我痊愈。我乘上横渡大西洋的客轮，自然选择待在甲板上。突然我瞥见铁青的洋面上有个黑点。我即刻转移视线，心却怦怦直跳。当我强迫自己凝望时，那个黑点消失了。当我又瞥见时，几乎要惊呼，愚不可及地想喊救命。其实是轮船丢下的一块残物。可是，我不能见到它，禁不住马上想起一名溺死者。于是我逆来顺受地悟出，恰如人们接受了一个早已知晓的念头，几年前在塞纳河上，我身后的那一声呼喊，顺着河流奔向芒什海峡，然后马不停蹄地漂流全球，通过无尽的大洋，直到某天与我相会。我还悟出，这名溺死者还会继续在大海和河流等我。总之，不管在哪儿都会出现我的洗礼苦水。请看，咱们不也是待在水上吗？在平坦的、单调的、无边的水面上，海的边缘则与陆地混然连成一片，不是吗？何以见得咱们即将到达阿姆斯特丹？我们永远走不出无边无际的圣水盆哪！请听！您没听见渺无踪迹的海鸥嘶鸣吗？倘若是在朝我们呼唤，那么究竟呼唤什么呢？

当年在大西洋上呼唤的也是同一批海鸥，那天我终于明白了：我没有痊愈，始终被挤在一个角落，必须将就着顺应。荣光的岁月结束了，狂热和疯癫也已告终。必须屈服，认罪。必须过一过地牢的生活。对了，您不知道什么是地沟牢房吧，中世纪的人们称之为地牢。一般来说，您被人家一辈子遗忘在里面了。这种小牢房有别于其他牢房，体积尺寸精打细算：高不足让您站直，宽不让您躺平，您不得不采取十分尴尬的姿势，身体斜卡着过日子；睡着就跌倒，熬夜就蹲下。亲爱的朋友，如此单纯的新发明是需要点天才的。这么个说法，我是掂量过的。日复一日，通过使全身关节僵硬，让犯人知晓他是有罪的，清白无辜的人就可以快快乐乐地舒展四肢。您能想象一个习惯攀登高峰和乘坐头等舱的人被关进这等囚笼吗？什么？能否活在这等囚笼而又是清白无辜的呢？不可能，坚决不可能！否则，我的推理就失败了。让清白无辜的人像驼背那般苟活，我拒绝这种假设，一秒钟也不考虑。此外，我们无法确定他人的无辜，却能斩钉截铁地肯定人人有罪。每个人都在见证所有其他人的罪行，这是我的信念，也是我的希望。

请相信我的话：宗教一旦宣扬道德和宣判戒律就不对劲了。创造犯罪和惩罚犯罪无需上帝，我们自助便好，有我们的同类足矣。您提起最后的审判。① 请允许我深怀敬意地嗤之以鼻，毫无畏惧地恭候着：我经历过更恶劣的审判，那就是人间审判。对世人而言，不存在酌量减刑情节，即使出于良好动机也归咎为有罪。有个国家的人为了证明自身是地球上最伟大的，最近想象出“唾牢房”。您至少听说了吧？一个水泥墩，囚徒站着不能动弹。坚固的牢门将其锁在里面，高至颚下，因此只能看得见他的脸，每个看守经过时向他的脸肆意吐口水。囚徒卡在囚牢里，不能擦拭唾沫，尽管被允许闭上双眼，这倒是真实的。怎么样，亲爱的朋友，这是人类一大发明吧。创作小小的杰作，世人不需要上帝。

那又怎么样？这么说吧，上帝唯一的用途是保障无辜。而我，不如把宗教视为一座巨大的洗衣厂，况且已经是一座巨大的洗衣厂了，不过时间很短，仅三年而已，就不叫宗教了。此后肥皂短缺，我们彼此脏兮兮的，并相互擤鼻涕。大伙儿全是懒虫，全体受罚，互相吐唾沫惩戒。嘿！一起吃苦头！一起争先恐后大唾特唾，如此而已。我给您讲个大秘密，亲爱的，别再等末日审判了。其实每天每日都在审判呢！

不，这算不了什么，我在这该死的潮湿环境中有点儿哆嗦罢了。我们到了。您先请。不过，请您再待一会儿，陪陪我吧。我还没讲完，必须讲下去。但讲下去又很困难。请注意，您知道为什么把他钉上十字架吗？那一位，您此刻没准儿已经浮现脑海了吧？得了，这档子事儿可有一大堆的理由

① 根据基督教教义，世界末日时所有世人都将接受上帝的最后审判。

哪。要谋害一个人，总有道理。相反，要名正言顺找出让他活着的理由却很难。这就是为什么犯罪总找得到律师，而无辜仅仅是有时候。关于那骇人听闻的临终待毙[1]，人类在两千年间已经说出许多理由，但有一个重要理由，我不知道为什么人类仔仔细细地将其隐瞒。真正的理由，他是知道的，他并非完全无辜。如果说他不至于背负别人控告的那么重的罪状，他还是犯了罪，哪怕并不知情。况且，他真的不知情吗？毕竟他是罪行的缘由，他理应听说过某起对无辜者的屠杀。正当耶稣的母亲把他带到一处安全地点时，犹太儿童在被屠杀，为什么其他儿童全被杀了？莫非因为他的缘故？他当然不愿意。那些嗜血成性的大兵，那些被砍成两段的儿童，让他诚惶诚恐。然而，像他这样的人物，我肯定他不会遗忘的。这种痛心疾首，从他所有的行为举止中猜得出来，难道不是无法医治的悲怆，因为他听得拉结[2]夜夜通宵达旦在哀嚎自己的孩子们，拒绝安慰？悲号在夜空升起，拉结呼唤因他而被杀的孩子，他却还活着！

既然他知道，他洞彻人间一切事理——啊，谁会相信让别人死而自己不死并非一桩罪行！——日夜面对自己无辜的罪孽，对他而言，变得太难自持和继续下去了，不如一了百了，不再自辩，一死了之，这样就可以不用独活，抑或到别

① 暗指耶稣钉在十字架上受难。

② 《圣经 · 新约 · 马太福音》叙述拉结的孩子们被屠杀，原文为“是拉结哭她儿女，不肯受安慰，因为他们都不在了”。

处去，也许能得到支持。他没有得到支持，心里也有怨。末了，为了终结一切，他被查禁了。是的，我认为是第三位福音书著者开始删除他的怨言。“你们为什么把我抛弃了？”这是反抗的呼声，不是吗？得了，拿剪刀来！此外请注意，如果路加[1]什么也没删除，几乎不会引人注目；不管怎么说，无关紧要吧。因此，审查者在嚷嚷他禁止的东西罢了。人间秩序也暧昧不明白。

被审查者毕竟没能存活下来。而我，亲爱的，我知道在说什么。有过一阵子，每一分钟我都不知道怎样捱到下一分钟。是的，人们尽可以在这个世道上大肆挞伐、装爱卖情、折磨同类、登报自我炫耀，抑或只是一边打毛衣一边说邻居的坏话。但在某些情况下，照旧继续生活，一味照旧活下去，此乃超人之行径。他，并非超人，您尽管相信我的话。他喊出自己的临终痛苦，所以我爱戴他，老朋友，他死而不知。

不幸的是，他把我们抛下了，孤零零的我们不管发生什么也得继续活下去，即便我们蹲在地牢中，轮到我们知道他所知道的，却不能做他所做到的，也不能像他那样死去。自然有人千方百计借鉴他的死来自助[2]一下。不管怎样，如下说法不啻出自天才：“你们并不光彩呀，好吧，这是事实。也

① 《圣经·新约》中《路加福音》和《使徒行传》的作者。

② 此处借用西方谚语：Aide-toi，le ciel t’aidera。可译为：“自助者，天助”或“天助自助者”。

罢，那就不谈细枝末节了。上十字架吧，一了百了。”但现在攀登十字架的人太多了，只是为了让人远远观望，即使为此不得不践踏一下早已待在十字架上的故旧。太多人舍弃慷慨奉献而实行施舍。哦，不公道！对他不公道，令我心如刀割！

这样吧，让我重操律师旧业，充当辩护。请原谅，请体谅我的苦衷。瞧，隔几条街那边有个博物馆叫做“耶稣基督供在阁楼”。想当年，这里的人把他们的骸骨放在屋顶室。有什么办法，这里的地下室会被水淹。不过，现如今，请您放心，他们的天主不在屋顶室也不在地下室。他们把他高悬在法庭之上，将他深藏心底隐秘之处，他们敲槌子，尤其是审判，以他，天主的名义。他们对道德败坏的女人和和气气地说：“我也不想判你什么罪呀！”不如这么说吧，他们定罪，他们不免诉任何人。以天主的名义，喏，你的账单。天主？我的朋友，天主才不这么苛求呢！天主只要求世人爱他，别无他求。当然有人爱他，特别是在基督徒中。但屈指可数。天主老早就预见到了，他可有幽默感了。彼得，您知道的，胆小鬼彼得，就这么背弃了他：“我不认识这个人……我不知道你想说什么……”真的，彼得他太过分了。天主，他却玩了个文字游戏：“我要把我的教会建造在这磐石[1]上。”[2] 这句讽刺话很尖锐，您不觉得吗？这帮人，他们才不在乎呢，

① 彼得的法语为 Pierre，和石头（la pierre）同形。此处是个文字游戏。
② 出自《圣经 · 新约 · 马太福音》 16：18。

依旧洋洋得意："您瞧，他早已说过！"天主确实早已说过，对问题了如指掌。然后挥袖扬长而去，任凭他们审判和定罪，嘴里念叨宽恕，心里却在判决。

不能说不再有怜悯了，不，老天爷，我们还在不停地讲怜悯。只不过不再宣告任何人无罪。面对死去的无辜，法官蜂拥而上，拥护基督的和反对基督的都有，况且他们都是一路的，双方会在地牢谅解讲和。不应该光责难基督徒，其他非基督徒也有份。这座城市的房屋有那么一座曾庇护过笛卡儿①，您知道变成什么了吗？变成疯人院了。我们这些人，自然不得不下水入伙。您觉察到我什么也不放过，您也一样吧，我知道您的想法也八九不离十，咱们彼此彼此。从此，咱们都是法官，彼此都有罪，面对面互相审判，以丑恶的方式充当基督，一个接一个上十字架，而自己始终莫名其妙。至少我们将会登上十字架，倘若我，克拉芒斯，没有找到出路，没有找到唯一的解决办法，终将真相大白……

不说了，到此为止吧，亲爱的朋友，不必担忧！咱们就此分手吧，已到我家门口了。孤身独居，外加疲乏，不由自主地把自己当成先知了。反正我就是这副德性：逃亡②于荒漠，躲在乱石、大雾、污水的野地，成了平庸时代的空头先

① 笛卡儿曾经经过住过的房子不在阿姆斯特丹，而是在莱德。

② 暗喻逃离法国的新教徒。

知先觉，与救世主不搭界的以利亚[1]，浑身高烧，满肚酒精，背靠发霉的大门，手指指向低矮的天空，痛骂那些不能忍受审判而无法无天的世人。亲爱的朋友，他们不愿意受审，这是全部问题之所在。信奉某种法律的人并不怕受审，而会重新将其置于他信奉的秩序之中。但人类的至极痛苦在于被审判时无法可循。我们正处于这样的痛苦中。法官丧失了习以为常的约束，任凭巧合摆布，大刀阔斧，迅速了事。如此这般，岂不该试一试比他们走得更快？大乱世。先知先觉和江湖郎中层出不穷，在大地变得荒芜之前，他们带着一部好法律或一个无可指摘的组织，匆匆忙忙赶上趟。幸亏，我赶上趟了，我！我是始与终[2]，我宣布法律。总之，我是法官-忏悔者。

好吧，好吧！我明天跟您讲讲这份好差事意味着什么。您后天就要动身走了，倒是挺紧迫的。您若愿意，来我家吧，您按铃三次即可。您将返回巴黎吗？巴黎很远，巴黎很美，我并没有忘记巴黎。我记得巴黎的黄昏大约在此季节的景色。干燥的夜幕降临到雾蓝色的屋顶之上，城池低鸣，塞

---

① 《圣经》里的犹太先知，于前 871 年至前 853 年间预卜未来，以利亚在希伯来语中意为“耶和华是我的神”。施洗者约翰被称为“以利亚”，因为“他必有以利亚的心志能力”（《圣经 · 新约 · 路加福音》1：17）。施洗者约翰一般被描绘成手指向上举的圣人，和上文中的情节暗合。

② 此处加缪故意借用了耶稣的话“我是始与终”。根据《圣经 · 新约 · 启示录》 1：8：我是阿拉法，我是俄梅戛。“阿拉法，俄梅戛”乃希腊字母首末二字。

纳河仿佛溯流而上。我在街上游荡。现在，他们也在徜徉，我一清二楚！他们闲逛，佯装急忙赶去跟倦乏的女人做一处，回到那个朴素的家……啊！我的朋友，您是否知晓孤独的生物在大城市游荡是怎么回事？

第六天

不好意思，躺着接待您。有点儿发烧，根本不要紧，用刺柏酒治就好了。这么发病，习以为常。我猜是疟疾引起的，当年做教皇时染上的。不，半真半假的玩笑。我知道您在想什么：我的叙述确实真假难辨。坦白说，您的想法有道理。我自己呢……您瞧，我周围有位仁兄把人分成三种：第一种人宁愿什么也不隐瞒，胜于被迫说谎；第二种人宁愿说谎，胜于什么也不隐瞒；第三种人既喜欢说谎又喜欢秘密。我让您来选择最适用于我的类别。

说到底有何要紧呢？谎言最终不也处于真理的道路上吗？我的故事或真或假，不是一个个全部通向相同的结局吗？不也具备雷同的含义吗？那么，我的故事或真或假有什么要紧，反正在两种情况下，都成了现在的我和过去的我。有时候，观察说谎的人比说实话的人更透彻。真理仿佛阳光，使人目眩。谎言则相反，犹如美丽的晚霞，使万物夺人眼球。总之，信不信由您，反正我在一所俘虏营曾被任命为教皇。

请坐吧。您瞧瞧这间屋，空空如也，确实空无，但整洁。一幅维米尔[①]的画，没有家具，没有锅碗瓢盆。也不再有书籍，我停止阅读好久了。从前，我家里到处是读了一半的书。很恶心，像是咬了一口肥鹅肝就此扔掉。我不再喜欢忏悔录，忏悔录作者写作尤其是为了避免自我忏悔，拒不讲述他们心知肚明的事。当他们声称要交心坦白之时，正是他们素怀戒心之际，人们要给尸体化妆打扮了。请相信，我是内行。长话短说吧。书籍不要了，无需之物也不要了，只留下最起码的必需品，利落、光亮得活像一口棺材。瞧这些荷兰床，硬邦邦的，铺了雪白的床单，人们死在里面，裹上了被贞洁熏过的裹尸布。

您对我充当教皇的遭遇很好奇吧？再平淡无奇不过了。我有力气讲这事儿吗？有的，高烧似乎退下去了。很久以前的事儿了。当年在非洲，托隆美尔[②]的福，战争如火如荼。我没有卷入战争，请放心。我早已与欧战割断了。当然我也被征了兵，但从未见过战火。从某种意义上说，蛮遗憾的，否则也许会改变许多事情，是吧？法国军队不需要我上前线，只需要我参加撤退。后来我回到巴黎，德国人也在了。我起了念头想去参加抵抗运动，人们开始谈论这事，而我差不多

---

① 维米尔（1632—1675），荷兰风俗画家，代表作为《戴珍珠耳环的女孩》。

② 隆美尔（1891—1944），德国元帅，德国驻非洲军队总司令。

在同时发现自己已经是爱国者了。您在笑？您错了。我是在夏特雷地铁站发现自己是爱国者的。一条狗在迷宫似的地铁站内迷路了。但见那狗，个头儿大，毛发硬直，一只耳朵受了伤，双眼透着愉快，蹦蹦跳跳嗅着行人的腿肚。我历来喜欢狗，一往情深。我爱狗，因为狗始终宽恕为怀。这条狗看见我的招呼，踌躇一下，明显动了心，离我几米远就热情摇尾。此时，一名德国士兵轻捷地走过我身边，赶到狗前，伸手抚摸狗头。但见那畜生没有一丝犹豫，以一如既往的热情跟上主子的步伐，一起消失不见了。按我当时对德国士兵产生的气恼和愤怒来看，不得不承认我的反应是爱国的。假如那条狗跟法国老百姓走了，我什么想法都不会有。但想到这头可爱的畜生成了德国某团的吉祥物，我便不由得火冒三丈。因此，这个测试颇有说服力吧。

我去了法国南方，打听抵抗运动情况。但到达后一打听，便犹豫不定了，觉得这档子事儿有点疯狂，说白了，是浪漫之举吧。我尤其认为地下行动不符合我的气质，也不适合我登高一抒胸怀的意趣。我似乎会被要求待在地窖里织毯子，傻等粗鲁汉子把我撵出去，先把我的织毯拆掉，然后把我拖到另一处地窖给活活打死。我佩服这些投身地下英雄活动的人们，但我不能模仿他们。

于是，我转往北非，隐约想过要去伦敦。到了非洲，形势却不明朗，我觉得对立的党派各自都有道理，我就不表态了。从您的神色看出，按您的想法，我跳过了有意思的细节。好吧，对您这样的有识之士进行过判断之后，我长话短说，是为了让您更准确地抓住要领。不管怎么说，我最终到达了突尼斯，一个温柔的女伴给了我一份工作。她是个非常聪明的女性，经营电影事业。我跟着她在突尼斯生活，直到盟军在阿尔及利亚登陆才得知她的真实职业。就在那一天，她被德国人逮捕了。我也被捕了，但并非有意为之。我不晓得她后来怎么样。至于我，他们没有伤害我，在万分焦虑不安之后，我才明白主要是出于某种安全措施。我被囚禁在的黎波里①附近一座集中营，待遇恶劣，更令人难以忍受的是口渴以及物质匮乏。恕不详述。我们这代二十世纪前半叶的孩子，不需要图画就能想象得出那种地方。一百五十年前，人人面对湖泊和森林满怀柔情，感叹山光水色。现如今，我们则有的是监牢抒情。我信得过您，只需增添几个细节：炎热、直射的阳光、苍蝇、沙地、缺水。

同伴中有个年轻的法国人，他信教。是的！简直是一则童话。杜·盖克兰②那样的人物，如果您愿意这么类比的话。他从法国潜入西班牙去打仗，天主教将军③把他关进牢房，鹰嘴豆在佛朗哥的集中营里可是受到过罗马祝圣的呀，我敢这么说，由于豆子难以下肚，他陷入了深深的忧伤。无论是非洲的天空，他后来流落到此，还是集中营的娱乐活动，都无

① 利比亚首都，地处俯瞰地中海的海岬上。第二次世界大战中，那里是轴心国的重要军事基地。

② 杜·盖克兰（1320—1380），法国军事统帅，英法百年战争前期屡建功勋，收复大批土地。

③ 暗喻西班牙的佛朗哥将军。

法使他摆脱郁郁寡欢。然而，他的思考，加上非洲的阳光，令他有点脱离了正常状态。一天，在熔铅般滚烫的帐篷下，我们十几个人在苍蝇嗡嗡声中气喘咻咻，而他再次抨击他所谓的罗马人。他好几天没刮过大胡子了，神色茫然不知所措地望着我们，赤裸的上身汗水涔涔，十指像弹钢琴似的轻叩两边显眼的肋骨。他向我们宣告，必须有个新教皇，与不幸之人生活在一起，而不是在教皇宝座上祈祷，并且越快越好。他愣怔着眼睛，一边摇头晃脑，重复一遍又一遍："是的，越快越好！"然后，一下子平静下来，声音沮丧地说，必须从我们中间选出来，选出个完人，既有缺陷又有美德，向他发誓对他唯命是从，唯一的条件是他必须确保所有人活下去，包括自己和他人，也就是我们这个痛苦的命运共同体。

他问道："我们中间谁的弱点最多？"我开玩笑地举起手指，岂料唯有我举手。"好，就由让-巴蒂斯特担当。"不，他并没有说出这个名字，因为我当时用了化名。他宣称至少像我这样毛遂自荐也算得上最大的德行，于是建议推举我。其他人都赞同，虽说视同儿戏，但也带着一丝严肃。事实上，是杜·盖克兰把我们镇住了。我自己，切实觉得我不是完全在开玩笑。我首先觉得这位小先知言之成理，然后加上火辣辣的太阳、累死人的劳役、抢水之战……一言以蔽之，我们浑身上下不舒服。不管怎么说，我行使教皇职权好几个礼拜，并且越来越一本正经。

何谓教皇权力？老天爷，我担任类似小组长或支部书记的工作。反正，其他人，甚至没有宗教信仰的人都习惯服从我。杜·盖克兰生病，我行圣事减轻他的病痛。于是，我发现当教皇也并不像人们以为的那样容易，我昨天又想起了这点，在我对法官以及我的同胞嗤之以鼻之后。集中营里，水的分配是大问题。团团伙伙不少，有政治团伙，也有宗教团伙。每个团伙总会优待自己人，我也不能免俗，这算是小小的特权。即使在团伙内部，我也无法保持完美的平等。我根据同志的状况，或他们必服的劳役，我照顾一下某某或某某。如此区分，后果不堪设想，您完全可以相信我说的话。我现在真的累了，不想回顾那个年代了。这么说吧，我终于把事情做绝了：就在那天，我喝了属于一个垂死的同志份额的水。不，不，他不是杜·盖克兰，我以为他死了，他自暴自弃。倘若他还在世，出于对他的爱，我或许会坚持一些时候，因为我爱他，是的，我爱他，至少我有这种感觉。然而，我喝了这份水，这是确定的，因为我让自己相信别人需要我，胜于这位反正即将死去的人，我应当为他们而自保。亲爱的朋友，历来的帝国和教会就是这样在死神的阳光庇佑下诞生的。我想把昨天的论述略微修改一下，我要和您提一提我在论述时产生的伟大观念，我现在都分不清昨天的那番话是我亲自经历的还是做梦见到的。我的伟大观念是，应当原谅教皇。首先，他比任何人都需要原谅。其次，这是唯一凌驾于教皇之上的方式……

哦！您把房门关严实了吗？是的？请检查一下。不好意思，我有门闩情结。入睡时分，我总吃不准是否插上了门闩。我每晚都得起来检查一下。对什么都不放心，我对您说过。别以为这种门闩焦虑在我是一种担惊受怕的财主反应。我从前住的套房从不上锁，连汽车都不上锁。我不把金钱捂得紧紧的，我不在乎自己拥有的财物。说真的，对自己的财富，还颇感几分羞愧。我在社交界演讲时，也坚定地唱过高调："先生们，财产就是谋害！"① 我的胸怀还不够广阔，尚未跟一个当之无愧的穷人分享财产，我听凭盗贼任意支配，希望由偶然来匡正不公不义。如今，反正我一无所有，也就不担心人身安全了，却担心起自身和精神状态。我也坚持闭门谢客，在这封闭的小天地里兼国王、教皇、法官三职于一身。

对了，请打开这壁柜。瞧见这幅画了吗？您认不出来了吗？就是《廉政的法官》。您没冷不防吓一跳？看来您的文化修养有漏洞？您要是读报，就会想起 1934 年根特的圣巴夫主座大教堂发生过一件盗窃案：凡 · 艾克的杰作《神秘羔羊之爱》② 中的一幅被盗了。这幅画叫《廉政的法官》，画的是法官们骑马来瞻仰神圣的羔羊。后来有人以一幅杰出的复制品作为替代，因为原作一直找不回来。喏，这就是原画。不，我与作案毫无关系。墨西哥城酒吧的一位常客，就是您

① 蒲鲁东（1809—1865），法国小资产阶级社会主义理论家的名言："先生们，财产是害人的。"

② 《神秘羔羊之爱》又名《根特祭坛画》，多翼式"开闭型"的祭坛画，外面 9 幅，内层 12 幅，《廉政的法官》就是内层的一幅。起初由休伯特 · 凡 · 艾克绘制，在其去世后，由其弟扬 · 凡 · 艾克接手完成。这组祭坛画历经磨难，有的被劫掠，有的被盗走。

那天晚上瞥见的，有一个夜晚，他喝得酩酊大醉，以一瓶酒的报酬把这幅画卖给了大猩猩老板。起先我建议大猩猩老板把它挂在显眼处，挂了好长时间。正当别人满世界找画时，谁料得到我们那些笃信的法官堂而皇之地出现在了墨西哥城酒吧，高踞于醉鬼和拉皮条的头上。后来，大猩猩按我的要求，把画一直存放在这里。他有点儿不乐意这么做，但我给他讲清原委之后，他害怕了。从此，这些可敬的法官只和我一个人为伴了。您已经注意到酒吧柜台上方法官留下的空白。

我为什么不把这幅画物归原主呢？啊！啊！您有警察般的条件反射。您！万一有人最终觉察这幅画失落在我家，我来告诉您我将如何应付预审法官：第一，因为画不属于我，而属于墨西哥城酒吧老板，他受之无愧，如同根特大教堂主教；第二，从《神秘羔羊之爱》前面走过的人川流不息，谁也识别不了是原作还是复制品，故而谁也没有因我的过失而受损；第三，我以我的方式说了算，有些假法官被推举出来受人吹捧，唯独我认得出真法官；第四，我因此有幸入狱，从某种意义上说，倒是令人垂涎的念头；第五，这些法官是去和神圣的羔羊约会，而羔羊和无辜已不复存在，因此窃画大盗成了行使正义的无名工具，还是别阻挠为上策。最后，现在这么操作，我们倒井然有序了。公正终于与无辜分道扬镳，无辜上了十字架，公正进了壁柜，我获得了自由天地，可以按我的信念工作。我能够问心无愧地从事法官-忏悔者这项艰难的工作了，我经历了那么多挫折和矛盾，是时候了，既然您要离开了，不妨对您直说这是什么差事。

请允许我坐直身子，以便呼吸顺畅。哦，我好累！请把我的法官锁严实了，谢谢。法官-忏悔者这个职业，正是我当前在履行的。通常，我的事务所设在墨西哥城酒吧。但伟大的天职延伸到工作地点之外。甚至在床上，甚至发高烧，我都在工作。况且，这份工作不是操办的，是靠时时刻刻表现出来的。别以为我絮絮叨叨五天只是为了寻开心。否！从前我讲了相当多的话，等于什么也没说。现在我的发言有的放矢，我发言时考虑到要阻止讥笑，避免本人被审判，尽管表面看来没有任何出路。逃脱受审的最大障碍难道不就是我们自己最先跳出来自我定罪吗？因此，一开始就必须不分轩轾地将判决扩及全体，把判决先掺水后搅和。

对，一开始就定下原则，不原谅任何人，永不原谅。我不承认良好的意愿，拒绝值得尊重的错误，否定失足，不采纳可减轻罪行的情节。我这儿，不祝福，也不宽恕。做加法，只有加法，然后宣告："总共这么多花样。您老兄是心理变态、好色之徒、说谎成性、鸡奸老手、'江湖'艺人①，等等。"不一而足，也就这么干脆。在哲学上如同在政治上，我赞成否定人类无辜的一切理论，并且拥护把世人视为罪人的一切实践。最亲爱的朋友，不妨把我视为奴役的开明拥护者。

说实话，没有奴役，就没有最终解决办法。我很快就

① 加缪讽刺那个年代很多人把"艺人"归为恶人之列。"江湖"二字系译者所加，即品味低下的艺人。

心知肚明了。从前我把自由挂在嘴上，再把自由延伸到早餐涂黄油的面包片上，咀嚼一整天，我行走在人间，透出一股浸透自由的清新气息。谁跟我顶撞，我就把这个堂皇的字眼猛击过去，为自己的欲望和权势效力。我在床上喃喃有词，传到熟睡的女伴耳畔，利用这个词把她们甩掉。我悄悄说出这个词……算了，我太激动了，失去了方寸。但毕竟有时也把自由派上了更为无私的用途，甚而至于，看我有多么天真，捍卫过自由两三次，自然谈不上为之献身，但依然冒了几分风险。应当原谅我这些不慎之举；我不知道自己做了些什么，不知道自由并非一种奖赏，更不是喝香槟酒庆贺的一枚勋章。更何况，自由不是一份礼物，也不是满足您口腹之欲的一盒美味可口的甜食。哦，不是的，相反是一种苦役，一次长跑，十分孤独的、极度疲劳的长跑。没有香槟酒，没有朋友温柔地看着您向您举杯庆贺。孤独一人，在郁闷的大厅里，在小小的律师席上，面对法官们，独自做出决定，面对自己和面对别人受审。一切自由的末端就是判决，这就是为什么自由是太过沉重的负荷；尤其在受高烧痛苦之时；或在遭灾遇难之际；或在不爱任何人的当口。

啊！亲爱的朋友，对于一个不信神明没有主子的孤独者来说，岁月之沉重是叫人难以忍受的。故而，上帝不再时髦之时，应当给自己选个主子。此外，上帝这个词不再有意义了；但不值得冒得罪人的风险。这不，我们的道德家如此正经八百，既爱邻居人也爱万物。总之，他们跟基督教徒根本区分不开，除了他们不去教堂布道。照您的看法，什么阻止得了他们皈依宗教呢？尊严，也许能，世人的尊严，是的，人类的尊严。他们不乐意引发丑闻，他们自珍自爱。我认识一位无神论小说家，他每晚做祷告。有什么关系：他的书里，上帝说了些什么呀！简直是大肆鞭挞，想不起谁这么说过！我曾对一位自由思想的斗士推心置腹，敞开胸怀，这位学说捍卫者双手举天，倒也不含恶意地叹道："您没教给我任何东西！"又说："他们都是这副德行！"照他说来，我们作家中的百分之八十，假如可以不署名，定会呼喊并敬重上帝。作家们都署名，按他的看法，因为他们自轻自贱。由于他们禁不住要审判，于是在道德层面上争先恐后。总之，他们搞德行高卓的魔鬼崇拜。奇怪的时代，真是的！无怪乎各种思想杂乱无章，我有一位老友，当他是一名无可指责的丈夫时，是无神论者，而当他与别的女人通奸后却皈依了宗教！

哼，一帮阴险鬼、坟场戏子、伪君子！做得多么令人感动！请相信我的话，他们如出一辙，甚至放火烧天，也一个模样。他们，不管是无神论者或虔信者，无论是莫斯科人还是波士顿人，全是基督徒，父子相传祖辈相继！然而恰恰不再有父道，不再有规矩了！大家自由了，于是不得不自个儿设法应付。然而，他们又特别不愿意这种自由，不愿意受到判决，于是他们请求把一切给到他们手上，他们发明严苛的戒律，急忙筑起火刑柴堆来取代教堂。对您说吧，他们是萨佛纳罗拉[①]式的人物。不过，他们只相信罪孽，不相信宽宥。他们自然是想到了宽宥，这正是他们想得到的，以及赞成、放任、存在的幸福，还有什么呢，因为他们也多愁善感，定亲订婚、鲜艳的姑娘、正直的汉子、音乐。至于本人，我并不多愁善感，您晓得我的梦想吗？我梦想全身心完整无缺的爱，日日夜夜拥抱在一起，从不间断的享乐，激昂亢奋，连续五载，然后一命呜呼，万事大吉！

那么，没有订婚，无法不间断做爱，应是跟权势、鞭子粗暴联姻。关键在于一切从简，形同儿戏，每个行为都受到支配，善与恶都遭到武断、明确的指定。本人，尽管是西西里人兼爪哇人，我认同基督徒分文不值，虽然我对最早的基督徒怀有友情。然而在巴黎的各座桥上，我有了自知之明：吾省吾身，畏惧自由。主子万岁，管他是谁，但求他能替天行道。“圣父下凡……哦，我辈的带路人，亦庄亦谐的首领，可敬可爱的严师兼慈父……”一言以蔽之，您明白了吧，要义不再是自由，而是在悔恨之中臣服于比自己更流氓无赖之徒。当我们都将成为罪人，那民主就实现了。但是亲爱的朋友，还不算必须为孤独而死所进行的报复。死亡是孤独的，奴役则是集体的。人家也有自己的盘算，与我们不相上下，这很重要。最终各路人马聚集一堂，但一个个膝盖跪着，头

---

① 萨佛纳罗拉（1452—1495），意大利修士，他在虚荣之火事件中反对文艺复兴艺术和哲学，焚烧艺术品和非宗教类书籍。他最后因施政严苛被佛罗伦萨市民推翻，以火刑处死。

颇低下。

相似的社会生活不好吗？为此，难道社会就不必像我了吗？威胁、耻辱、警察乃是此等相似的圣事。我被蔑视、被追捕、被压制，却能大显身手，享受我存在的现实，总之回归自然了。亲爱的朋友，这就是为什么我郑重其事地向自由致敬之后，悄悄决定必须把自由即刻转交给任何人都行。一旦有可能，我就在我的教堂墨西哥城酒吧布道，我邀请良民臣服，谦卑地渴求被奴役的舒适，哪怕我是把奴役当作真正的自由来推荐。

但我又不是疯子，明确意识到奴隶制并非指日可待，它将是未来的福祉之一，仅此而已。从现在到那时，我应当妥善安排现状，寻找一个解决办法，至少权宜之计吧。因此我不得不另寻他法，要把审讯扩展到大家头上，以减缓我双肩承受的压力。我找到了办法。请打开一点窗户，劳驾。这屋里热得异乎寻常。但别把窗开得太大，我也怕冷。我的想法既简单又丰富。怎么把所有人拉下水而自己却有权在太阳底下晒干躯体呢？我要不要登上演讲台，正如我许多杰出的同代人那样诅咒全人类呢？这非常危险！某天或某夜，讪笑突然爆发。您落在别人头上的判决到头来会反噬到自己身上。您会问：如何是好？喏，有高招！我发现在等待主子及其笞鞭降临之际，我们应当像哥白尼①那样以反向推理来取胜。既

① 哥白尼（1473—1543），波兰天文学家，创立地球及行星绕太阳运行学说。

然我们在判决他人时也会被立刻审判，那就应当先责难自己以确保审判别人的权利。既然法官终有一天变成忏悔者，那就应当反其道而行之，先充当忏悔者一职，以便最终成为法官，您跟得上我的思路吗？好，但为了说得更为清楚，不妨对您说说我是怎么操作的。

我首先关闭了自己的律师事务所，离开巴黎，踏上旅途。我千方百计以另一个姓氏安置在某个不乏实践机遇的地方，世上有许多这样的地方，但偶然、便利、命运的嘲弄以及某种苦修的需求，驱使我选择了一座水城雾都，运河纵横交错把城池紧紧框住，来自世界各地的游客令这座城市人满为患。我把事务所设在海员区的一家酒吧内。港口的顾客五花八门。穷人不去豪华街区，有身份的人一生之中至少有一次会去光顾，正如您亲眼所见，总归会陷入声名狼藉之地。我尤其窥伺资产者，迷途的资产者；因为跟他们打交道，我能赚得盆满钵满。本人手艺高超，能使资产者奏出最优雅的音调。

因此，我在墨西哥城酒吧操持这份有益的职业有些时日了。如您亲身经历的，我的职业首先在于公开忏悔。我从各个方面来自责认罪。这并不困难，我记忆犹新。但请注意，我的自责并不粗鲁污秽，我也不会捶胸顿足。不，我灵活周旋，层次丰富，也会东拉西扯，总之，我要视听众来调整我的说辞，诱导他们竞相发挥。我把自己的事与别人的事穿插讲述。我博采相似的特征、共同的磨难、共有的弱点，以及时兴的风尚、时下的名人，总之是在我身上和在别人身上共有的弊端。我如此炮制的肖像，既是众人的肖像，又不是任何个人的肖像。总之，一副面具，颇像狂欢节的面具，既忠实又简化，望着这些面具，人人感叹："瞧，我见过他，就是那个人！"肖像完成了，就像今晚，我拿出来展示，不时沮丧地叹道："唉！可叹啊！这就是我！"指控业已完成，但出示给同代人的肖像也成了一面镜子。

我满身是灰①，慢慢揪住自己的头发，脸上画着一道道指甲印，但目光炯炯有神，我屹立于全人类的面前概述我的种种耻辱，同时紧盯着我造成的效果，我承认："我是无耻之尤。"于是，神不知鬼不觉之间，我在演讲中把"我"过渡到了"我们"。当我讲到"这就是我们的现状"，木已成舟，我便可以告诉他们关于他们的种种真相了。当然，我跟他们是难兄难弟，一副德行，拴在一条绳上。但我有一项优势，心知肚明的优势，因此我有开口说话的权利。我确信您看到了我的优势。我越是自审自责就越有权利审判你们。更有甚者，我挑动你们自我审判，我由此获得了同等程度的宽慰！啊！我亲爱的朋友，我们是稀奇古怪的人，也是卑微恶浊之辈。只要回顾我们各自的生平，就少不了会对自己感到惊讶和愤慨。试一试吧。请放心，我定会怀着兄弟般的深情厚谊倾听您亲自忏悔。

别笑！是的，您是一个挑剔的当事人，我第一眼就看出来了。但您也会走到这一步的，难以避免。其他大多数人感

① 此处的"灰"，可以理解为圣灰，忏悔的象征。

情用事胜于开动脑筋，很快就会晕头转向。对聪明人，必须下点功夫。只需跟他们讲透方法就行。他们不会忘记，会动脑筋的。早一天或晚一天，一半赌博一半恍然，到头来他们供认不讳。您，您呢，不仅仅聪明，而且熟门熟路。不过，您得承认今天您对自己的感觉不如以前那么满意了吧？现在我就等您给我写信或等您回来。您会回来的，我确定！您会发现我依然故我。为什么要变，既然我找到了合适的幸福？我接受了两重性而不感到懊恼。相反，我在此立足，从中找到了毕生追求的安逸。实质上，我说要义在于避免判决，这是错误的。要义在于自己能够为所欲为，哪怕时不时大声宣扬自身丢脸的事儿。于是，我重新为所欲为，但这次笑不出来了。我没有改变，继续自爱自尊，并且利用他人。只不过，坦白我的过错，让我重新做人时心情比较轻松而已，也让我得到了双重享受，先享受自己的天性，后享受惹人疼爱的悔过。

自从我找到了一了百了的方法，便听天由命，对一切尽情尽兴：玩弄女人，自高自大，百无聊赖，怨愤耿耿于怀，甚至此刻我感到发烧使体温上升也美滋滋的。我终于居高临下，直到永远。我又找到一处高峰，唯有我爬了上去，站在绝顶之上，我可以审判所有人。然而，时隔一阵，夜色确实美丽，耳听得远处传来一阵笑声，于是我又重新满腹狐疑。但我马上以自身残疾之躯讨伐万物，创造物和造物者，于是我恢复常态，精神抖擞。

好吧，我将在墨西哥城酒吧等候您的献礼，要等多久都行。请把这条被子掀掉，我要透透气。您会来的吧？我甚至会向您演示我的技巧细节，谁让我对您情有独钟呢。您将看到我通宵达旦让他们知晓他们是卑鄙无耻之徒。今晚我将重新开始。我不能不顾，也不能错过他们中间有人醉倒在地、捶胸顿足。最亲爱的朋友，在这样的时刻，我高大起来，越来越高大，呼吸酣畅淋漓了。我处在高山之上，极目眺望，一马平川，尽收眼底。我充当上帝天父，颁发放荡腐败的证书，何等陶醉。我在猥亵的天使们的簇拥下正襟危坐，宝座高踞于荷兰的天顶上，我凝视着从浓雾和水汽中冒上来、参加最后审判的芸芸众生。他们徐徐飘升，我看到他们腾云驾雾，已经到达的第一个人。他用一只手半掩着迷茫的脸，我从他的脸上看到了世人共同状况的悲怆以及无法逃避的绝望。我怜悯而不宽恕；我理解而不原谅。尤其，嗨，终于感受到人家喜爱我了！

是的，我很激动，怎能乖乖躺着？我必须凌驾于您之上，我的思想把我托得高高的。这些夜晚，更确切说这些凌晨，堕落发生在黎明，我出门，沿着运河疾步行走。铅灰色的天空中，羽毛般的云彩渐渐稀薄，成群的白鸽缓缓升腾，一抹玫瑰红的晨光在屋顶处预示我创世新的一天来临。在达姆拉克大街上，头班有轨电车在湿漉漉的空气中发出叮当声，唤起欧洲边陲的生命复苏，同时也唤醒我的臣民，亿万民众吃力地爬出被窝，满嘴苦涩，赶去干毫无乐趣的工作。于是，我的思想遨游整个欧洲大陆，尽管被我君临的整个大陆是在不知不觉之中臣服于我的，我痛饮升起的苦艾酒色的日光，最终陶醉于恶言恶语，我是幸福的，我是幸福的，我告诉您，我禁止您不相信我的幸福，我，幸福得要死！哦！太阳、海滩、信风拂过的岛屿，回忆中让人感到绝望的青春！

我再躺下吧，请原谅。我怕真的激动起来，却哭不出来。人有时走入歧途，怀疑不言自明的事情，尽管我们已然发现了美好人生的秘辛。我的解决办法当然是不理想的。可是，当有人不喜欢自己的生活，当有人知道必须加以改变，却不能选择，不是吗？要成为另一个人，怎么办呢？不可能吧。应当变成什么人也不是，忘却自身去充当某个人，至少忘却一次吧。怎么办得到？别逼我太甚。我像那个老乞丐，有一天他在咖啡馆露台座上抓住我的手不放，说道："啊，先生，咱们不是恶人，但咱失明了。"失明，是呀，每天早晨见不到光明，就是看不见自我宽宥那般神圣的清白无辜①。

瞧，下雪了！哦，我该出门了！阿姆斯特丹沉睡在洁白的夜色中，宛如玉带的运河穿过积雪覆盖的小桥，街道渺无人迹，脚踏雪地无声无息，那是转瞬即逝的纯净，明日即变成泥泞。您瞧，大块雪片纷纷扑打玻璃窗，酷似蓬头散发。那些白鸽子，肯定是鸽子，成群的小动物终于下决心落回大地，好可爱啊，它们用厚实的羽毛覆盖水面和屋顶，扑打各家各户的玻璃窗。可谓蜂拥而至，比比皆是！但愿白鸽带来佳音。大家都得救啦，不仅仅是当选者和富人家得救，有难

① "神圣的清白无辜"出自 les Saints Innocents（圣婴），圣洁之意，清白无邪。

同当，就拿您做比方吧，从今日起，为了我，每天夜里您将睡在地上。样样俱全！得了，你得承认，假如一辆车从天而降把我带走，抑或大雪突然化作大火，您没准儿会目瞪口呆。你不相信吧？我也不信。但我毕竟得出门了。

好啦，好啦，我保持安静；您呢，也别担心。况且，别太相信我的恻隐之心，也别太相信我的狂言乱语。两者都受到管控。现在跟我谈谈您自个儿吧，本人想知道我那感情用事的悔过是否达成了其中一个目标。我确实始终希望我的对话者是个警察，并且我会因为盗窃《廉政的法官》而被捕。除此之外，谁也不能逮捕我，是吧。此项盗窃一旦落入法网，我已一切准备就绪成为同谋共犯：我窝藏画作，随时将其展示给想要查看它的人。把我逮捕好了，那会是个好的开局。或许会有人负责后续事宜，他们会砍了我的头，比如说，我不再惧怕死亡，我得救了。您举起我血淋淋的头颅，高举过聚集的人群之上，以便他们在我的头上认出他们自己，我重新作为杀一儆百的典范，高居众人之上，算是功德圆满吧。我也就此完成了伪预言家的使命，无人看见无人知晓，在荒漠中呼喊，拒绝走出荒漠。

然而，您不是警察，当然了，否则太过简单了。怎么？您瞧，我早料到了，恕我直言。我对您怀有这份奇怪的好感确实是有用意的。您在巴黎操持律师美差！我早就弄清楚咱们是同一种族群。难道咱们不都是物以类聚，人以群分吗？难道不都是唠叨不停、不针对任何个人而总是对付雷同的问题，尽管事先早已知道答案？那么跟我讲讲，我恳求您，请讲讲您在塞纳河畔遇到的事情以及您怎样成功地永不冒生命危险。几年来，有几句话夜里不停在我耳际萦回，而我最终借您的嘴说出：“哦，少女！请你再次投水吧，好让我有第二次机会使我和你两人一起获救吧！”再来一次，哼，太莽撞了吧！亲爱的大师，假定人家把我们的话当真了呢？那就必须执行了！哎呀！水冰冷冰冷的！但咱们放心好了！现在为时已晚！让吉星高照吧。

译者概述概评《沉沦》

1953年初，加缪计划创作有关“流放”为主题的中短篇小说，共七篇，但以书名为《流放与王国》的中短篇小说集于1957年出版时，只有六篇，因为其中名为《沉沦》的那篇提前一年就单独发表了，其规模和内容可以成为一部独立的作品，加缪将其称为“记叙”，他对自己的作品归类名称非常固执，绝不肯随“流俗”，尽管实际上应称为短篇小说。1956年5月，《沉沦》由加利马出版社出版，立即轰动文坛，同年11月底就售出十二万六千五百册，受到好几家最著名的媒体的好评，获得巨大成功。

《沉沦》起因于加缪和以萨特为首的存在主义者之间的争执。1952年5月刊的《现代》发表一篇攻击《反抗者》的文章。加缪在后来数月的《手记》中写道：“《现代》：他们认可造孽而拒绝宽恕，渴望殉道者。”“跟《现代》论战……巴黎是弱肉强食的世界。猛兽可怜兮兮的。”“有革命头脑的新贵、暴发户、正义的伪善者。萨特，为人和理智，皆不诚实。”“与《现代》论战，他们唯一的辩解理由则是世道凶恶。卑劣之举。说白了，他们身上有某种奴颜婢膝的倾向，但他们幻想通过某条高尚的道路，满怀某种思想走到底，无非是弄虚作假，侮辱谩骂，告发兄弟。正义的伪善者，奴颜婢膝的倾向，甚至是影射弟兄为犹大①。”

正如1937年加缪从布拉格噩梦似的旅游回来，重新沐浴在地中海的阳光下。他想塑造一名男主人公，与《误会》中的玛尔塔相反，选择前往大雾弥漫的寒冷之地。于是，加缪在法国南方阳光明媚之地“闭门思过”一年多之后，于1954年秋天去了深受笛卡儿喜爱的阿姆斯特丹旅游，时间虽然短，却终于找到了故事背景的灵感，再把先前去过的鹿特丹和海牙所积累的印象一并加到他对阿姆斯特丹的追忆之中：寒冷潮湿的城市，令人转来转去，只打圈子。加缪选择从地中海思想中脱身。从时间上推测，他正酝酿的创作应该是矛头直指“弱肉强食的丛林”以及巴黎的存在主义者们。

然而，一场个人危机使他改变了写作灵感和意图，放弃抨击假仁假义。他不再需要杜撰一种牵强附会的犯罪感了，那是当他得知爱妻弗朗西娜于1953年底患上抑郁症且越来越严重，甚至可能导致自杀。一种身不由己的负罪感油然而生，他，阿尔贝·加缪，不仅在公众眼里得势，在女人堆里也吃香。此时他不得不面对镜子的考验了。再者，即使他不太追求社交界的荣耀，即使他一向以来厌恶花言巧语的把戏，难道他会从今往后违心充当一名巴黎知识分子吗？不，他比任何时候都感到年轻时被贫困和淳朴放逐使他获益匪

① 据《圣经》记载，出卖耶稣的是耶稣的门徒犹大。

浅，使他得到了实打实的硬功夫。

《沉沦》原文本无标题，分为五节，即四天加一天的上午和下午。这是为避人耳目，加缪实际上是在模仿《约翰福音》分六天来叙述，也许他怕人笑话他的模仿。我们干脆挑明，改为六天，便于更好地理解文本，以飨读者。

在概述克拉芒斯的六天行程和讲解之前，有必要先简单介绍一下与全局有紧要关联的一个物件，名为《神秘羔羊之爱》的多翼式祭坛画。画上标有首字母缩写 V. E.，曾引起过很大的疑惑，没有人知道画家是谁。《神秘羔羊之爱》中最重要的一幅名为《廉政的法官》，描绘了几位骑马的清廉法官，它被盗之后，在根特大教堂展出的是复制品。有个荷兰醉鬼把《廉政的法官》当作酒钱卖给了墨西哥城酒吧掌柜大猩猩，大猩猩一直把它挂在酒吧墙上，没有引起任何人的注意。唯独克拉芒斯如获至宝，后来把画窝藏在自家的壁橱里，据为私有，居然说："羔羊和无辜已不复存在，因此窃画大盗成了行使正义的无名工具，还是别阻挠为上策。"

第一天：自我介绍，全书纲领。最大的伏笔，一个女人跳河自尽了，点破了主题和结局。阿姆斯特丹一家不三不四的酒吧内，店名叫做墨西哥城。一位顾客自报姓名，让-巴蒂斯特 · 克拉芒斯。他主动跟一位萍水相逢的同胞聊天。他先自我介绍，四十来岁，曾是巴黎的律师，现已离开巴黎。在他脑袋右上方，尽头的墙壁上有块长方形空白，先前似乎挂了一幅画。"一幅货真价实的杰作。这不，酒吧主人收购时，我在场；出让时，我也在场。"主人公点破主题却又显得与已无关。

后来，他们出去散步，主人公对交谈者说“荷兰是个梦”。他陪交谈者走到桥边就不愿往前了，因为从前他住巴黎市中心，以律师为业，一天夜里与女友寻欢作乐后走艺术桥回家，曾目睹一位女子跳进塞纳河自尽。从此，晚上过桥犯了他的忌讳。说到底，设想一下有人投水自尽，二者必居其一，要么跟着跳下去把他捞上来，但天冷时节，要冒很大的风险。要么弃之不顾，溜之大吉，那么跳下水的人回家后没准儿会感到全身怪异的酸痛。这是第一天见面交谈时留下的伏笔。

第二天：何谓法官-忏悔者？克拉芒斯自己继续提出问题，但再次不做解答。克拉芒斯又一次吹嘘自己能够过上成功的生活。直到那天晚上。他又一次提起在塞纳河河畔不远处听到的那真不知来自何方的笑声，一种挥之不去的感觉让他坐立不安。他回到家里朝着镜子微微一笑，但笑得十分尴尬，笑容似乎具有两面性，他说不清这种笑的含义，真不明白吗？说不好，但很像说不清自己从事法官-忏悔者是一种怎样的职业。只好卖关子，兜圈子，大大吹嘘自己是巴黎有名望的律师：怎样为受欺凌的人们抱打不平，赞赏自己的答辩用词何等精当、情感真切、振振有词、热情奔放，“居然真会相信正义之神每晚跟我睡觉”。甚至直面法官时，居然以法官的姿态来应对，但有点儿像认可了蝗虫，尽管这样的“直翅目昆虫从未带给我一文钱”。“我的职业生涯确确实实无可指摘。我从不受贿，自不待言，也从不屈尊去走门路。”“我甚至有两三次机会被授予荣誉军团勋章，但我婉拒了。”总之，在日常生活中助人为乐，抢着行善，做尽好事。再者，当律师也有好处，“法官惩罚，被告赎罪，而我呢，不受一切义务约束，避开审判又不受惩罚，我自由自在霸占着一片伊甸之光。”克拉芒斯自吹人格完美，绝大部分自然是作者加缪在为自己受到的委屈辩护，但也把萨特的优点附加在克拉芒斯身上，比如，“我乐善好施到了这样的地步：讨厌因此而被感激。钱财的准确数字令我不胜其烦，受之恶心。我的施舍物必须由我自己做主。”大量的施舍，包括捐赠钱财而不需要别人感恩，这显然是在赞赏萨特。

总之，克拉芒斯给出的结论是：“我的职业使我居于法官之上，因为反过来由我审讯他；同时也使居于被告之上。”这就是所谓法官-忏悔者的另一种解释。然而一个晚上，克拉芒斯在做了一天的善事好事之后，心情舒畅，充满活力，春风得意，正当挺直腰板想点一支烟，身后响起一阵笑声。他想起了坠河的那人，在他耳机回荡的笑声挥之不去，一有机会就反复出现，终于刺激他完全变成另一个人，走向自己的反面：放弃所谓高尚的律师职业，逃离塞纳河畔的笑声，匿名躲藏到阿姆斯特丹，他是学法律的，并且研究过荷兰法律，招来委托人，他在荷兰的酒吧里招来委托人，堂而皇之从事他的法官-忏悔者职业便是了。

第三天：自画像。克拉芒斯很清楚自己的招牌：具有两副面孔，像是富有诱惑力的雅努斯。大门上挂着家传格言：“切勿信以为真。”

克拉芒斯领着同胞沿运河散步，继续自己的忏悔。反复讲述那神秘的笑声是如何搅乱了他的生存处世，打破了他处世的完美和谐，但促使他发现了耻辱。这种笑声总在他体内响起，每当此时，克拉芒斯总是“有些萎靡不振，难以恢复好情绪。看过医生，他们给了兴奋剂，服后提神，而后又消沉下去”。最要命的是发生了一件事情，高傲的克拉芒斯西装革履，开着自家豪车，被一名不守交通规则的摩托车手捉弄后，非但没有抓住他，反而让旁人狠狠揍了一圈而不得不忍气吞声。这还不算，硬是被讥讽为“可怜虫”，这一嘲笑，让他当众出丑，实在让他忍无可忍，这是另一种笑，是刻骨铭心的耻辱使他彻底沉沦之后的笑。克拉芒斯承认笑自己的说辞和辩词，比起说给女人听的言辞，更加嘲笑自我辩护。对女人说的话，至少很少撒谎，因为没有任何人在寻欢作乐时会弄虚作假。然而，在“恼火的时刻，私下嘀咕心仪的女人红颜薄命才是最理想的解决方法。她一死，一则便可一劳永逸确定我俩的关系，再则也可免去对她的约束”。随心所欲尽情享受天下所有女人，屡屡得手，像帝王那样妃嫔成群的心态，已经是心理变态，比唐璜还唐璜。加缪通过克拉芒斯之口来忏悔因为自己对爱妻的不忠，导致她患上不治之症，他以此来批判自己的心理变态，应该说是真诚的，尽管在客观上已无可挽回。

第四天：双重人格，两面派，双面人。克拉芒斯跟他的同伴一起游览马肯岛，讲述同代人如何引导他发现自己表里不一的双重人格，于是他决定站到取笑者一边，进而决定跟人类价值和社会道德价值观捣乱，批判布尔乔亚的婚姻和家庭的虚伪。

人与人之间，朋友们之间，居高临下的审讯审判，对法兰西民族劣根性的批判，以及作者的自我批判，不一定在法庭上进行吧。克拉芒斯说：“我的同仁朋辈在我眼里不再是我习以为常的恭敬听众了……自从我担忧自己身上存在有待审判的东西，终于明白在他们身上就存在一种不可抗拒的审判使命。”

加缪由此得出荒诞哲学的二律背反：“出路全部堵死了。要么获得幸福而被审判，要么被宽恕而成为可怜虫。”他进行自我批判之后，笔锋一转影射和反讽萨特所谓“加缪的文章是大杂烩”。加缪在很不客气反击之前先进行自我批判，“我突然开始推荐大杂烩作为辩论方法，我说了，不是现代宗教法庭使大杂烩臻于完善，现代宗教法庭既审判窃贼又审判正人君子，用前者的罪过攻击后者。而在这种情况下，律师恰恰相反，为了替窃贼辩护，就要论证正人君子有罪。”

第五天：明白放纵淫荡是一种导致死亡的解脱，忏悔之后获益匪浅。克拉芒斯邀请同胞乘船旅游须德海，主要是请同胞听他倾诉对自己放纵淫荡的忏悔，听他解释如何沉溺于荒淫，一种解脱性的放纵、自杀性的放纵，使生命力衰退的同时也使他的痛苦减轻，在交代清楚法官-忏悔者之前，克拉芒斯认为应当跟您先讲一讲“纵欲放荡和度日如年”。我们不妨概要汇总他真诚的忏悔：

“我始终生活在放荡纵欲之中，却从未间断追求长生不老。一则本性难移，也是我和你提过的自爱自尊的结果。”“在一家龌龊的夜总会度过的某些夜晚，我在那里遇见了一名变装舞女，她对我恩爱有加，我颇感庆幸；为了她的面子，我居然有一晚跟一个好吹牛的乌龟王八蛋大打出手。”“她在机械地纵欲寻欢之后，即刻呼呼大睡，没有过渡。朝阳渐渐照亮这块沦落风尘之地。我起了床，呆头呆脑，待在灿烂的晨曦中。”然而，“真正的放荡是解放性的，因为它不产生任何义务。人在放荡中只占有自己，故而放荡是那些高度自恋自爱者所偏爱的消遣。放荡是一片弱肉强食的丛林，既没有过去也没有未来，尤其没有承诺”。那么，既然明知放纵者短命，为什么会拼命放荡？克拉芒斯说：“我对爱情和贞洁绝望之余，终于想起唯余恣意狂欢完全可以替代爱情，消弭耻笑，恢复安宁，尤其使人长生不老……我终于可以在这种称心如意的善意放荡中找到安宁和解脱。”他继续说：“我扮演长生不老之人，可几个星期之后连自己也弄不清楚是否能苟活到第二天。”当他忏悔之后，受益匪浅，说道：“这次体验的唯一益处，在我弃绝夜间矜功自伐后，是我的日子过得不怎么痛苦了。”

另外，克拉芒斯邀请女友乘坐横渡大西洋的客轮，他在甲板上突然瞥见铁青的洋面上有个黑点。“当我又瞥见时，几乎要惊呼，愚不可及地想喊救命。”其实是轮船丢下的一块残物。可是，他不能见到它，因为会情不自禁联想起那名溺死者在塞纳河中发出的呼喊，还有笑声。

第六天：《廉政的法官》失而复得引出的荒诞哲理。

克拉芒斯病倒了，他在卧室接待了同胞。他告诉同胞，有个时期在俘虏营，他被指定为“教皇”。但他喝掉了一名临死同伴的份额的水。他接着让同胞打开壁橱，里面存放了一幅名为《廉政的法官》的画，它其实是《神秘羔羊之爱》的一部分，被人从根特大教堂偷走。克拉芒斯一旦把正义和无辜分离，便可以继续法官-忏悔者的行当。这个行业在于他把自己尽可能描绘成一幅漆黑的肖像，然后将其递给对话者，使后者像照镜子似的发现自己也是黑头黑脸的，克拉芒斯就顺乎心意地找到了他一生追求的东西。

克拉芒斯为什么选择阿姆斯特丹作为他从事法官-忏悔者这特殊职业的地方呢？不妨概述其本人介绍的理由，“我选择了一座水城雾都，运河纵横交错把城池紧紧框住，来自世界各地的游客令这座城市人满为患。我把事务所设在海员区的一家酒吧内。港口的顾客五花八门。穷人不去豪华街区，有身份的人一生之中至少有一次会去光顾，正如您亲眼所见，总归会陷入声名狼藉之地。”“我的职业首先在于公开忏悔。我从各个方面来自责认罪。”“我把自己的事与别人的事穿插讲述。我博采相似的特征、共同的磨难、共有的弱点，以及时兴的风尚、时下的名人，总之是在我身上和在别人身上共有的弊端。”于是从中悟出因果辩证关系：既然法官总归有一天会变成忏悔者，那就应当反其道而行之，先充当忏悔者一职，以便最终成为法官。总之，反正在自己身上和别人身上的弊端是共有的，那就应当接受两重人格而不感到懊恼。那么，“我如此炮制的肖像，既是众人的肖像，又不是任何个人的肖像。总之，一副面具，颇像狂欢节的面具，既忠实又简化”。一语道破，加缪，他是真正的职业艺术家。

在读者心目中，克拉芒斯的内心独白与《沉沦》的文本是混为一体的，正如《鼠疫》中的里厄的纪事与《鼠疫》文本是天衣无缝接轨的，甚至于《鼠疫》曾经一度被一些不懂文学艺术的人们称之为笛福式的“鼠疫年纪事”，这当然是极大的误解。总之，作者加缪把叙事的主导权抛给他笔下的人物克拉芒斯，由他信马由缰，踌躇满志，独揽话语权。

另外，《沉沦》几乎从头到尾处处可见讽刺的笔触，几十年来深得广大读者的喜爱，当然也博得了诺贝尔文学奖评委们的青睐，尽管他们明确指出该奖项是颁给加谬整体作品的，实际上也是为了弥补《鼠疫》因政治思想等原因和诺奖错过。但不管怎么说，距离提名颁奖最近的作品是《沉沦》，而这个奖项使加缪后有机会登峰造极。这对出身低级军官家庭的加缪是多么大的鼓舞，这完全出乎他的想象，因为他花了最多心血、最长时间写出的《鼠疫》都未能得到诺奖。再者，在《反抗者》与《沉沦》之间，加缪经历了一场严重的自信危机，自以为无所作为了。1956年初，在和以萨特为首的存在主义者翻脸之后，他给一位友人的信中写道：“整整一年间，我真以为再也写不出任何东西了。”他交稿时心中无底，战战兢兢征求志同道合的朋友们的意见，其中包括作家好友罗热·格雷尼尔，换了几次书名，最后付梓前几天，他想出了一个众人高度称赞的书名，即《沉沦》。亲自参加审阅的罗贝尔·加利马向加缪惊叹道：“你在嘲弄我呀！你说什么无所作为呢！这，了不得啊！”说罢，立即下令付印出版。

我们阅读《沉沦》也可猜测到加缪创作时经受了多么大的痛苦考验。加缪真诚的自我忏悔感动了多少傲慢的法兰西雄鸡。

沈志明

2019年12月25日圣诞节于巴黎

流放与王国

目 录

译者导言

《流放与王国》的原文为 *L'exil et le royaume*，但我们也可以在“王国”前面增加“孤独”一词，这是受到了加缪至交好友勒内·夏尔的启发。夏尔高度评价过这部中短篇小说集，他指出：“加缪的行文布局从第一篇到最后一篇，每篇之间皆有栈桥相连，然后由栈道通往客栈，由此及彼，形成孤独王国。”笔者斗胆理解为，加缪的文学艺术园地是一个独一无二的艺术王国，所反映的现实生活必定是孤独的、寂寞的，甚至与世隔绝的。六个中短篇小说从内容、风格乃至理念呈现出多样性，令评论家们大跌眼镜。他们试图从不同角度进行评论，时而从形式，比如《背教者或一个糊涂虫》全文采用内心独白；时而从审美角度，注意内容的审美，从象征表意到现实主义的叙事。但有个共同点，全都艰涩难懂，模棱两可。因此，我们首先努力把“流放”和“孤独王国”的内涵搞清楚，再深入理解加缪荒诞哲理的精髓。

“流放”的原始含义是什么？先说近现代的普通含义：被祖国驱逐到偏僻地区多年不得返回家乡，比如被祖国驱逐出境并不许回国的托洛茨基。但加缪笔下的流放虽形态相似，却包含其荒诞哲学的含义。

何为“流放”？ l’exil（放逐、流放）典出古罗马君主卡利古拉皇帝颁布过的一条法令，规定臣民在十二个月内得不到勋章者一律被放逐出境或被执行死刑。然而，加缪虽然经常提起卡利古拉皇帝，甚至写下著名的剧本《卡利古拉》并演出成功，但他赋予“放逐”或“流放”一词的含义却完全不同。加缪所赋予的涵义首见于《鼠疫》，瘟疫期间，城市被封。里厄大夫说：“瘟疫给我们同胞带来的第一件事情便是流放。”城门被封死，火车一律停运。旅游者一概不得离城，因此巴黎记者朗贝尔不得不处于流放境遇，所以鼠疫给我们带来的第一印象便是流放感。正如加缪在《鼠疫》中下的定义：“我们心中时时刻刻背负的空虚，正是流放感。”进而，我们可以从《沉沦》《流放与王国》中看出，两者有一致的主题，就是流放的孤独感，躲进忏悔的王国而不能自拔。主动流放也罢，被动流放也罢，反正是压倒性负面的孤独，但放逐有可能接近一种王国的境界，比如，有些人寻求身份认同的同时，也所求难以实现的博爱。无论内容上还是形式上，这些短篇小说皆一脉相承。在《房东与房客》中，房东小学教员好心没有得到好报，他放了犯人一马，让他自己选择自首或逃亡。当他回学校却看到黑板上写着：“你交出了我们的兄弟，你得付出代价。”结束语则是：“他身处自己一往情深的大地，倍感孤独。”他体验到深处孤独王国的孤独感。不妨再举个典型的例子，《失贞的女人》中，主人公雅妮娜面对蔚蓝的天空，广袤千里的景色，不禁感到孤独无援，深感自己处于孤独的流放中，即流放在婚姻的牢狱中。夫妇很不相配，也没有孩子，因为缺乏性生活，丈夫一倒在床上就呼呼大睡……她的流放是一种精神和心理的流放，封闭在被内心无法满足的躯体中。

总之，凡处于囚徒困境的一概处于流放状态，比如《沉沦》中的克拉芒斯，《鼠疫》中的朗贝尔，甚至塔鲁也跟《房东与房客》的小学教员一样，不善于或不能够跟其他人沟通和共事，尤其像《长高的石头》主人公达拉斯特所言："这边，却是流放或孤独，四周则是这帮萎靡颓丧的疯子，他们手舞足蹈唯求一死。"

然而，流放与孤独也会有积极的一面，那就是像《鼠疫》中朗贝尔主动选择流放，他就得到重生了：既善于我行我素，又把别人的事儿当作自个的事儿，是"群体王国"所具有的特征。那么，流放以其自身的方式，向我们指明一条条道路时，唯一的条件便是我们既善于拒绝奴颜婢膝又抵制着魔中邪。

1955 年 10 月，加缪应《信使》（*L'express*）主编让·丹尼尔邀请撰写一篇社论，他在回信中解释标题为 *Solitaire ou solidaire*（《孑然独处或休戚相关》）。一个字母之差，意义则相反，或准确讲，相反相成。看得出来，加缪非常得意，他在《流放与王国》中一而再再而三运用，充分体现了法兰西语言之微妙，可谓加缪创造了一个范例。加缪在信中写道："在我们这个时代，我孑然独处（solitaire），但如您所知，我又与我的时代休戚相关（solidaire）。"加缪借写社论的机会表明这是荒诞哲学的一个命题，可举一反三。在不同的情况下， solitaire 和 solidaire 这两个单词可有不同的说法。他曾写道：“通常而言，我并不爱人类。不过，首先，我觉得与人类休戚与共。”在这层意义上，我们可以理解为“我行我素或休戚与共”。可是他在别处又写道：“我的灵魂是孤单的。”我们可以理解为“孤单无援或携手相助”。《房东与房客》的主人公达吕一身兼二职，一名独身的小学教员，又要押送犯人，承担执法的连带责任，因此只好跟法国同胞警察互相抱团，可以理解为“单挑独干或互助抱团”。我们还可以引申许多说法，仅举几例：当涉及众人之事，特别遇到天灾人祸时，我们可以说“我行我素或休戚与共”，又如平时集体的事情要大家齐心协力去做不可以各走各的道，我们可以说“踽踽独行或携手共进”。我们差一点忘了《约拿或干活的艺术家》中的主人公约拿成名后忘其所以，沉醉于掌声吹捧之中，陷入家庭和朋友的日常交际藩篱，却始终认为福星高照，弄得画画灵感丧尽，最后一个人躲进阁楼，不吃不喝，昏头摔了下来，但总算再次与爱妻和子女亲密相处，那就是“孤独或互爱”。我们不厌其烦地举例，无非想要说明加缪挖空心思通过一个字母之差来证明其荒诞人生哲理，用心良苦，尽管手法简单，只要以帕斯卡为榜样：抓住一条链子两头，即可迎刃而解。

综上所述，加缪一步步开凿“流放”水道时，不经意自然形成了一片王国。不妨抄录加缪的一小段概述：“至于标题涉及‘王国’，那是不谋而合给逮住的，因为流放生活既自由自在又赤裸裸没有保护，最终实现重生。流放，以其自身的方式，向我们指明一条条道路，唯一的条件是我们要善于拒绝：既拒绝遭受奴役的道路，又拒绝谋求霸占的途径。”

我们不妨把加缪笔下的主人公所持的“王国”概念罗列如下：“神是力量和威权”“神是主子，唯一的天主”“我生平第一回把全身心交给主子，赞扬其作恶的本原，崇拜其凶恶的本原”“可以摧毁而不可以改宗”“我作为这个王国的俘虏”“为建立显而易见的恶王国必须助纣为虐”。这些话通过《沉沦》主人公让-巴蒂斯特·克拉芒斯和糊涂虫背教者之口说了出来，无论是自然流露还是故意彰显，反正成为了他们的思想指南和行动纲领。前者终于在阿姆斯特丹找到他从事可耻行为的理想王国。很明显，加缪通过笔下的主人公思想言行来进行自我批判。然而，《背教者或一个糊涂虫》的主人公之所以被谴责，是因为他梦寐以求的恶王国，是兽群般的人类乌合之众所组成的王国，被剥夺了幸福和爱情，又因为他自以为明白追求望尘莫及的善是浪费时间，还会徒劳无功瞎折腾，而不去催促唯一可能的王国到来。记叙文本身的形式就是絮絮叨叨的，令人难以理解。这种喋喋不休的饶舌体现了主人公陷入了死胡同，居然还自视为新世界的先知，全然忘却生存的复杂性，从而被重重矛盾包围，难以自拔。也就是说，背教者必然陷入恶王国而终生不能解脱。

何为恶王国？背教者，背弃了自身的宗教信仰。鬼迷心窍的主人公背教者独自偷偷逃到非洲沙漠传教。不料被非洲拜物教的忠实信徒抓住，逼他改教。到头来，他不但被降服，而且比拜物教的人更凶残。背教者的信念是梦想绝对的权力，命令对手跪倒在地，迫使对手降服，最后使对手改宗。对手越盲目、越残暴、越自信、越刚愎自用，就越迫使其皈依，所以背教者说："我一定要刽子手承认我，要他们匍匐跪拜，叫他们求饶。"换言之，背教者发誓要比迫使他改变的魔王们更狠毒："主啊，这是你的胜利！"人间只有恶王国，这成了无神论者加缪讽刺挖苦的对象，可谓一语中的。

我们花了相当大的篇幅来评述《流放与王国》相反相成的关系之后，必须交待加缪是以怎样的艺术手段或形式来表达其荒诞哲理的。

首先，我们不妨举例诠释夏尔的论断："（加缪）用精细的跳板将其（六个中短篇小说）连续成一个整体。"我们可以这么概括：从《背教者或一个糊涂虫》结尾开始，"一把盐塞进饶舌的奴才的嘴里"。紧接着《憋屈的沉默者》，这都是些沉默无言的形象。诚然，故事背景会发生变化，从约拿的巴黎套房突然跳到法国工程师达拉斯特置身的巴西热带雨林，表面上看驴唇不对马嘴，完全不搭界，挺荒诞的，但表面荒诞之中有一根阿里阿德涅之线①紧紧绷着：异乡人并不享有异邦的特权，而巴黎则是一个弱肉强食的世界，丛林法则之圣地。我们甚至可以说，加缪通过自己的影子约拿按照卡夫卡的手法和技艺玩耍了一把，又不失于表达自己荒诞

① 典出希腊神话，阿里阿德涅交给忒修斯一根线，帮助他逃出迷宫。

的哲理。

其次，六篇小说之间的应和也有多处，比如《失贞的女人》描绘了阿尔及利亚南部沙漠，《房东与房客》所处的阿尔及利亚高原有相同的启示性效果，即使约拿的大都会巴黎风景也彰显出石头坚硬的底蕴。个体，哪怕远离世人的社会，也找得到或重新找到内心的实在性。加缪的抒情即便讽刺性的，也总是在孤独王国中展现。某种内在循环的本源甚至富有节奏效果，由其神经统领着、支配着六篇小说。

最后，小说集给人一种空灵感。虽然有时也清晰地提供了加缪在那个时期某个方面的生存形象：那么强烈的流放感，首先是内心的，正值其生命的一个关口。据说，他太过繁忙，工作量太大，不胜负荷。按他的品味，似乎太过出名，盛名之下其实难副，不如写一些“阳春之曲，和者必寡”之类的东西。但其他许多人则认为他正处于政局文坛中心地位，受到来自各方的牵制，身不由己被披上某种身份，同时被塑造成某种形象。简直是：“乱透了，乱成一锅粥了！我该把脑袋整理整理！”这个抱怨虽出自小说人物背教者之口，却颇有作者加缪的自传色彩。对加缪而言，只剩下劳役的王国，承担义务的流放。

《约拿或干活的艺术家》则提供了一个别具匠心的托座，实属加缪的独创，即流放的托座，而这把托座可以改编为戏剧上演，更可以改写成散论。一个托座可以三用：小说、戏剧、散论。加缪填补了一个空白，一文可三用。尤其应当指出，加缪尽可能使文笔技巧多样化，《背教者或一个糊涂虫》是神思恍惚的独白，《约拿或干活的艺术家》中讽刺挖苦几乎贯穿始终，《憋屈的沉默者》明显运用了在当时左派作家中很时髦的现实主义创作手法，加缪的导师让·格雷尼埃甚至说他在练习社会主义现实主义。顺便插几句，幸亏加缪熟读《资本论》，止步于现实主义，这也正是加缪的高明之处，没有随大流，而好多当时盛名一时的法共或左翼的社会主义作家早已云消雾散，唯有其中居于超现实主义出身的阿拉贡、埃吕雅、夏尔等与世长存，当然包括布雷东。同样，《房东与房客》和《长高的石头》的基调也是现实主义的，皆属形象思维，套用一句加缪的名言："小说从来只是化为形象的哲学。"我们还将在译者概说述评中进一步探讨，就此打住。

我们曾在《反抗者》译者导言中指出过，列宁是加缪崇拜的人之一，不妨再重复一句，列宁在其流放期间把《圣经》当作小说来读，这给加缪的启发是无价的。

至于加缪与他人的关系，虽然是个局部，但意义颇为深厚。好在有一条线索很清晰，从单独个体负责到共同群体负责，演进的走向则是从默尔索荒诞的孤独到鼠疫受害者的博爱。《流放与王国》开启了小说人物的孤独，不幸的妻子雅妮娜是孤独的，背教者反常的、兽性的恐惧转向一种模棱两可的状况。"单独负责或共同负责，都以泛泛的人类博爱和团结的形象告终。"我们不得不说加缪笔下的人物的理想品质以及其本人政治思想修养的局限性是显而易见的，但并没有太出格。好在全方位的人类博爱和团结，即人类命运共同体，将出现在《第一人》这部长篇小说之中。我们将有机会做详实的叙述和评论。

沈志明
2020 年初春于巴黎正值 COVID－19 居家隔离

请予刊登

《流放与王国》这个集子原先包含了《沉沦》，后者成为长篇叙事文单独发表之后，共收录六个中短篇小说[1]：《失贞的女人》《背教者或一个糊涂虫》《憋屈的沉默者》《房东与房客》《约拿或干活的艺术家》和《长高的石头》。然而，主题只有一个：流放，作者以不同的方式加以处理，从内心独白到现实主义叙事。况且，这六篇叙事是有连续性的，尽管几经单独修改和分别加工细琢。

至于标题涉及“王国”，那是不谋而合给逮住的，因为流放生活既自由自在又赤裸裸没有保护，最终实现重生。流放，以其自身的方式，向我们指明一条条道路，唯一的条件是我们要善于拒绝：既拒绝遭受奴役的道路，也拒绝谋求霸占的途径。

① 除《沉沦》之外，六篇叙事文并没有专门标注类别，作者在其他场合多次采用 les six nouvelles（六个中短篇小说）来称呼它们。

失贞的女人

一只干瘦的苍蝇在车内飞舞了一阵子，尽管长途汽车的窗玻璃已经摇上。这很不寻常，但苍蝇仍无声无息来回飞舞，很吃力的样子，起先没有出现在雅妮娜的视线内，后来她见到苍蝇落到丈夫纹丝不动的手上。天气冷丝丝。每次挟沙的风打得车窗沙沙响时，苍蝇便浑身哆嗦。寒天的早晨阳光微薄，汽车滚动，上下颠簸，车身铁皮和车轴叮当咯吱乱响，艰难前行。雅妮娜看向丈夫。灰白的头发绺低低紧贴马塞尔狭窄的脑门，宽宽的鼻子，形状不规则的嘴巴，看上去像一尊爱赌气的农牧神。汽车每行驶到坑坑洼洼处，她都感受到他贴着她身子猛地一晃，然后他让笨重的上身又落到自己叉开的两腿上，目光发呆，再次神不守舍。唯一似乎有生气的是他那没有寒毛的粗大双手，灰色法兰绒上装袖子超过衬衣袖口，盖住了手腕，令双手显得更大更粗短。他紧紧抓住夹在双腿之间的帆布小手提箱，看上去对苍蝇游移不定的爬动浑然不觉。

忽然风声大作，清晰传到耳际。但见矿物质般的雾色包围了汽车，越来越浓重。沙尘一把甩向车窗，好像是由无形之手炮制的。苍蝇怕冷似的抖动一下双翅，曲了曲腿，飞走了。汽车减速，将要停住。后来，风似乎停住了，浓雾消散了一些，汽车重新加速。在沙尘遮没的景色中有几处光亮，仿佛是透过洞穴射出来的。两三株细长发白的棕榈树呈金属锯齿状，从车窗前突然出现，转眼又一闪而过。

“真是鬼地方！”马塞尔叹道。

长途大巴坐满了阿拉伯人，一个个把脑袋缩进呢斗篷假寐。有几位乘客收脚盘腿而坐，随着汽车行进，他们比其他人晃动得更厉害。他们一概沉默无语，毫无表情，到头来弄得雅妮娜倍感压抑，觉得几天来是跟一群沉默的随行在一起旅行。汽车拂晓从铁路终点站出发，两个小时以来，在晓寒中行驶于布满石子的荒凉高原上，但出发时至少望得见高原的直线伸向淡红色的天际。然后，风起云涌，渐渐吞没广袤的高原。从此刻起，乘客什么也看不见了，一个个沉默无语，好似在白夜中静静航行，时不时擦一擦嘴唇，揉一揉被沙子刺激到的眼睛。

“雅妮娜！”听到丈夫叫她，不由得惊跳了一下。她又一次想到对高大健壮的女人来说，这个名字何等可笑。马塞尔想知道样品手提箱在哪儿。她用脚在软垫长椅下的空处探了探，触碰到一个物件，认定那是样品手提箱。可是她弯不下去，一弯腰就憋气。想当初上初中时，她练过体操，名列榜首，肺活量很大，用之不尽。一晃眼就是二十五年。这算不了什么，恍如隔日，那时她举棋不定，单身还是结婚，仿佛昨天还为此苦恼：她没准儿会孤独终老。想当年，她并不孤独，有位法律系大学生对她穷追不舍，如今正在她身边。她最终接受了他，虽然他身材有点矮小，虽然不怎么喜欢他那贪婪而短促的笑声，也不怎么喜欢他那双太过突出的黑眼睛。但她喜欢他有生活的勇气，喜欢他能和在这个国家定居的法国人共享生活的勇气，也喜欢当他遇事待人未遂其愿之时流露出的狼狈样。她尤其喜欢被人喜爱。他追求她锲而不舍，殷切不断；时时让她感觉到她生来是为他而存在的，从而使她拥有了真实的存在感。不，她不孤独……

长途大巴一股劲按喇叭，穿过见不着的障碍物，闯开前行的出路。车厢里无人动弹。雅妮娜猛然觉得有人正端详她，于是转身看向过道那边同一排的乘客。此人不是阿拉伯人。她惊异于自己出发时竟没有注意到此人。他穿一身法国撒哈拉军团的制服，头戴一顶灰褐色帆布军帽，长着一张瘦削的豺狼形棕褐色长脸。他有一对明净的眼睛，含着某种忧郁的神情，目不转睛地盯着她，弄得她一下子满脸通红，随即把身子转向丈夫，而后者一直瞧着前方的浓雾和大风。她把自己裹在大衣里，但心中依然浮现出法国士兵的模样：身材修长而瘦削，出奇地瘦削，配着熨贴的上装，简直像是用沙子和骨头的干燥混合物制成的。想到这里，她瞧见坐在前面的阿拉伯人双手瘦骨嶙峋、脸色焦黄，进而注意到他们的穿着衣宽袖大，坐在软垫长椅上似乎挺松快的，而她和丈夫坐在长椅上却将就挤着。于是她把大衣下摆收拢，拉紧一点。她并不肥胖，高大丰满而已，挺有肉感的，尚秀色可餐。她从男人的目光中感觉得出来，再加上她的脸略带稚气，双眼既清澈又明净，与高大的身材形成反差，连自己都意识到她的身段令人感到温暖和舒适。

不，一切跟她意料的完全不一样。马塞尔要求她随行参与巡回销售，她明确反对。他早就想搞这种旅行兜售，确切讲，在战争结束生意恢复正常的时候吧。战前，他放弃了法律学业，继承了父母买卖布料的生意，小康日子过得不错。生在沿海一带，青春时代可以过得很幸福。但丈夫不大喜欢费体力，很快就不再带她去海滩了。只在星期天才驾小轿车出城散步。其余时间，他偏爱守着五颜六色的布店，街区居民一半土著人一半欧洲人，店铺坐落在临街的拱廊下。他们俩就住在铺子上一套三居室，房内挂了阿拉伯帷幔，摆了巴尔贝斯①家具。他们俩没有孩子，就这样他们在半开半闭的百叶窗所形成的半明半暗中打发日子。夏天、海滩、散步，乃至天空都离他们远远的。除了生意，好像什么也引起不了马塞尔的兴趣。她早先以为他真正的激情是金钱，这个么，她不喜欢，但也不知道为什么。但她毕竟从中得益了。丈夫并不吝啬，相反，尤其在她身上，他慷慨大方，并说："我要是出什么事儿，你会有庇护的。"确实，不愁衣食是必须的嘛。但除了最基本的需求之外，何处安身立命呢？渐而渐之，她隐隐约约产生了这种感觉。她暂且帮马塞尔记账，时不时替

① 阿芒·巴尔贝斯（1809—1870），法国著名政治家。巴黎北部有个著名的街区和地铁站名，以"巴尔贝斯"命名，有大量北非及阿拉伯居民。

他看管店务。最难熬的是夏天，酷热逼人，连带百无聊赖产生的温馨感也荡然无存了。

战争突然爆发，时值盛夏，马塞尔被征入伍，后来又退役。市面上布料奇缺，生意停顿，行人稀少，炎热依旧。从此往后，若发生什么事儿，她就不再有着落了。所以马塞尔早已想好，一旦布匹回到市场，他就直奔高原和南方各个村落，抛开中间商，直销阿拉伯商人。他决意带她一起去，而她明知交通困难，自己犯有呼吸上的毛病，本想在家守候。但他很固执，她也就顺从了，因为拒绝他，必须费太多的精力，犯不着。于是，他们相伴而行。说真的，一切与她想象的完全不一样。她原先就怕热，怕成群的苍蝇，怕脏兮兮的、有茴香味的旅店。她没有想到寒冷，没有想到刺骨的冷风，更没有想到几乎与北极相似的高原，冰碛[1]遍地，满目荒凉。她也曾梦想过会有棕榈树和柔软的沙子。但现在看到的沙漠大不一样，只有石头，到处是石头，天空中也只有冷冰冰、沙沙作响的石头粉末，酷似地面上只有在石头缝里生长的干燥的禾本科植物。

长途大巴猛然停住。司机向背后的人们说了几句话，她毕生倾听这种语言却始终不懂。“怎么啦？”马塞尔问道。司机这回用法语答道，沙子大概堵住油门了，马塞尔再次诅咒这个鬼地方。司机咧开大嘴笑了下，保证说一点事情也没有，他去把油门通一下就行，然后就可以上路了。他打开车

---

① 古代冰川冲积的岩石。

门，冷风一下子钻进汽车，上千粒沙子即刻打在乘客脸上。阿拉伯人一个个把鼻子埋进斗篷，身子蜷成一团。马塞尔吼道：“关门！”司机笑着回到车门，从容不迫地从仪表盘下取出几件工具，然后在浓雾中缩得小小的，重新消失在车前方，却又未把车门关上。马塞尔叹道：“你可以确信他这辈子从未见过马达。”雅妮娜回应：“别管他！”话音刚落，吃了一惊，突然发现汽车近旁的路堤上出现了几个紧裹呢披风的人影，一动不动站着。在斗篷的风帽下，在面罩后面，只看得见他们的眼睛。他们默不作声，不知从何而来，一味呆呆望着旅行者。马塞尔说：“牧羊人。”

长途大巴车厢里鸦雀无声。所有乘客低着头，似乎在倾听风吼，脱缰似的在无边无际的莽莽高原上自由放任。雅妮娜突然注意到车上几乎没有行李。在铁路终点站，司机把他们的大箱子和几个货物包裹放在车顶上，而车内行李网架上只见几根满是木疙瘩的手杖和扁平的篓筐。所有这些南方人看上去都是空着手旅行的。

不过，司机回来了，总那么敏捷。他居然也戴上了面罩，脸整个儿蒙住，唯有双眼显露出笑意。他宣布立马开拔，并顺手把车门关上，车厢里听不见风声了，但风沙打在玻璃窗上的声音听来就更加清晰了。马达发出一阵噼啪声，便熄火了。司机久久踩踏油门，发动机总算转动了；司机一再加速，马达终于嗷嗷直吼，像打了个大大的饱嗝，大客车又上路了。衣衫褴褛的牧羊人群仍矗立不动，其中有人举起一只手，然后消失在他们背后的浓雾中。车子随即开始在变得更糟糕的公路上蹦跶起来。阿拉伯人被颠簸得不停地摇摇晃晃。雅妮娜正觉得睡意袭来，眼前突然出现了一个黄色小盒，装满了槟榔圆糖，长着豺狼脸的士兵朝她微微一笑。她犹豫了一下，拿了一块圆糖，道了一声谢。豺狼脸男子把糖盒放入衣袋，收敛了笑容，而后两眼直视前方的路。雅妮娜转身向着马塞尔，只见得他结实的颈背，他正透过玻璃窗凝视从小石铺面的路堤上升起的浓雾。

他们坐在车里行驶已有几个小时，疲惫得毫无生气了。突然车外响起喊叫声。一些披斗篷的孩子像陀螺似的打转，蹦蹦跳跳，拍着手掌围着大客车奔跑。车正在一条长街上行驶，两旁全是低矮的房屋；进入绿洲了。风还在嚎，但墙阻挡了砂砾，使得光线也比较明亮了。不过，天空依然阴沉。呼喊声中，大客车猛刹车，发出嘎吱巨响，终于在一家玻璃窗很脏的客栈的黏土拱廊前停住。雅妮娜下了车，在街上，她觉得人都在摇晃，她瞥见房屋上空一座清真寺的黄色尖塔兀然突起，纤细优美。在她左边，已经呈现绿洲第一片棕榈树，她真想走过去看看。但尽管时近中午，寒气逼人，冷风直逼得她打哆嗦。她正转身招呼马塞尔，却先瞧见士兵向她迎面走来。她等候他的微笑或招呼。他却连瞧也没瞧她，就消失了。马塞尔，他，正顾着从车顶上卸下装满布料的箱子，一只黑色的旅行箱，蛮费力气的。司机单独处理行李，此时停了下来，站在车顶上向聚集在汽车周围披斗篷的人们大声嚷嚷。雅妮娜周围是一群皮包骨头的儿童脸面，正向她发出喉音浓重的喊声。她突然感到疲劳，于是对马塞尔说：

“我上楼了。”马塞尔正不耐烦地朝司机嚷嚷。

她走进旅店。老板是一个瘦削寡言的法国人，来到她跟前，领她上楼，经过可俯视大街的一条长廊后进入房间。室内似乎只有一张铁床，一把涂了白漆的椅子，一处不带遮帘的壁橱，一架芦苇屏风，后面是盥洗室，洗脸池上落了一层细细的黄沙。老板关上门离开后，雅妮娜感到冷是从刷了生石灰的四壁渗出来的。她不知道该把手提箱放在哪里，也不知道把自己安顿在何处。要么躺下，要么站着，反正两者都会令她冷得发抖。她依然站着，拎着手提包，盯着天花板旁边像碉堡枪眼似的气窗。她在等候，但不知道等什么。她一味感到孤独，感到透心凉，感到一种更沉重的压抑。她恍如身在梦境，几乎充耳不闻街上传来的嘈杂声，其中混杂着马塞尔的吼声，却感知到了从气窗传来的江水汩汩声，以及风吹棕榈树的飒飒响。她觉得棕榈树离她很近。后来，风吹得似乎更猛烈，淙淙水声变成怒涛汹涌。她想象墙外挺拔而柔韧的棕榈海洋在暴风骤雨下翻滚起伏。这一切完全出乎她的期待，但这种看不见的波涛倒是缓解了她双眼的疲倦。她依旧木然伫立，双臂下垂，微微驼着背，寒气沿她沉重的双腿往上身涌。她还在憧憬挺拔而柔韧的棕榈树，还在梦想回到少女时代。

他们盥洗过后，下楼来到餐厅。光秃秃的本色墙上画着一些骆驼和棕榈树，底色用了粉色和紫色。拱形的窗户漏进一些经过精心筛选的阳光。马塞尔向旅店老板打听当地商人的情况。接着，一名盛装佩戴军功章的阿拉伯长者伺候他们就餐。马塞尔心事重重，撕开面包就往嘴里塞。他阻止妻子喝水。“这水没煮过，喝葡萄酒吧。”可是葡萄酒她从不喜欢，喝了上头。还有，菜单上有猪肉。“人们并不晓得煮熟的猪肉并不导致生病。咱们呢，咱们懂厨艺。您有心事吗？”雅妮娜什么也没想，抑或也许想到厨师在饮食方面战胜了先知。但她必须手脚麻利点。第二天早上就得赶路，继续南行，这天下午就得去会一会所有重要的商人。马塞尔催阿拉伯老伙计上咖啡。老伯点了点头，一本正经踏着碎步出去。“早上慢慢吃，晚上别太快。”马塞尔笑着说。咖啡终于送了上来。他们匆匆喝完便上街，一路上尘土飞扬，天气寒冷。马塞尔招来一名阿拉伯年轻人帮他提箱子，按规矩付报酬。他又一次向雅妮娜提出自己的观点，这帮阿拉伯人胡乱开价：以双倍的价码开口，最后给他们四分之一也就成交了。雅妮娜感到局促不安，跟在提箱子的两个男人后面。她穿了毛衣，外面再加上厚厚的大衣，她本就不想穿得那么鼓鼓囊囊。午餐烹饪得不错，但喝下的那点葡萄酒让她感到浑身不舒服。

他们沿着一座小公园行走，里面的树积满尘土。与他们交臂而过的阿拉伯人面对面排成行，拢起斗篷的下摆让路，却像没看见他们似的。她觉得他们即使衣衫褴褛，也有一种自豪的神情，是她居住的城市所没有的。雅妮娜跟在样品箱后面，遇到人群时，倒是给她让路。他们走过一座赭石色泥土砌成的要塞大门，来到一处小广场，那里种着一些毫无生气的树木，广场尽头最开阔的一边有一些拱形长廊和店铺。但他们就在广场上停了下来，面对一座炮弹形建筑物，经过蓝色生石灰的粉刷。建筑内仅有一室，仅靠大门采光，一位蓄白胡髭的阿拉伯老人待在一块锃亮的木板后面。他正在上茶，对准三只色彩斑斓的小茶杯提升又降下。马塞尔和雅妮娜在门口尚未看清半明半暗的店里有其他什么东西，便闻到薄荷茶的香味扑面而来。马塞尔跨进门槛，穿过碍手碍脚的锡茶壶、茶杯和托盘以及摆放明信片的旋转盘，挤到了柜台前。雅妮娜还待在门口，闪过一点身子，以免遮住光线。这才瞥见在老商人的背后，半明半暗中还坐着两个阿拉伯人笑吟吟地盯着她，他们坐在店铺尽里鼓鼓囊囊的口袋上。墙上挂了红黑两色的毯子和刺绣头巾，地上堆满口袋和小木箱，全都装满香料籽。柜台上摆着一架铜盘天秤和一把刻度已经磨平的旧米尺，周围排立着圆锥形白糖块，其中有一块锥尖的蓝色包装纸已撕开，糖块尖头被咬过一口。屋里飘散茶香之外，还散发着羊毛和香料味，老商人把茶壶放在柜台上，向马塞尔问候。

马塞尔讲话急促，每逢他谈生意语气都很低沉。然后，他打开货物箱，展示布料和头巾，他把天秤和米尺推在一边，好把货品摊在老商人面前。他口气急躁，嗓门拔高，莫名其妙的嘻嘻哈哈，活像个不自信的女人要取悦男人。此时他正摊开双手，做着卖和买的手势。老人摇摇头，把茶盘递给身后的两个阿拉伯人，只说了几句话，似乎就让马塞尔泄气了。马塞尔收回布料，叠好装进箱子，擦了擦额上未必有的汗水。然后叫来小脚夫，一起折回拱廊。走进第一家店铺，尽管店主一开始也摆出高傲的神气，但他们的运气稍有好转。马塞尔说："他们自以为是天皇老子，但也是卖货的！生活艰难，大家彼此彼此。"

雅妮娜跟着走，不搭话。风几乎停了。天空部分放晴，厚厚的云层仿佛开出一口口蓝色深井，卸下熠熠生辉的寒光。此刻他们离开广场，走进小街窄巷，顺着土墙行走，墙上悬着腐败的十二月的蔷薇花，偶有干瘪的虫蛀石榴露出墙头。咖啡夹着灰尘的香味，烧树皮的烟熏味，以及石头和羊群的气味在这个街区漂浮。小店铺是从土墙上挖出来的洞穴，店与店之间离得远远的。雅妮娜觉得双腿越来越沉重，但丈夫的情绪恢复平静了，终于开张了，他也变得好商量了；他称呼雅妮娜"小宝贝"，这次商旅并非虚行。雅妮娜说："当然，跟这帮阿拉伯人直接商谈再好不过了。"

他们打从另一条街回到市中心。下午已过半，此刻天空几乎无云。他们在市中心停住脚步，马塞尔搓了搓手，温柔地注视他们面前的箱子。"看。"雅妮娜说。从广场另一端走过来一个高大的阿拉伯人，干瘦、刚劲，身披天蓝斗篷，脚蹬黄色软皮长筒靴，双手戴手套，鹰嘴鼻子，脸色黝黑，把头抬得高高的。唯有头上盘着伊斯兰教徒的缠头巾能使他区别于管辖土著事务的法国军官；雅妮娜有时很欣赏这些法国军官。他有鼻子有眼地朝他们走来，同时慢慢脱下一只手套，但目光似乎越过了他们。马塞尔耸耸肩说："哼，这一位居然自以为将军呢。"对，这帮人个个傲气十足，而这家伙也实在太过分了。广场上，周围空地有的是，他却偏偏只冲他们以及手提箱而来，却不打眼瞧他们。这时离开他们的距离很近了，阿拉伯人就要到他们身边了，马塞尔一下子抓住货物箱手柄往后一退。那家伙好像根本没在意，迈着同样的步伐朝城墙要塞走去了。雅妮娜望着丈夫，见他神情狼狈。他说："现在，他们自以为是，可以为所欲为了。"雅妮娜什么也没回答。她厌恶这个阿拉伯人愚蠢的妄自尊大，一下子觉得自己挺倒霉的。她想要离开，她思念自己的小套间，但一想到回到旅社那间冰凉的房间便泄气了。她突然想起旅店老板曾建议她攀登要塞平台，可以见到沙漠。她对马塞尔说出这个想法，说可以把货物箱子留在旅舍。但他累了，很想在吃晚饭前睡一会儿。"那就随便吧。"雅妮娜说。他瞧着她，突然温存体贴起来，回答说："当然可以，亲爱的。"

她在旅店前的街上等他。穿白衣服的人越来越多，却看不到妇女。雅妮娜觉得从未见过这么多男人。然而没有一个男人瞧她一眼。有几个男人慢慢把脸转向他，但似乎没有看见她，倒是她看清干瘦的男人那张晒黑的脸。在她看来，阿拉伯人都是一个模样，甚至长途汽车上那个法国士兵和那个戴手套的阿拉伯人，一样的狡黠和傲慢。他们即便把脸转向她这个外国女人，也是视而不见的，他们在她周围经过而已。她的脚踝肿了，她越来越不自在，渴望早早离开，这个愿望与日俱增。"我为什么来这个地方？"此时马塞尔下楼出来了。

他们踏上要塞台阶时，已是下午五点。风完全止住。天空完全放晴，呈现一派湛蓝。寒气变得干燥，刺痛他们的脸面。台阶半道，一个阿拉伯老人斜倚着围墙，询问是否需要导游，但没有动窝，仿佛早料到他们会拒绝。阶梯又陡又长，尽管设置了好几处夯得很结实的平台。随着他们步步登高，空间越来越开阔，随着他们上升，光线会越来越明亮、寒冷和干燥，绿洲响彻的每一道声响更加清晰地传到他们的耳际。阳光照耀下的空气仿佛在他们身边颤动，随着他们攀升，颤动越来越长久，仿佛他们脚下水晶般的光线在他们行进中形成声波，荡漾开来。他们一登上平台，目光豁然超越棕榈林，与无限的天际贯通，雅妮娜似乎觉得整个天空响彻单一的音符，既响亮又短促，其回响一点一点充满她头顶上的空间，然后戛然而止，让音符在无边无际的天际静默沉寂。

从东到西，她的目光慢慢移动，形成完美的弧线，没有遇到任何障碍。下方，阿拉伯城区蓝白相间的平台层层叠叠，晾着一簇簇连成一片的深红色辣椒。没有任何人影，但从庭院传来笑语喧哗抑或难以辨别的踏步声，以及炒咖啡豆冒出浓浓香味的青烟。稍远一些，棕榈林被黏土墙分割成大小不等的方块，一阵风吹过，林子上端发出飒飒声，这样的风在平台上是感觉不到的。更远处，直到地平线，开始出现赭色和灰色的石头王国，没有丝毫生命气息。只在绿洲不远的地方，临近干涸河床西边有一条长长的棕榈林带，才看得到宽大的黑色帐篷。周围有一群单峰骆驼，待着不动，远处望去显得很渺小，在灰色的地面上似乎摆成了一种怪异的文字，需要费力辨别其含义。沙漠上空万籁俱寂，仿佛与天地共存。

雅妮娜全身趴在平台护墙上，默默无言，无法摆脱眼前笼罩的空虚。守在身旁的马塞尔烦躁起来。他感到冷，想下平台了。这里有什么好看的？但她不能把盯住天际的目光移开。她突然觉得在远方，在更往南的地方，在天与地融合成一条纯净直线之处，好像有什么东西在等待着她，但直到这一天她全然不知，尽管她一直觉得有缺憾。接近黄昏的下午，阳光渐渐变得极其柔和，由水晶变成流体。同时，一个偶然来此的女人心头，岁月、习惯和烦闷所结成的心结在慢慢解开。她注视游牧人的营帐，甚至没见到扎营者，黑色帐篷之间没有任何动静，而她却一心向往着他们，尽管迄今对他们的存在所知甚少。他们没有住房，与世隔绝，只是一小撮人在广袤的土地上游荡，这正是她眼前所见，而这片土地只不过是更为广阔的天地微不足道的组成部分，这不，再远更是令人目眩的一马平川，向南方伸展几千公里之后才会有第一条哺育森林的江河。在被榨得只剩下骨头的干旱土地上，在这广袤的疆域，从古至今总有一些人不停地来回迁徙，他们尽管一无所有，但也不听任何人使唤，他们都是一个奇怪王国的领主，穷困潦倒却自由自在。雅妮娜不知道为什么这个想法使她心头滋生出一股既非常甜蜜又非常浩荡的愁绪，以至于闭上了双眼。她只知道这个王国一向以来早已许配给她了，但从来都不属于她，永远不会，除非瞬息即逝，也许就在这一瞬间，她重新睁开眼睛，看见天空忽然静如止水，凝聚的阳光变成涟漪，与此同时，阿拉伯街区传来的声音猛然沉寂。她仿佛觉得地球刚停止转动了，从此刻起，再也没有人苍老，再也没有人死亡。从今往后，生命在所有地方都将中止，只是在她心里，某个人因悲痛和惊喜正在哭泣。

然而，阳光开始演变，纯净的太阳没了热力，即将西沉，晕染了一抹玫红；东边则正形成苍茫暮色，渐渐向广阔的原野铺展。第一声狗吠，从远方升起，显得更加清冷。雅妮娜这才发现冷得牙齿直打颤。马塞尔说："冷死人了，你好傻。咱们回去吧。"他笨拙地拉住她的手。此时她很顺从，转身离开护墙，跟他下去。台阶上的那个阿拉伯老头纹丝不动，目送他们下阶梯回城。她一路上弯着身子，没瞧见任何人，突如其来的巨大倦意把他压成驼背，她拖着沉重的身子向前挪动，此时觉得难以承受了。刚才的亢奋消失了。对于刚才闯入的世界，她现在觉得自己太过高大、太过臃肿、也太过白净。唯有小孩、姑娘、干瘦的男人、鬼祟的豺狼脸男子才可以悄然踏上这块土地。此后，她在这里能干吗？除非拖着脚步闲逛，直到睡觉？直到死亡？

她好歹拖着身子进入餐厅，面对突然沉默寡言的丈夫，或只诉说自己很疲惫，而她本身则在有气无力地跟感冒作斗争，已感到浑身发热，体温上升。她依旧拖着身子回房上床，马塞尔跟着她上来，随即什么也没问就熄了灯。卧房冰冷。雅妮娜感觉到浑身发冷的同时发烧也加剧了。她呼吸困难，血液在跳动却没有使她温暖；某种恐惧在她心里加剧。她翻了个身子，旧铁床在身下吱嘎作响。不，她可不希望生病。丈夫已经入睡，她也该入睡了，必须睡着。压抑的嘈杂声透过小气窗传到耳际。摩尔人咖啡馆的老式唱机放着带鼻音的老曲子，听来依稀觉得熟悉，伴着慢悠悠的人语声飘进来。必须入睡。但她还在心里清点黑色帐篷；合上的眼皮底下呈现伫立不动的骆驼；无边无际的孤独在她脑际旋转。是啊，她为什么来这里呢？她正想着问题，睡着了。

她稍晚些时候醒来，四周极为寂静。但城池边缘嘶哑的狺狺犬吠打破了万籁俱寂的黑夜。雅妮娜直打寒颤，又翻转一次身子，肩头碰到丈夫坚实的肩膀，在半醒半睡中缩成一团，紧贴着丈夫。她在睡眠表层漂移，并未坠入睡眠，她紧贴住丈夫的肩膀，带着一种无意识的急切，好似停歇在最安全的避风港。她念念有词，但几乎发不出语声，仿佛是讲给自己听的，一味感到马塞尔的体温。二十多年来，夜夜如此，他们俩始终依偎在一起，在他的体温中，哪怕在病中，哪怕在旅途中，就像现在……再说了，她独自留在家里又能做什么呢？没有孩子！这难道不正是她的缺憾吗？她说不上。但她追随着马塞尔，就这样，很高兴有人需要她。她只收获了一种喜悦，知道自己被需要。或许马塞尔并不爱她。爱，甚至带着恨意，是不会沉下脸的。可他的脸庞呢？他们在夜里相爱，看不见彼此，摸索试探。除了暗夜中的爱，还有其他的爱吗，在青天白日嘶喊的爱？她不知道，但她清楚马塞尔需要她，而她正需要这种需要，日日夜夜为这种需要而活着，尤其夜里，每天夜里他带着执拗的神情不愿意独处，不愿意衰老，不愿意死亡；她在别的男子脸上有时也识别出与她丈夫相同的神情，这是疯子唯一共有的神情，掩饰在理智的神态之下，直至癫狂将他们占据，他们不顾一切扑向女人的肉体，即便没有欲念，硬是在女人身上乱摸，那准是孤独和黑夜向他们指出了令人毛骨悚然的事情。

马塞尔挪动一下，似乎为了离她远一点。不，他不爱她，他担心与她本人不一样的东西，仅此而已，他与她早就该分离了，独自各睡各的觉，直到老死。但谁能总是独睡呢？某些男人这么样，是为了履行天职抑或防范不测，他们每天夜里与死神同床共度。马塞尔，他永远办不到，尤其是他，像个意志薄弱的孩子，无能为力，痛苦一向使他惊恐，准确地说，他是她的孩子，他需要她，恰在此时，马塞尔似乎发出了一声呻吟。她将身子更紧贴他一些，把一只手放在他胸口。暗自以爱的名义称呼唤他，那是过去的叫法，他们俩时不时私下如此称呼，却不再想得起原先的含义了。

她暗自全心全意呼唤丈夫。毕竟也需要他呀，需要他的力量，需要他的种种小怪癖。她也怕死。“我若是克服得了这种恐惧，我便幸福了……”随即一种不可名状的焦虑袭上心头。她松开了与马塞尔的拥抱。不行，她什么也克服不了，她不会幸福，实际上，她将没有得到解脱便了结此生。她心口不适，压着巨大的重负，喘不过气来，却突然发现已负荷了二十年，现在还在重负下竭尽全力挣扎。她决意解脱重负，即使马塞尔，即使其他人永远得不到解脱！她清醒了，从床上坐起来，侧耳倾听似乎近在咫尺的召唤。但只听得从黑夜尽头传来绿洲那边疲乏不堪又不知疲倦的犬吠声。一阵微弱的风掀起，听起来宛如棕榈林中飘过来的潺潺流水声。微风来自南方，那边，荒漠和黑夜此时在重归静止的天空下交融一片，那里，生命停下步履，人人不衰老，人人不死亡。然后，风声流水枯竭了，她甚至不敢肯定听见了什么，除非是某种无声的召唤，毕竟她可以随意舍之或取之，但如果她不立即回应，那就再也永远无法理解个中含义了。即刻，是的，至少这是肯定的。

她悄悄起床，一动不动待在床边，细听丈夫的呼吸。马塞尔熟睡。一会儿工夫，她便失去了卧床的温暖，寒意袭来。她借助街灯透过正面百叶窗射进的微光，摸索找到衣服，慢慢穿上。她一手提着皮鞋走到房门口，在昏暗中又等待片刻，然后轻轻打开房门。弹簧锁嘎吱作响，她站着纹丝不动，心怦怦乱跳。她竖耳侧听，没有动静，放下心来，又转了一下手腕，觉得门锁老拧不到底。她终于打开门，溜了出去，重新关上房门时也一样小心翼翼。然后，她把脸颊贴着门板，又等了等，片刻后听得马塞尔的鼾声。她转身向外，迎面扑来深夜的寒气，她沿着走廊奔跑。旅店的大门已关闭。她打开门插栓时，守夜人出现在楼梯口，满脸不高兴，用阿拉伯语向她问话。“我很快回来。”雅妮娜说着，便投入夜色之中。

棕榈树和民房的上空，花环似的星星悬挂在夜空中。她顺着短短的大街奔跑，此时通往要塞的大街空无一人。寒冷不必再跟太阳斗气，充斥了黑夜，冰凉的空气令她的肺部火烧火燎。但她在奔跑，像个半瞎的人在昏暗中奔跑。大道高处毕竟显露出一些亮光，歪歪扭扭朝她照射下来。她停下脚步，觉察到昆虫的鞘翅发出一阵声响，终于在愈发扩大的亮光后面，看到巨大的斗篷下面自行车亮闪闪的纤弱轮子。这些斗篷从她身边擦过；三盏红灯在她身后的夜色中突然闪现，很快消失。她再次朝要塞奔跑，到达台阶半道时，肺部的热气灼烧似的难熬，她只得停下。她拼尽最后一股冲劲，总算登上平台，肚皮贴在护墙上。她呼吸急促起伏，眼前一切模模糊糊。奔跑并没有使她身体暖和起来，四肢依然冷得发抖。好在她断断续续吸入的冷空气开始在她周身流动，一股微弱的暖流在寒战中形成。她睁开双眼，终于看清黑夜的多维空间。

没有一丝风，也没有一点噪音，除了时不时石块因寒冷裂为沙土而发出沉闷的声响，笼罩住雅妮娜的孤独和寂静没有受到任何干扰。片刻之后，似乎有一股沉甸甸的回转力在推动她头顶上的天空。在这干燥、寒冷的浓浓夜色中，千万颗星斗不断生成，宛如闪烁的冰块，一旦脱落，便开始神不知鬼不觉地滑向地平线。雅妮娜忘情地观赏着流火，不能自拔。她跟流火一起旋转，共同遵循亘古不变的轨迹，她将自己慢慢引入灵魂最深处那个她：此时此处，寒冷与欲念正在搏斗。在她面前，星辰一个接一个坠落到大漠荒石之中，熄灭了。每坠落一颗星，雅妮娜就向黑夜更进一步敞开胸怀。她呼吸轻快了，忘却了寒冷，忘却了生命的重负，忘却了荒唐无稽或一成不变的生活，忘却了生与死的漫长焦虑。那么多年，她因恐惧而逃跑，发疯似的奔跑，漫无目的，终于停止了。同时，她觉得重新找回了自己的根，汁液重新从根部涌向全身，她的身体再也不发抖了。她把整个腹部紧贴住护墙，仰首抬望颤悠悠的苍穹，一心等待骚动的心房自行平静下来，好让身心获得恬静。众星座的最后几颗星辰将其玉珠串低悬在荒漠的地平线上，并且再也不动了。于是，夜色阑珊时的露水开始带着缱绻情意充盈雅妮娜全身，吞没寒气，从她生灵的幽暗中心渐渐升华，化作涓涓细流不断往上漫溢，直到呢喃呻吟的嘴巴。片刻之后，她仰翻倒在冰凉的地上，只见得整个天宇在她的上空舒卷伸展。

雅妮娜依然蹑手蹑脚回到房里，她上床躺下时，他嘟哝了一下。几秒钟之后，他猛然坐了起来，嘴里念念有词，她听不懂他说了些什么。马塞尔下了床，开了灯，光线刺射她一脸。他跌跌撞撞走向洗脸池，拿起放在那里的矿泉水，嘴对着水瓶喝了好久。他正要钻进被窝，一只膝盖跪在床边，莫名其妙地注视着她。原来她哭得泪流满面，再也不能自已了。"没什么，"她说，"亲爱的，真的没什么。"

背教者或一个糊涂虫

“乱透了，乱成一锅粥了！我该把脑袋整理整理！打从他们割掉我的舌头，不知咋的，另一条舌头在我脑壳里转不停，有个东西或有个什么人在说话，又突然不吭声了。然后，一切重新开始。哦，我听到的事情太多了，不必提了，乱成一锅粥了。我如果张口，就像被搅动的石子嘎嘎作响。舌头说，要整理一下，要条理分明，可舌头又同时说起别的事儿，对了，我始终渴望秩序。至少，有一件事千真万确，我在等待来接替我的传教士。我待在他来的小路上，离塔加扎[①]一小时路程，躲在一堆崩塌的岩石中间，坐在一杆老步枪之上。沙漠上，天刚亮，还很冷，但一会儿又会太热，这片土地会把人弄疯的，而我待了很多年，数也数不清多少年了……不，还得再使把劲！传教士应该今天上午或傍晚到达。我听说他来时带了一名向导，有可能他们俩只有一匹骆驼。我会等的，这不，我正等着哪，冷啊，唯有冷让我发抖。再忍耐一下吧，该死的奴才！

“我忍耐的时间已经很久很久了。我在法国中央高原老家时，父亲粗鲁，母亲粗野，喝葡萄酒，天天吃肥肉浓汤，那劣质的葡萄酒又酸又凉；那么长的冬天，凛冽的寒风，风吹积成的雪堆，难闻的蕨类草料，哦，我决意离乡背井，完全摆脱父母，终于可以在有阳光加上清水的地方开始生活。我信了本堂神甫的话，他跟我讲起神学院，天天关照我，他有的是时间。这个地区属于新教教区[②]，他穿过村庄时总是溜着墙根走。他跟我讲前途，讲太阳，说什么天主教就是太阳。他教我读书，硬是把拉丁文灌进我那僵硬的脑袋，还说什么：'这小子聪明，但犟得像头骡子！'我的脑袋也确实非常坚硬，我这辈子摔倒过许多次，但从未摔出过血。'母牛的混脑袋！'我老爸这头笨猪如是说。于是，我进了神学院，他们自豪极了：从信奉新教的地区招来一名新学员，这是一大胜利。在他们看来，我简直就是奥斯特里茨的太阳[③]。不过，太阳略显苍白。确实如此，酒精起了作用了，他们喝了酸葡萄酒，他们的孩子全得了龋齿。这不，该把他父亲干掉，但没有危险了，事实上，父亲早就死了，葡萄酒把他的胃烧穿孔，那么，只剩下把那个传教士干掉拉倒。

"我有笔账要跟他清算，跟他的老师们清算，跟欺骗我的老师们清算，跟卑鄙的欧洲清算；所有人都把我骗了。传教，他们嘴上只挂着这个词儿，去对未开化的人们说：'这就

---

① 位于撒哈拉中部马里北部的前盐矿场。

② 主要在法国塞文山流行，扎根于中央山脉东部，历史悠久。新教是从天主教中分裂出来的。

③ 1805 年 12 月 20 日，拿破仑大军打败奥俄联军，大获全胜，一举拿下捷克村庄奥斯特里茨。

是我的主，瞧瞧耶稣基督吧。主从来不打人，更不杀人，而以温和的声音指点江山，主动转过左脸让人打①。这是最伟大的主，选择我的主吧，瞧瞧，主把我教化得更棒了，请你们凌辱我吧，你们将眼见为实。’是的，我信了上帝老爷子，自我感觉良好，几乎成了美男子，我乐意受人侮辱。我在格勒诺布尔的夏日下，身穿黑袍，密集列队行走，常跟穿轻薄短裙的姑娘交错而过。我，目不斜视，鄙视她们，等着她们来冒犯我，她们却有时嘻嘻哈哈。于是，我心想：让她们来打我，朝我脸上吐唾沫吧。但她们的嘻嘻哈哈跟龇牙咧嘴差不多，跟利爪撕我也不相上下，侮辱和痛楚有多么甜蜜！我自责自辱时，修业导师不理解。他说：‘不必责难自己，您心地忠厚善良！’忠厚善良！我身子里有的是酸酒，仅此而已。其实，这样更好：人若不坏，怎么变好！他们教授我的一切东西当中，我就明白了这点。只有这点，我一门心思，像一头聪明的骡子，一条道走到黑，迎着苦行而上，对平庸火冒三丈，说到底，我想树立榜样，树我自己呗，让人瞻仰呗，进而敬仰使我变好成才的教化，通过我向我的主顶礼膜拜。

“荒漠的太阳哪！旭日东升，沙漠变色，群山不再披戴仙客来的紫色，啊，我的高山、白雪，温柔软绵的雪呀，不，那是带点儿灰的黄色，是在阳光炫目之前令人不快的时刻。在我面前，直到地平线，什么也没有，那边的高原消失

---

① 典出《圣经·新约·马太福音》 5：39，“有人打你的右脸，连左脸也转过来由他打。”

在尚且柔和的光晕中。在我身后，小径一路向上，直抵遮挡住塔加扎的沙丘，塔加扎这个铿锵有力的地名多少年来在我脑海中敲打。第一个跟我说谈起的是个半瞎老神甫，当时已在修道院隐退，为什么是第一个，因为他是唯一的一个，而我呢，在他讲述的故事中，不是因为盐城和骄阳下的白墙打动了我，不，而是野蛮居民的残忍以及这座闭关自守的城市不欢迎任何外国人，他是独一无二的，据他所知，在众多企图进入该城的外来人中，他是唯一能够讲述所见所闻的人。野蛮人用鞭子抽他，朝他伤口撒盐，往他嘴里塞盐，末了，把他驱逐到沙漠里，幸亏遇到千载难逢具有同情心的游牧民，而我呢，自从听了他的故事之后，日思夜想，梦想火辣辣的盐和天，梦想拜物教庙堂及其奴隶，还能找得到更野性、更刺激的吗？不错，那正是我的布道之地，我应当去向他们显摆我的圣主。

“为此，他们在神学院里对我夸夸其谈，为的是让我打退堂鼓，说什么应当等一等，说那边不是一个传教的国度，我还不成熟，我应当做特别的准备，弄清楚我是谁，还必须进行自我考验，然后视情况而定！但总是等候呗，不过，一定要去也可以，但必须做特别的准备和考验，好在可以在阿尔及尔完成，那里也接近目的地，至于其他事情，我一律摇摇僵硬的脑袋，重复那句老话：去见最野蛮的人，跟他们一起生活，到他们家里，直接进入拜物教神庙，比如现身说法，向他们证明我主的真理是最强大的。他们当然会侮辱我，但我不怕侮辱呀，要展现我主的真理，种种侮辱是必然的，但我通过忍受侮辱这种方式就可降服那些野蛮人，宛如强大的太阳。强大，是的，正是这个词不断在我舌头上滚动，我梦想绝对的权力，令人跪倒在地，迫使对手投降，最终使对手改宗，对手越盲目、越残暴、越自信、越刚愎自用，他的效忠就越能宣告使他折戟的那个人拥有辉煌的威权。帮助有点迷途的大好人皈依，这是我们那些教士可怜的理想，我瞧不起他们，这不，能为大大的，胆子小小的，他们没有信仰，而我有，我一定要刽子手承认我，要他们匍匐跪拜，叫他们求饶：'主啊！这是你的胜利！'最终仅凭话语就征服了一大群恶徒。喏！我确信上述见解言之有理，换做其他事，我也不是很有把握，可一旦我有了想法，就抓住不放，这就是我的力量，是的，我的力量就在于此，可他们都觉得可悲可怜！

"太阳还在升高，我的额头开始发烫。我周围的石块发出沉闷的毕剥声，唯有枪筒凉丝丝，宛如草地一般清爽，宛如夜雨一般清凉，从前的晚上，浓汤慢慢煨煮，爸妈等我回家，有时他们朝我微笑，我也许是爱他们的。但，俱往矣！一股热浪开始在小路上升起，来吧，传教士，我恭候你呢，我现在晓得怎么回复启示了，我的新导师给我上课，我心里有数，他们说得在理，必须用爱的方式来了结。我逃离了阿尔及尔的神学院，那帮野蛮人，我把他们想象成另外的模样。在我的胡思乱想中，唯一真实的事情是，他们是恶人。我呢，先下手偷了总务处的钱箱，脱掉道袍，然后穿越阿特拉斯山、高原和沙漠；横穿撒哈拉大沙漠的司机嘲笑我，劝我说：‘别去那边！’可他自己也入伙了，几百公里沙浪翻滚绵延，随风狂舞，或前进或后退，继而又是山脉，黑黢黢的山峰林立，宛如锋利的铁器，翻山越岭之后，必须找一个向导才能进入褐色石子的海洋，无边无际，热浪嘶吼，宛如千面冒着火焰的镜子，直到黑人的土地和白人的国度交界之地。盐城就屹立于此地。向导偷了我的钱。我天真，总那么天真，我在他面前露了富。他把我狠揍了一顿之后，把我扔在小道上，说道：‘狗东西，喏，这就是大路，我很荣幸，去吧，去那边吧，他们会教训你的。’不错，他们教训了我，他们像太阳那般，除了黑夜，不停地击打我，带着光华和傲慢，狠狠鞭笞我，就像从地下突然冒出无数根滚烫的长矛向我刺来，哦，快躲躲吧，是的，躲躲吧，躲到大石头下去，在一切弄得稀里糊涂之前，躲一躲再说吧。

“这儿倒是很阴凉。盐城坐落在冒着白色热气的小盆地里，世人怎能生活？铁镐凿出一堵堵表面粗糙、线条笔直的墙，铁镐留下的切口毛毛糙糙宛如耀眼的鱼鳞，金黄色的沙子点缀其上，除非大风扫过直墙和平台之际，周遭在一片耀眼的白色中熠熠生辉，连天空也被风刮得干干净净的，宛如披上蔚蓝色的皮。我的双眼亮瞎了，在那些日子里，静止的大火接连数小时在白色平台上噼啪作响，一块块平台似乎连成了一片，就像从前某天，他们同心协力开发盐山，首先把盐山整平，然后就地挖出街道、房屋内部、窗户，抑或好像，对了，这么说更贴切，他们用滚烫的水枪剖开白色的、灼热的地狱，仅仅为了证明他们可以居住在别人不能居住的地方，那是一生中连三十天都待不下去的鬼地方，在这处沙漠中央的盆地，白日的酷热阻止生灵之间有任何交往接触，在他们之间竖起无形的火焰与沸腾的水晶做成的齿钉耙，接踵而至的寒夜又把他们一个个冻结在盐岩贝壳中，他们是生活在一块干燥的浮冰上的夜间居民，是在爱斯基摩的雪屋中突然打寒战的黑色爱斯基摩人。黑色，对，因为他们身穿黑色长袍。盐，浸透了他们的指甲，在极地的寒夜，他们在睡梦中嘴里还苦涩地咀嚼盐粒。这盐来自他们喝的水，唯一的水源处在一处澄莹的切面缝隙中，泉水有时滴落在黑色罩袍上，白渍宛如雨后蜗牛爬过留下的痕迹。

“下雨了，啊，主啊！唯一一场真正实实在在的大雨，下得久，下得猛，主啊！从你的天上落下的雨！终于，面目可憎的城市一点一点被侵蚀，慢慢陷落，势不可挡，它将在黏糊糊的激流中溶化殆尽，泥水裹挟残暴的居民冲向大漠。只下一场雨，主啊！行行好吧，怎么不行，原来主子就是他们！这些主子统治着人丁稀少的家屋，统治着黑奴直到使其葬身盐矿。在南部地区，每凿出一块盐板，就要赔上一条人命，他们身披黑色丧服，无声无息走在盐白色的街道上，夜幕来临，全城酷似一个乳白色的幽灵，他们弯腰进入黑黢黢的家中，唯有盐墙映现微微光泽。他们睡了，睡得不深沉，一醒来就发号施令，就动手打人，他们说自己是唯一的民族，他们的神是真神，必须服从。他们全是我的主子，不晓得怜悯是什么。他们身为主子，决意独自存活，独来独往，独擅其美，因为只有他们胆敢在盐矿和沙漠中建造起一座既寒冷又炎热的城池。而我呢……

“热度飙升，酷似滚烫的浓汤，我出汗，他们从来不出汗，现在连阴凉的地方也热烘烘的，连头顶上方的石头都晒得灼热，阳光恰似榔头砸在所有的石头上，汇成音乐，中午的乐声波及广阔，仿佛空气和石块震荡绵延成百上千公里，哈哈，宛如从前我凝神聆听寂静。是的，这就是几年前看守把我带走时一模一样的寂静，在广场正中央的太阳下，同心圆的平台逐级升高，通向深蓝的天空锅盖，它压在盆地的四周边缘上。我就跪在白色盾牌的凹陷中，四周盐墙射出盐与火的利剑把我的眼睛刺得生疼。我累得脸色煞白，向导用拳头打得我耳朵出血，当地人身材高大，一生黑服，讷讷无言盯着我。正是一日中午，骄阳似铁，空中久久回荡，铁皮烧得发白，又是一模一样的寂静，他们没完没了死盯着我，时间在消逝，他们仍旧盯着我，而我承受不住他们的目光，气喘得越发厉害，终于我哭出声来，他们随即默默转过身去，继而全体朝一个方向离去。我一直跪着，只见得他们脚上穿了红色、黑色的凉鞋，闪着盐光的双脚挑起黑色长袍，脚尖稍稍翘起，脚跟轻轻踩地，等到他们全都离开了广场，人家才把我拖进拜物教庙堂。

“我蹲着，就像今天蹲在岩石下一样，火辣辣的太阳穿透了厚实的石头，我在庙堂的阴影中待了好几天，庙堂比其他屋舍略高一点，周围有一圈盐墙，但没有窗户，弥漫着闪闪发亮的夜色。有好几天，他们给我一盆发咸的水，在我面前扔下一些粮食颗粒，像喂鸡似的，我就捡起来吃。白天，屋门紧闭，却不怎么阴暗，仿佛不可抗御的太阳射穿了厚厚的盐层。没有灯，我沿着墙壁摸索往前走时，摸到了装饰用的干棕榈叶花环，屋子尽头有一扇小门，很粗糙，指头尖触摸到了门闩。好几天，很久以后吧，我无法计时计日，只知道人家给我扔过十来回粮食颗粒，我早先挖好一个粪便坑，尽管盖得严实，也无济于事，总有一股兽穴的气味，臭气飘溢，过了很久，是呀，很久，两扇门打开了，他们进来了。

“我蹲在一角，他们中一位朝我走来。我感到满脸盐的火辣劲上来了，却也嗅到了棕榈叶夹杂的尘土气息，我瞧着他走过来。在离我一米处停下，默默盯着我，打了个手势，我站了起来，他用金属般锃亮的眼睛盯着我，无动于衷的双眼镶嵌在棕褐色的马脸上，然后他抬手。始终不动声色，揪住我的下嘴唇，慢慢扭着转着，直把我的皮肉撕开还不松手，让我自己转着圈往后退，一直退到屋子中央，他猛扯我的嘴，逼我下跪，弄得我中邪似的慌乱，满嘴鲜血淋漓，然后，他转身去跟其他沿墙站的人会合。他们眼睁睁看着我呻吟，让我在难以忍受的日头下暴晒，这不，门敞开着，毫无遮荫，就在这样的光照下，突然进来一个头发蓬乱得像酒椰[1]的巫师，他上身紧裹珍珠盔甲，赤裸的双腿围着一条草编短裙，脸上戴着一副用芦苇和铁丝编成的面具，开了两个方洞，正好露出眼睛。他后面跟着乐师和妇女，她们一个个穿着笨重的五颜六色的袍子，根本让人看不出她们的体型。他

① 酒椰叶纤维，棕榈树的一类变种。

们在屋子尽头的那扇门前手舞足蹈，但舞姿粗俗，几乎缺乏节奏，胡乱扭动罢了。末了，巫师总算打开我身后的小门。主子们没有动，一味瞅着我，当我转过身去，却见到物神，他有斧形双头，铁鼻子扭曲如蛇①。

“他们把我拉到神像的台座下，让我喝下黑乎乎的水，苦得很，真苦啊，我的脑袋立马着了火似的，我不禁大笑，这可是侮辱，我被侮辱了。他们把我衣服扒个精光，剃光我的头发和全身寒毛，用油净了身躯，用盐水浸过的绳索抽我的脸，我又大笑了，每次转过头时，总有两个女人揪我的耳朵，把我的脸对着巫师的鞭子，而我只见到方形的眼睛，尽管鲜血淋漓，依然大笑。他们终于罢手了，谁也不说话了，只有我一脑袋瓜稀粥开始沸腾，然后他们把我扶起来，强迫我抬头仰望物神，我不再笑了。我明白自己现在注定为物神效劳了，命定崇拜物神了，不，我笑不出来了，恐惧和痛苦令我窒息。在这座白屋里，在被太阳猛晒的四壁之间，我面色紧绷，记忆衰弱，是的，我试图向物神祈祷，我心中只有物神了，连他那狰狞的面目都不同寻常地变得稍微有点可爱了。与此同时，他们用绳子拴住我的脚踝，长度恰好是一步的间距。他们还在跳舞，不过这次在物神前面进行，然后主子们一个接一个出去了。

“他们走后，屋门关上，音乐重启，巫师点燃一堆树皮，围着篝火跺脚，他高大的身影在白色的墙角处折成两

① 为非洲拜物教中代表男性权力的强势，与基督教象征格格不入。

半，他又在平地上踩踏跳动，整个屋内处处映照手舞足蹈的人影。巫师划出一个长方形，女人把我拖进那个角落，我感到她们的手干燥又柔软，她们在我身边放了一碗水和一小堆谷物，又向我指了指物神，我明白应该让眼睛盯住物神。于是，巫师把她们一个个叫到火堆旁殴打，其中有几个哼哼唧唧，然后走到我的神明物神前下跪，而巫师继续手舞足蹈，他把她们全部赶出，直到只剩下一个非常年轻的姑娘蹲在乐师旁边，她还没有挨揍呢。他抓住她的一条长辫，缠在手上不断绕，直到姑娘两眼突出，身体后仰，最终仰面跌倒为止。巫师放开她后，吼了一声，乐师们立马转身面对四壁，从方形眼洞的面具后面发出尖声怪叫，令人难以忍受，年轻女子在地上打滚，发疯似的，四肢趴地，双臂交叉抱住脑袋，也喊叫起来，但声音喑哑，巫师就这样一边不停地喊叫和注视物神，一边恶狠狠地迅速抓住姑娘，好在姑娘的脸藏在厚厚的长袍褶皱里根本看不见。而我，由于一味孤单独处而迷茫失控，我不是也喊叫了吗？是的，面对物神恐惧得嗷嗷叫，直到一脚把我踢到墙根，啃了一口盐，正如今天，我用没有舌头的嘴巴啃了一口岩石，暂且等着，我必须把此人杀掉。

“现在，太阳刚过中天一点。从岩石缝隙望出去，我看到天空那块灼热的金属被太阳融开一个大洞，正如我那大放厥词的嘴巴，向无色的大漠无休无止地喷吐火焰长河。我面前的小道上什么也没有，地平线上也没有一点尘埃；我背后，他们大概在找我，不，还没有，他们只在傍晚才开门，我可以出去一会儿，我整天打扫物神庙堂，替换祭品，晚上举行仪式，我有时挨打，有时不挨打，但总是由我来侍候物神，以致神像如同镌刻在铁上一样铭刻在我的记忆中，久而久之，现在铭刻在我的希望中了。从未有过一个神灵如此这般控制我、奴役我。日日夜夜，我的整个生命都奉献给神灵了，既痛苦又不痛苦，不就是欢乐呗，都归功于神灵；是的，欲望，但几乎每天都参加这无个性的、凶神恶煞的活动，我只可耳闻不可目睹，因为我必须面壁，否则就要挨打。然而，我的脸贴着盐墙，壁上扭动的兽影震慑住我，我倾听长长的嚎叫，嗓子直发干，一种非性欲的灼热欲望禁锢我的太阳穴和腹部。一日复一日逝去，我几乎难以辨别今昔，似乎岁月融化于酷热中，融化于盐墙阴郁的反光中。时间酷似一种无定形的汩汩声，只是在有规律的间隔中爆发出痛苦的呼叫或占有的长嚎，脱离岁月的长长白昼全由物神主宰，恰似暴虐的太阳照射我的石屋，现在也跟那时一样，我因不幸和欲望而哭泣，一个恶毒的希望使我火烧火燎，我决意背叛，舔了舔步枪的枪筒及其灵魂，唯有一杆杆枪有灵魂！对了，我的舌头被割掉的那天，我学会了崇拜仇恨的不朽灵魂！

“好一锅滚烫的粥，多么令人狂暴，哈哈，热昏似醉汉，暴躁如鬼，我匍匐在地，躺在我的长枪上。谁在这儿喘气？我不能忍受这种没完没了的炎热，这种没完没了的等候。我必须把他干掉。没有一只鸟，没有一棵草，只有石头，只有荒芜的沙漠，只有寂静，只有他们的叫唤，只有我体内的舌头在讲话，自从他们把我的舌头割掉，漫长的痛苦既单调又凄凉，他们剥夺了我夜间的饮用水，夜啊，我所梦想的夜，我和物神一起关在盐墙洞穴里。唯有黑夜，清冷的群星和幽暗的喷泉才能挽救我，才能最终助我摆脱人间恶神，但我始终被关着，不能凝望夜景。倘若那个传教士迟迟不来，我至少可以看到夜色从沙漠升起并弥漫苍穹，冷色的群星宛如金黄色的葡萄串垂悬于幽暗的中天，我将可以从容不迫地痛饮，滋润这黑洞般干瘪的嘴，但再也没有鲜活柔韧的筋肉来润泽，到头来终究遗忘了被疯狂割舌的那日。

“热，热死人啦，盐岩都化了，至少我以为盐岩正在溶化，这不，空气灼热，烘烤我的双眼，巫师进屋，未戴面具。后面跟着一名新来的女人，几乎赤身裸体，只披了浅灰色的破布片，别人给她脸上刺满花纹，酷似物神的面具，除了对于偶像流露出不祥的惊恐之外，没有任何表情。唯有她干瘦平板的躯体有点生气，巫师打开陋室之门，她随即趴在神灵脚下。然后，巫师连瞧也不瞧我一眼便出去了，热气上升，我没有动窝，物神在那具纹丝不动的女人肉体上方端详我，而当我走近她时，她的肌肉在微微颤动，偶像般的面孔没有变化。她只是眼睛睁得大大的盯着我不放，我的脚碰到她的脚，呼呼热的，她一声不吭，始终睁大双眼也盯着我。她悄悄仰卧，慢慢收回双腿，然后抬高时缓缓掰开双膝。顷刻之间，哎，原来巫师一直在盯着我呢。他们进来了，把我从那个女人身旁拉开，毒打我作孽的部位，作孽！作什么孽，我笑了。何罪之有？与美德何干？他们把我按在墙上，一只铁手卡住我的下巴，另一只手掰开我的嘴，拉出我的舌头，直拉出血，是我像野兽般嚎叫吗？一下锋利而凉爽的切割从我舌头滑过，是的，好凉爽。当我恢复知觉时，也是孤独一人守夜，我靠着墙，浑身沾满变硬的血迹，一团气味奇特的干草塞满我的嘴，血止住了，但嘴里除了草团空空如也，唯其空荡引起撕心裂肺的疼痛。我很想站起身来，却又倒下，庆幸，绝望地庆幸死期终于已到，死亡蛮清凉的嘛，死亡的阴影并不庇护任何神灵。

“我毕竟没有死，一天，新的仇恨随我站起来的同时产生了，我朝尽头的门走去，打开门，将其在我身后关上，我憎恨我的同胞，物神在这里，在这弹丸之地，我不仅向物神祈祷，而且笃信物神，同时否定了先前我所信仰的一切。敬礼！神是力量和权威，可以摧毁，但不可改宗。神以惘然又迟钝的眼越过我的头顶看向前方。敬礼！神是主子，唯一的天主，其不可争辩的属性是狠毒，根本没有心慈手软的主子。接二连三受辱之后，我头一回痛彻全身，嗷嗷直叫，我生平第一回把全身心交给主子，赞同其作恶的命令，崇拜其彰显世俗恶毒的本原。这座荒凉的城市是在一座盐山中开凿出来的，远离大自然，连沙漠原本短暂稀少的花草也无踪影，未受偶发事件影响，也不会得到种种怜爱，比如，一片奇特的云彩，一阵疾风骤雨，即使烈日或沙漠也知晓这些。总之，这是一座正经八百的城市，有棱有角，四方的房屋，紧绷的人民。我作为这个王国的俘虏，自愿成为这座城市的公民，一个充满仇恨和饱受折磨的公民，背弃了先前人家向我传授的悠久历史。他们欺骗了我，唯有恶毒的言行天衣无缝；他们欺骗了我，真理是方的、沉的、密的，不允许有细微差别；善是一场梦，一项不断推迟又竭力追求的谋划，一个永远达不到的极限，善的统治是可望而不可即的。唯有恶才可达到极限，才可实现绝对统治。为了建立显而易见的王国，必须助纣为虐，然后酌情处理。‘然后’是什么意思？唯有恶实实在在，打倒欧洲，打倒理性，打倒荣誉，打倒十字架。是的，我应该改信我主子们的宗教，是的，是的，我是奴隶，但假如我也是坏人，那我就不是奴隶了，尽管我双脚被绳索拴住了，我的嘴发不出声了。啊！热得我要发疯了，沙漠被难熬的阳光照得噼啪直响，而他，另一位天主，叫仁慈天主，我只要一听这个称号就两眼翻白，我背弃这号天主，因为我现在知道其底细了。他做梦，他要说谎，人家把他的舌头割掉，好让他的话不再欺骗世人，人家用钉子钉入他的脑袋，他可怜的脑袋，像我现在的脑袋一模一样，简直是一锅粥，我多么累啊，大地没有震动，我敢肯定，人家杀掉的不是一个义人[1]。我拒绝相信，根本不存在义人，有的是恶毒的主子，他们以铁面无情的真理统治世界。是的，唯有物神拥有强权，他是这个世道唯一的神，仇恨则是其戒律，生命之源，清凉的水，清凉得酷似薄荷，冷彻了嘴灼烧了胃。

“于是，我变了，他们知道得很清楚，每每遇到他们，

① 典出《圣经·新约·马太福音》27：24，“流这义人的血，罪不在我，你们承当吧。”

都吻他们的手，成了他们的一员，不知疲倦地赞扬他们，我信任他们，希望他们像对待我一样割掉鄙人同胞的舌头。当我得知传教士即将来到，我知道自己该做什么。这天一如往日，长久以来的白日光辉令人目眩！傍晚，一名卫士突然出现在盆地高处，撒腿奔跑，几分钟后，我被拖进物神庙堂，大门随后关上。他们中的一人把我压倒在地，在阴暗处用十字架形状的马刀威逼我，寂静良久，直到一阵闻所未闻的声音充斥平时安宁的城池，我好一阵子之后才认出话语声，原来是我的母语，而一旦这种语言回荡开来，卫士的刀尖便对准我的双眼，一声不吭盯着我。我听得两个说话声音越来越近，一个问为什么这个屋子有人守卫，并问是否要破门而入。‘我的中尉，’另一个人说，‘不行。’回答简练，片刻后继续说道，按协议办事，城池接受二十名驻军，条件是他们驻扎在城外，且必须遵守当地习俗。士兵笑了，当地人屈服了，但军官并不知情，反正他们破天荒同意让我们的人给儿童看病治疗，这人便是布道牧师，然后再处理领地的事情。另一个说，假如士兵们不在场的话，他们会割掉布道牧师身上他们想到的某个东西。‘哦，那倒不会吧，’军官答道，‘即使贝福尔牧师先于驻防部队到达，也不至于吧。他过两天就到。’我再也没听到什么，呆若木鸡，在刀刃下好难受，好像许多针和刀做成的轮盘在我体内转动。他们疯了，全疯了，竟然听凭人家冒犯城池，触碰他们战无不胜的强权，得罪十足地道的神明，即将到来的家伙，人家不会割他的舌头，还会让他炫耀傲慢的仁慈，不付任何代价，不受任何侮辱。恶的统治推迟了，怀疑也会存在，人们还会浪费时间追求望尘莫及的善，还会徒劳无益地瞎折腾，而不去催促唯一可能实现的王国到来，我注视着威逼我的刀刃，哦，大能天神，唯有你统治得了人世！啊，大能天神哪，城池的杂音慢慢消遁，门终于打开，我孑然一身，头脑发热，倍感心酸，我和物神独处一室，向他发誓我将拯救我的新信仰，拯救我真正的主子们，拯救我独断独行的天神，发誓我要彻彻底底地背叛，不惜一切代价。

“哼，哼，热气消退了点，石头不再颤动，我可以从自己的窝里出来了，可以看见沙漠蒙上了一层层黄色和赭石色，随即变为淡紫色。这天夜里，我等待他们熟睡，把屋门锁死，一如平常跨着可以用绳量的步伐走出来。我熟悉大街小巷，知道哪儿取出老步枪，哪个出口不设岗哨，到达此地时，夜色渐退，群星稀疏，而沙漠颜色变深了。此刻，我觉得自己潜伏在岩石之间好些日子了。快，快，啊，快来吧！过一会儿，他们就要开始寻找我了，他们将飞奔上四面八方的小路，他们不会知道我出走是为了他们，是为了更好地为他们服务。我因饥饿和仇恨而神情恍惚，双腿微弱无力。哦，哦，那边，哈哈，小路的尽头出现两匹骆驼的身影，渐渐变大，动物在侧对步奔跑，也有一些短小的影子超过，步伐急速已成习惯，如梦里雾里驰骋的那种。他们终于来了，终于到达了。

“步枪，快，我快速把子弹上膛。哦，物神，我的天神，但愿你的威权得以保持，但愿侮辱成倍增加，但愿仇恨绝不宽容地统治一个受苦人的世界，但愿恶人永远是主子，但愿王国终于来到举世无双的盐和铁的城池，邪恶的暴君将无情地奴役和拥有一切。现在，啪，啪，向怜悯开枪，向无能开枪，向仁慈开枪，向拖延恶来临的一切开枪，一连开两枪，他们翻身倒地，骆驼朝地平线落荒而逃，一群黑色飞鸟像间歇热喷泉似的冲上明净的天空。我笑，我大笑，眼前这一位裹着可憎的罩袍，略微抬头望我，而我，我是他的主子，虽然我身陷囹圄却有十足的威权，他为什么朝我微笑，我要粉碎这个微笑！枪托砸在仁慈的脸上发出的声音多么悦耳，今天，终于在今天，大功告成，一切被消费了，几个小时之后，沙漠各处的豺狼在嗅闻空荡荡的风，接着开拔，耐着性子一路小跑，奔向等待它们的腐尸美餐。胜利了！我伸出双臂朝向天空，苍天有情呢，一个紫色影子隐约出现在对岸，哦，欧罗巴的夜，祖国的童年，为什么在胜利的时刻我情不自禁地哭泣呢？

“他动弹了，不，声响来自别处，那边，对面是他们，像一群黑不溜秋的鸟向这边奔袭而来，全是我的主子，向我蜂拥而来，逮住了我，唉，唉，好吧，动手打吧。他们却害怕自己的城池被开膛破肚、在声嘶力竭，他们害怕应我召唤而来的复仇大兵进攻圣城，这是必须的呀。现在你们自卫吧，打我吧，先打我身上，你们拥有真理！哦，我的主子们，他们接下来将打败大兵，他们将战胜空谈和爱情，他们将转身重新进入沙漠，越过大海，他们将用自己的黑面罩蒙住欧罗巴的光明，朝肚子上打，对，朝眼睛上打，他们将把盐洒遍大陆，一切植物、一切青春都将灭绝，一群群脚戴镣铐的人们将伴随我顶着真正信仰的骄阳进入人间沙漠，我将不再是孤家寡人。啊！恶，他们施加于我的恶，他们的狂暴对我有益无害，我被扔在战马马鞍上，他们要对我施行四马分尸，饶命啊，我大笑，大慈大悲！我喜欢把我钉在十字架上的敲打声①。

“沙漠多么寂静！夜已降临，我孤零零，我渴了②。还要等待，城池在何方？远方传来喧嚣，士兵也许胜利了，不，不该如此，即使士兵胜利了，他们也不够凶狠，他们不善于统治，还会表示要成为更好的人，总是还会有几百万人介于善恶之间，痛心疾首，手足无措，哦，物神，你为什么把我抛弃？③ 一切都结束了，我渴，我的身体直冒火，幽暗的夜注满我的双眼。

“我这个漫长漫长的梦醒了，不，我要死了，曙光升起，对于其他活人而言那是白日第一缕阳光，对于我，只有酷热和苍蝇。谁在说话？没有人，天空没有放晴④，不，不，天主没有对沙漠说话，那么这个声音来自何方？它在说：‘假

---

① 模仿耶稣基督上十字架的场景。

② 典出《圣经 · 新约 · 约翰福音》 19：28，“耶稣知道各样的事已经成了，为要使经上的话应验，就说，我渴了。”

③ 典出《圣经 · 新约 · 马太福音》 27：46，“我的神，我的神！为什么离弃我？”

④ 典出《圣经 · 新约 · 马可福音》，施洗者约翰在为耶稣洗礼之后，“就看见天裂开了，圣灵仿佛鸽子降在他身上”。

如你同意为仇恨和威权而死，谁将宽恕我们呢？’莫非我身上有另一根舌头，抑或是那个在我脚边不愿死去的家伙，声音在一个劲儿重复：‘勇敢，勇敢，勇敢。’啊！难道我又搞错了！从前亲如兄弟的人们，唯一的救助，别把我抛弃，我多么孤独啊！哦，哦，你是谁，遍体鳞伤，满嘴是血，原来是你，巫师，士兵把你制服了吧，那边的盐灼人哪，是你啊，我敬爱的主子！丢下这副仇恨的面孔，现在行善吧，我们错了，我们将重新开始，重建大慈大悲的城市吧，我想返回自己的老家。是的，帮帮我吧，正是如此，请你把手伸过来吧，请给我……

“一把盐塞进饶舌的奴才的嘴里。”

憋屈的沉默者

正值隆冬，但灿烂的日光在已经忙碌开的城市上空升起。海堤的尽头，海天一色，混合成一片璀璨，伊瓦尔却对此景视而不见，只顾顺着俯瞰港口的林荫大道吃力地骑着自行车。他把残废的腿固定搁在脚踏板上，用另一条腿使劲蹬，艰难地在昨夜湿气浸湿的石板路上行进。他头也不抬，在坐垫上显得如此渺小，他要避开废弃的有轨电车轨道，猛地转过车把手，给要超越他的汽车让路，时不时地用胳膊肘碰碰腰间的挎包，里面放着费尔南德为他准备的午饭。想到包里的东西不免心酸：两片粗面包，只加奶酪，而不是他爱吃的西班牙煎蛋卷[①]或油炸牛排。

他从未觉得去工厂的路如此漫长。老了，也是呢。都四十了，尽管一直干瘦得像葡萄蔓枝，肌肉活力却没那么快恢复了。有时候他看报，读到体育报道称三十岁的运动员为老将，于是耸耸肩膀，对费尔南德说："要说得上老将，那我早就两腿一伸去西天啦。"然而，他明白记者并非全错。上了三十岁，气已短促，难以察觉罢了。人到四十，尚未趴下作古，但已有所准备，稍微提前一点罢了。这不，好久以来，他去城池另一端的箍桶厂上班的路上便不再看海了，难道不是这个原因吗？想当初二十岁时，海看也看不够；他可以在海滩上过一个周末。尽管跛脚，或正因为瘸腿，他一直喜欢游泳。然后，岁月蹉跎，他娶了费尔南德，生了个男孩，为了生计，周六在箍桶厂加班，周日帮人干点零活。当年使他很过瘾的剧烈运动，他渐渐没了兴致。清而深的海水，强烈的阳光，姑娘们，躯体的活力，除此之外，他的家乡没有别的快乐了。随着青春消逝，这种快乐也就没有了。但伊瓦尔依旧爱海，不过只在傍晚时分，那时海湾的水成了深蓝色。这时他已下班，坐在自家平台上，十分惬意，他已换上费尔南德细心熨烫过的干净衬衣，面前的茴香酒还蒙着水汽。夜降临了，空中短暂充满温馨的气息，跟伊瓦尔聊天的邻居突然放低嗓门。那时的他并不知道自己是否幸福，是否很想哭一场。至少在这样的时刻，他的心境是和谐的，除了等待，什么也不想干，温馨的等待，尽管不太知道在等待什么。

复工之后的每天清晨，与以前相反，他不再爱看海了，尽管大海始终忠实地待在约会之处，但他只在傍晚与大海不失约。这天早上，他低着头骑自行车，比平常更加吃力，心情也很沉重。昨晚他开会回来，宣布他们复工了。费尔南德高兴地问道："怎么样，老板给你们加工资吗？"老板压根没加工资，罢工失败了。应当承认，他们运作得不好。一次出

---

① 鸡蛋打碎后拌入蔬菜，如土豆、甜椒、葱头等，拌匀后油煎成可卷的蛋菜饼。

出气的罢工，工会跟进得软弱无力。况且，十五六个工人算得了什么；工会考虑到其他箍桶厂的生意也不景气。咱们不可太怪罪人家。箍桶业受到轮船和罐槽卡车的冲击，前景堪忧[①]。木桶和波尔多葡萄酒桶[②]的需求量越来越少；主要是修理旧有的大木桶。老板们眼见自己的生意受到影响，这是实情，但他们仍要留出利润空间，那么最简单的方法就是冻结工人的工资，尽管物价在上涨。一旦箍桶业消失了，箍桶匠该怎么办？辛辛苦苦学了一门手艺，是不会改行的；箍桶手艺又难学，需要很长时间才出师。优秀的箍桶匠为数极少，要会装配弧形木桶板，会用火和铁环箍桶，不用酒椰纤维或织物就能确保木桶几乎密封。伊瓦尔精通这门手艺，并感到骄傲。改行算不了什么，但放弃自己精通的东西和高超的本领，这并不容易。好职业，没职位，被卡死了，不得不忍气吞声。但忍耐也不容易，难就难在闭嘴不说话，难在不能正经商讨，难在每天早上走同样的路，积劳成疾，到了周末人家给多少薪水就拿多少，日子越来越难以为继了。

于是，他们发怒了。有那么两三个原先犹犹豫豫，但跟老板初步讨论之后也恼火了。老板说话确实非常生硬，说什么去留自便。一条汉子不这么说话的。埃斯波西托抢先说：“他自以为了不起，以为我们会低头？”老板倒不是坏家伙。

---

① “每周四，阿尔贝·加缪去帮叔叔干活，在一家意大利分包商那里工作。实现工业化后，罐槽卡车和油船威胁到箍桶业。”引自传记《加缪的一生》（1996），奥利维尔·托德著，加利马出版社。

② 波尔多葡萄酒木桶容量为 225 升，通用于波尔多酒市场，至今未变。

他继承了父业，在作坊长大，这么多年下来，几乎认识所有工人。有时，他请工人们在箍桶作坊聚餐一顿；点上木屑火堆请大家烤沙丁鱼或者香肠，并有葡萄酒助兴，他真的跟大家一团和气。每逢过新年，他总会给每个工人五瓶精酿葡萄酒，平时，工人中间有人生病或每逢大事，比如结婚或领圣体，老板也会送一件银器给他们。女儿出生时，他给大家派送酒心糖果。他还请伊瓦尔到他的海边庄园打过猎。他或许也挺喜欢工人们，常常想起父亲创业之初当过学徒工，但从未去过工人们家里，想不到吧。他只想到自己，因为只了解自己，居然说什么去留自便。可以这么说，这次轮到他撞南墙了。但他可以有恃无恐。

他们强迫工会罢工，作坊关门大吉。“你们就不必辛苦去搞什么罢工了，”老板说，“作坊不开，我省开支呢。”这话不符合事实，但于事无补，他当面冲着工人说什么让他们干活是出于大发善心。埃斯波西托气疯了，说这家伙不是人。老板也来了脾气，旁人只好把俩人拉开。其他工人看在眼里，却被镇住了。罢工二十天，女人愁眉苦脸待在家里，两三个罢工的泄气了，末了，工会建议让步，许诺仲裁，以加班加点弥补罢工的损失。于是，众人决定复工。当然，还是要充好汉，说什么事情没了结，还得再看看。然而，这天早上，伊瓦尔感到特别累，这种疲劳是失败的分量，牛肉吃不上，凑合吃奶酪吧，别再抱有幻想了。日头再好也白搭，大海再美也枉然。伊瓦尔只踩一边的脚蹬，轮子每转一圈，他似乎便老朽了一点。他一想到又能回到作坊，重见同志们和老板，心情就越来越沉重了。费尔南德担心地问道：“您要跟老板说什么呢？”伊瓦尔已跨上自行车，摇摇头回答：“什么也不说。”他咬紧牙关，沉着脸，他的脸不大，线条柔和，褐色肌肤满是皱纹。“咱干活呗，这就够了。”此时，他骑车赶路，牙关一直咬得紧紧的，满脸愁闷而无情的愤怒，仿佛连天空也阴沉下来了。

他离开林荫道，告别了大海，进入西班牙老街区潮湿的街道，它们通向的区域往往建了仓库、废品站，还有汽车修理厂，就在这样的地方矗立着他们的箍桶作坊：厂棚的样子，下半截砌了砖墙，上半截是大玻璃窗，盖上瓦楞铁皮充作顶棚。这间作坊对着老箍桶工厂，原先是个大院，里面分割成几个破旧的小院，企业扩建时将其遗弃了，现在成了堆放旧机器和旧木桶的仓库。出了大院，隔着一条用旧瓦片铺设而成的过道，就是老板的花园了，尽头是他的居所。这座房子又大又丑，却挺招人喜欢，因为墙上长满了爬山虎，屋外扶梯上还缠绕着清瘦的忍冬花。

伊瓦尔立马注意到作坊的每扇门都关着。工人默默站在门前。打从他在这里干活，上班吃闭门羹，还是第一遭。老板先出招了。伊瓦尔往左走，把自行车搁在厂棚延伸出的小车棚下，然后朝大门走去。他老远便瞥见埃斯波西托，这个彪形大汉，褐色头发，浑身毛乎乎的，平时在他旁边干活；还有工会代表马尔库，长着一颗假声男高音的脑袋瓜；再就是作坊里唯一的阿拉伯人萨义德，连同其他所有人默默盯着他走过来，但还没有相遇，他们便突然转过身向着作坊刚打开的门。工头巴莱斯泰在门启处现身了，是他打开了其中一扇沉甸甸的门，然后背朝工人，沿着铸铁门轨慢慢把门推开。

巴莱斯泰是工人中年纪最大的，他不赞成罢工，但自从埃斯波西托说他在为老板利益效劳便不吭气了。现在，他站在门旁边，身穿海蓝色毛衣，显得又胖又矮，已经打赤脚了（他跟萨义德搭档，他是唯一光脚干活的），他瞧着工人们一个个进门，两只眼睛的颜色非常之浅，衬在他那张晒黑的老脸上显得没有颜色似的，浓厚的胡子下垂着，显得嘴巴不胜其苦。大伙儿默然不语，对这种战败者似的进场倍感屈辱，对自己的沉默感到恼火，但随着沉默越久，就越发难以开口说话。他们进门时不看巴莱斯泰一眼，明知他以这种方式让他们进去是在执行命令，而他那副心酸又悲苦的神情也在向他们诉说自己的内心想法。伊瓦尔，他打正眼瞧了瞧巴莱斯泰。后者一直很喜欢他，朝他点点头，什么也没说。

现在他们都进了入门右侧的小更衣室：用白木板隔开的存衣间全打开着，木板两边都挂着上锁的小壁柜；从入口处算起的最后一个存衣间，一直到厂棚墙根，被改造成淋浴间，又在夯实的土地上挖了一条排水沟。看得到厂棚中央，按照各个工作区域，摆放着已经初步完成的波尔多葡萄酒桶，但还要上紧铁箍，再用火加固；还有一些厚实的长条木板开了长长的槽口（其中有一些用作圆形底板的木条等待用刨子细细抛光，然后嵌进槽口），最后就是熄灭的火堆。入口左边靠墙排列着工作台，前面堆着要抛光的木板。离更衣室不远，靠右墙有两台大电锯，擦得油光锃亮，马力强劲，却寂静无声地闪闪发亮。

好久以来，厂棚显得过于宽敞，相较于在这其中工作的人数而言。大热天有益处，冬天则有所不便了。然而今天，在这么大的空间里，活计撂在那儿；木桶胡乱堆在墙角，只在木桶底部箍了一圈，木桶上部还散着，酷似一朵朵盛开的大木头花，工作台上处处散着木屑，工具箱和机器，这一切让作坊呈现出废弃的模样。他们眼睁睁瞅着，现在身上穿了旧毛衣，打补丁的褪色长裤，一个个犹豫不决起来。巴莱斯泰端详他们，提醒道：“喂，咱们干活吧？”他们一个个走向工作岗位，什么也没说。巴莱斯泰巡视一个个岗位，简短提醒工人们，先干哪件活儿，最后干哪件。谁也没搭理他。不一会儿，第一下铁锤声响起，敲在把铁箍嵌入木桶鼓起部位的包铁木楔上，刨子碰到木结发出吱吱声，埃斯波西托启动电锯，发出锯齿摩擦的尖利刺耳声。萨义德听到吩咐送上木板，或点燃刨花木屑，再把铁圈箍紧的木桶放在火堆上烤，让木桶的中间部位鼓起来。没人使唤他的时候，他就在工作台上用铁锤重击生锈的宽铁箍。刨花燃烧的气味开始充斥大棚。伊瓦尔刨光和装配埃斯波西托切开的木板，他又闻到了熟悉的香气，心情稍微放松了。大家默默干活，但一种热乎劲儿，一种生命力，渐渐在作坊复苏了。明晰的阳光透过大玻璃窗洒遍厂棚。在金光闪烁的空气中，烟火则显得青中泛蓝；伊瓦尔甚至听得身旁传出一声声虫鸣。

就在此刻，朝向老箍桶工厂的大门朝里打开了，老板拉萨尔在门槛上站定。他瘦长，褐发，刚过三十。一身米色华达呢西服，洁白的衬衫领子大敞着，很是合身得体，神情自得。他的脸瘦骨嶙峋，用刀削过似的，却常常引人好感，就像大部分喜欢运动的人那样，他风姿潇洒。不过，他跨过门槛时似乎有点窘迫，问好的声音也没有平日那么响亮，反正没人搭理他。铁锤声迟疑了，节奏有点打乱，接着愈发响亮。拉萨尔先生迈着犹豫的步伐，然后走向小瓦莱里。孩子进厂跟着大家干活才一年，在电锯旁当帮手，隔着伊瓦尔几步的距离，正把一块底板放在一只大酒桶上，老板瞧着他干活。瓦莱里继续干活，一声不吭。拉萨尔先生问："喂，小子，还行吧？"小伙子一下子动作变得更加笨拙了。他向埃斯波西托瞥了一眼，但见师傅把一堆木板搁在粗壮的胳膊上，准备给伊瓦尔送去。埃斯波西托也瞧着孩子，也没有停下手头的活，瓦莱里又把头埋进大酒桶，并没有搭理老板。拉萨尔不禁愕然，在孩子面前怔怔伫立一会儿，耸了耸肩，转身向马尔库，只见他骑在长凳上小心翼翼刮去桶底的毛刺，动作缓慢而精确。"你好，马尔库。"拉萨尔招呼道，语气生硬。马尔库没有搭理，只全神贯注削出薄薄的木花。"你们怎么了？"拉萨尔大声问道，一边转身向其他工人，"咱们没达成协议，不错，但不妨碍咱们共事嘛，这个样子有什么用呢？"马尔库站起身来，举起桶底，用手掌摸了摸，带着非常满意的神情，却眯着双眼，始终一声不吭，然后朝着正在装配波尔多葡萄酒桶的另一个工人走去。整个车间，只听得铁锤和电锯的声响。“好吧，”拉萨尔说，“等你们这股子气消了，就让巴莱斯泰传个话给我。”说罢，便迈着不紧不慢的步子走出厂棚。

几乎紧接着，在作坊的嘈杂声中铃声响了两次。巴莱斯泰刚坐下卷根烟抽，只能吃力地站起来，走向厂棚尽头的小门。他走后，铁锤声敲得不怎么响了；其中一位工人干脆歇了下来，巴莱斯泰又回来了。他站在门口仅说了一句：“老板请你们两位，马尔库和伊瓦尔。”伊瓦尔第一个反应便是去上厕所，但马尔库半路拉着他的胳膊，伊瓦尔便瘸着腿跟他走了。

屋外，院子里，阳光清新，像流动的液体，洒在伊瓦尔的脸上和赤裸的双臂上。他们登上户外的楼梯，掩映其间的忍冬开出了些许花朵。他们踏进走廊，两旁墙上挂满了各式文凭奖状证书之类，却耳听得幼儿哭泣声和拉萨尔先生说话的声音：“你午饭后哄她睡觉。不行的话，请大夫好了。”接着老板突然出现在走廊里，让他们进小办公室。这是他们很熟悉的地方，屋里的家具仿田园风格，四壁装饰了一些运动奖状。“请坐吧。”拉萨尔说着，自己在办公桌后面坐下，而他们一直站着。他接着说：“我让你们过来，因为您，马尔库，工会代表；而你，伊瓦尔，仅次于巴莱斯泰，是我最老的职工。谈判现已结束，我绝不想再讨论，绝对不能满足你们的要求。事情已经解决，是咱们一致同意的，必须复工。我看得出你们怨恨我，这使我很难过。我实话实说吧，只是要补充一点：今天我不能做的，只要生意兴隆了，不用你们要求，只要办得到，我定会不请自办的。暂且请大家同心协力。”他没再说什么，仿佛在想什么，然后抬眼扫视他们。“行吗？”他问道。马尔库望着窗外，伊瓦尔紧咬着牙，想说些什么，但欲言又止。拉萨尔又道：“听着，你们都很固执，会过去的。等你们恢复理智，可别忘了我刚才对你们说的话。”他站起身，朝马尔库走去，向他伸出手，说：“Chao！”① 马尔库一下子脸色煞白，他那张抒情歌手的脸变得冷酷了，一瞬间凶相毕露。然后他突然转身离去。拉萨尔已脸色苍白，瞧着伊瓦尔，并没有向他伸手，喊道：“见你们的鬼去吧！”

他们回到作坊时，工人们正在吃午饭。巴莱斯泰出去了。马尔库只说了声“空话”，便回到自己的岗位。埃斯波西托停止啃面包，问他们怎么回答，伊瓦尔说他们什么也没回答。然后，他去取挎包，回到自己的工作长凳上。他开始吃的时候，瞥见离他不远的地方，萨义德仰卧在一堆刨花上，望着玻璃窗出神。这时天色较暗，玻璃窗成了蓝色。伊瓦尔问他是否吃完午饭了。萨义德回答先前吃了一些自带的无花果。伊瓦尔停止用餐。见过拉萨尔之后那耿耿于怀的苦恼顿时烟消云散了，而让位于热乎乎的心肠。他站起身来，把面包掰了一半给萨义德，面对萨义德的拒绝，他说下周一切都会好起来的，加添道：“到时候你回请我好了。”萨义德笑逐颜开，咬了一小口伊瓦尔的三明治，咬得很轻，好像肚子一

---

① 西班牙语，意为“再见”。

点也不饿。

埃斯波西托拿出一口旧锅，用刨花和木屑点燃一堆火，加热装在瓶里的咖啡。他说，这是他常去的食品杂货商听说罢工失败后托他献给作坊工人的礼物。一个芥末杯传来传去，每传一次，埃斯波西托都要往杯子里注入已经加了糖的咖啡。萨义德一口喝完，比吃面包更兴奋。埃斯波西托就着烫锅把剩下的咖啡喝光。一边咂嘴一边骂骂咧咧。这时，巴莱斯泰进来宣布复工。

工人们站起来，收拾餐纸餐具，塞进各个人的挎包，巴莱斯泰走过来站在大火中间，突然说这事儿对大家是一次沉重的打击，对他自己也一样，但不能为此耍小孩子脾气，赌气根本不管用。埃斯波西托手里还端着锅，转身向着巴莱斯泰，其厚实的长脸不禁一下子变得通红。伊瓦尔知道他要说什么，其实大家想到一块去了，他们不是在赌气，而是人家把他们的嘴堵上了，不容讨价还价，怒火中烧和无能为力有时候使人痛苦得甚至喊不出声来。说到底，他们毕竟是男子汉啊，总不能强颜欢笑，装腔作势吧。这不，埃斯波西托连一句话也说不出口，终于连脸色也放松下来，他轻轻拍了拍巴莱斯泰的肩膀，而其他人纷纷回到自己的工作岗位上。铁锤重新咚咚敲响，厂棚充满熟悉的嘈杂声以及刨花和汗水浸湿的旧衣服气味。大电锯轰鸣，啮咬着埃斯波西托缓缓推进的木料。电锯啃啮的地方喷出湿漉漉的锯木屑，落在埃斯波西托毛茸茸的粗大双手上，酷似蒙上一层面包屑，他紧紧抓住木料，吼叫着的锯条把它一切为二。一旦木料破开，那就只听见马达声了。

伊瓦尔此时觉得自己弯向长刨的背极度疲劳。换在平时，疲劳要来得晚些。这几周不干活，缺乏锻炼，显而易见嘛。但他也想到自己年事渐高，手工劳动比较艰苦，比要求精确度的劳动更吃力。今日的全身酸痛说明他老了。靠肌肉出卖的劳力，以受惩罚而告终，成为死亡的先行；每个辛苦劳作之后的夜晚，睡眠恰似死亡。他的男孩想当小学教员，他想对了，对体力劳动夸夸其谈的人们并不知道自己在说些什么。

伊瓦尔直起腰板，想喘口气，也是想驱散自己不吉利的想法。门铃又响了，响个不停，而且响得好古怪，短促停顿之后又接连响起来，弄得工人纷纷放下活计。巴莱斯泰侧身倾听，感到惊讶，随后拿定主意慢慢朝旁门走去。他离去后数秒，铃声终于停止。工人恢复工作。突然之间，门又打开，巴莱斯泰跑向更衣室，出来时已穿好便鞋，他穿上衣服，经过伊瓦尔时说："小姐犯病，我去请热尔曼。"说着跑向大门。热尔曼大夫照料全体作坊员工，他住城关。伊瓦尔把这个消息传开，不加评论。大家在他四周围拢，面面相觑，局促不安。只听得电锯马达空转的隆隆声。"也许什么事也没有吧。"他们其中一人说。之后，大家又回到各自的岗位上，作坊又充满原有的种种声响，但手上的活儿干得挺慢，好像在等待着什么事儿。

一刻钟之后，巴莱斯泰又进来了，放下外衣，一句话也没说，便又从小门出去了。阳光斜照在玻璃窗上。过了一会儿，在电锯没有锯木板的间歇，传来救护车沉闷的音色，由远及近，到了跟前才消声。片刻之后，巴莱斯泰回来了，大家拥上前去。埃斯波西托关掉马达。巴莱斯泰说，女孩子在自己房间脱衣服时突然摔倒，好像被人打倒的那个样子。“竟有这等事！”马尔库如是说。巴莱斯泰摇摇头，朝着作坊众人泛泛做了个手势，一副大惊失色的神情。大伙儿又听见救护车的声响。他们都待在鸦雀无声的作坊里，沐浴着从玻璃窗射进来的一缕缕黄色光线，他们粗糙的双手对此无能为力，只得垂在沾满木屑的旧工裤两侧。

下午后半截的活儿干得拖拖拉拉。伊瓦尔只感到疲劳，他的心一直绷得紧紧的。他倒是很想说话，但什么也说不出口，别人也说不出什么。他们沉默的脸上只能读出悲哀和某种执拗。有时候，在他心头“晦气”这个词会出现，但刚一露头便像肥皂泡似的，刚形成便破碎了。他很想回家，跟费尔南德和儿子重逢，回到自家露台上。正巧，巴莱斯泰宣布收工。机器全部停下。他们不慌不忙开始熄火，收拾工作台，然后一个接一个进更衣室。萨义德仍旧留到最后收尾，他要清扫劳动场地，给满是尘土的地面洒水。伊瓦尔走进更衣室，埃斯波西托这个全身毛茸茸的大块头已经在淋浴喷头底下了。他背对着大伙儿，擦肥皂时发出很大的声响。平时，大家拿他怕羞开玩笑；这头大熊，确实固执地捂住下身的重要器官。但这天，似乎谁也没有在意这点。埃斯波西托倒退着走出淋浴室，用一块缠腰布当毛巾缠住臀部。其他人轮流洗澡。马尔库使劲拍打自己赤裸的两肋，大家却忽听得大门在铁轨上缓缓滑开，拉萨尔进来了。

他的穿着跟第一次来时相同，但头发有点凌乱。他在门口停住，凝视下班后宽敞的厂棚，走了几步又停下，瞧着更衣室。埃斯波西托还裹着缠腰布，转身面向老板，但光着身子毕竟尴尬，两只脚交替踩来踩去。伊瓦尔心想老板要对马尔库说点什么。但马尔库正在淋浴，水柱把他团团围住，谁也看不见他。埃斯波西托抓起衬衣，飞速穿上，只听得拉萨尔说出一句有点失声的“晚安”，他便跨步走向小门。伊瓦尔想到必须叫住他时，小门已经关上了。

于是，伊瓦尔重新穿好衣服，不洗澡了，也说了一声再见，但满心恳切告别，他们也以同样的热忱回应了他。他很快出了门，推出自行车，但一跨上车便感到全身酸痛。傍晚时分，他骑车穿过交通拥挤的城市，骑得很快，一心想回到老屋和露台，先到洗衣房洗一洗，然后坐下，视线越过林荫道的栏杆，遥望陪同他一路而来的大海，但此时比早晨更为深蓝。然而，晕倒的小姑娘的身影也一直伴随着他，他情不自禁地惦记她。

到家时，儿子已经放学回家，正在看画报。费尔南德问伊瓦尔一切是否顺利。他什么也没说，在洗衣房冲澡，然后在长凳上坐下，背靠露台的矮墙。打补丁的内衣晾在他的头上，天空变得透明；越过墙头能够看见黄昏温柔的大海。费尔南德端来了茴香酒，两只杯子和盛满凉水的陶壶。她在丈夫身旁坐下。他把经过的一切都给她说了，一边拉着她的手，就像他们初婚时那样。他讲完后，坐着不动，转脸眺望大海，在水天相接的平面上，晚霞从一端飞向另一端，很快消失了。“哼，全是他的错！”他说。真想恢复青春啊，费尔南德又成为年轻姑娘，他们必远渡重洋，去往大海的另一边。

房东与房客

小学教员瞧这两个人上坡向他走来，一个骑马，一个步行。学校建在一座山丘的斜坡上，两人尚未爬上通往学校的陡坡小路。他们走得艰难，荒凉的高原绵延广袤，在乱石丛间的雪地里蹒跚前行。时不时的，明显可见马失前蹄。虽然还听不见马的声音，却见得到马鼻孔喷出的热气。两人中至少一个熟悉这个地方，这不，他们所走的小径多日来已被泥泞的白雪盖住了。小学教员估摸着他们半小时内上不了山。天冷；他回学校去取件粗毛衣穿上。

他穿过空荡而冰冷的教室。黑板上用四种不同颜色的粉笔画出法国的四条大河，分别流向各自的出海口。持续八个月的大旱之后，未有雨水缓解旱情， 10 月中旬竟突然下雪了。散居高原各村的二十来名学生来不了学校，不得不等待天气放晴。达吕①只在一间屋生火，就是他那间与教室毗邻的住房，门向着东面的高原。住房的窗户也像教室的窗户一样朝南。从这边看，小学距离向南往下倾斜的高原还有几公里。天气晴朗的时候，可以远眺淡紫色的山梁，那正是通向沙漠的门户。

达吕稍微暖和了一下身子，便回到第一次瞥见两名男子的窗口，而此刻不再见得他们了。他们必定在爬陡坡上的小路。天色不那么暗了：雪在晚上停了。早晨的天光显得脏兮兮的，随着压顶的云层渐渐升高，天越来越亮。到了下午两点，才感觉白天刚开始。但天气已经好多了，过去的三天，在无尽的黑暗中，大雪蔽天，纷纷扬扬下个不停，狂风变换着摇撼教师的双重门。达吕只能耐心地待在自己的屋内，好久好久，只去一下耳房，照料母鸡和取用煤炭。幸亏塔吉村②这个北部最近的村庄，在大风雪前两天派小卡车给他送来了给养，再过四十八小时，小卡车会再来的。

况且，他有足够的物品应对困境，小屋里堆满了一袋袋小麦，是行政当局让他存储的，以便分发给家中遭旱灾的学生。实际上，家家都受灾情影响，因为全都是贫困户。达吕每天给孩子分发口粮，心里很清楚，天气恶劣的日子粮食短缺。也许学生中某个家长或兄长今晚会来，他可以给他们供应粮食。反正总要和下一次收成接得上茬儿。好在载运小麦的船已经从法国开来，最艰苦的时间已经过去了。但这场灾难让人难以忘怀，一大群流浪汉衣衫褴褛，幽灵似的在阳光下游荡，一月复一月，烈日把一座座高原烤成一片片石灰，土地渐渐龟裂，简直像焙烧过似的，脚下的石头一踩就碎成

---

① 普鲁斯特的中学教师达吕是其崇拜的哲学老师，加缪崇拜普鲁斯特，借用之。

② 加缪虚构的村庄名，其阿拉伯文的意思是“新生或复兴”。

灰。绵羊成千上万倒毙，时不时也有几个人送了命，但未必有人知情。

在这场灾难中，达吕几乎如修道士一般生活在这所偏僻的小学里，他甘于简朴，安于艰辛淡泊的生活，甚至觉得自己活得像个爵爷，屋内四壁粗涂灰粉，一张窄长的沙发，白木打成的书架，他还有一口井，每周饮用水和粮食按时得到供应。突然之间下了这场大雪，事先都没有预警，连雨水缓解一下的余地都没有。这地方就这么个德性，生活苦不堪言。即使荒无人烟，也是如此，不过有了居民，也无济于事。但是，达吕生于斯长于斯。到别的任何地方，他都有被流放之感。

他走出房门，来到学校的土台上。两个不速之客已经到达半山坡，他认出骑马的人原来是巴尔杜克西，早已认识，老资格的警察，抓住绳索牵着一名阿拉伯人在他后面行走。阿拉伯人双手被绑着，额头垂得低低的。警察举手打招呼，达吕未答理，全神贯注瞧着阿拉伯人，他身上穿着褪色的蓝长袍，脚踏凉鞋却穿着粗羊毛套袜，头上扎着又窄又小的缠头巾。两人渐渐走近，巴尔杜克西稳住坐骑慢行，以免弄伤阿拉伯人，两人都放慢了脚步。

到达人语声可闻之处，巴尔杜克西喊道："从艾尔阿麦尔到这里十三公里，却走了一个小时！"达吕没有回应。他身穿粗线毛衣，越显矮小粗胖，正凝眸远望着他们上来。但阿拉伯人一直没有抬过头。当他们踏上土台，达吕招呼道："你们好啊！请进屋暖和一下吧。"巴尔杜克西吃力地下了马，但并未放松手中的绳索。他小胡子往上翘着，向小学教员显露微笑。他黑色小眼睛深嵌在晒成深褐色的额头下面，嘴巴四周皱纹密布，使他的神情显得专注而干练。达吕接过缰绳，牵马进入耳房，然后回到两个客人身边，他们已在学校等着。他引两人进入他的卧房，说道："我去教室里头生火，我们在那儿更舒服一些。"当达吕再次回到房间，巴尔杜克西已经坐在沙发上了。他松开了绑住阿拉伯人的绳索，让他蹲在火炉旁，但双手始终绑着，缠头巾却已甩到脑后，双眼望着窗外。达吕开头只注意到他的大嘴唇，饱满，光滑，几乎与黑人如出一辙；鼻子笔直，目光黯然而焦灼。缠头巾下露出倔强的额头，晒得黝黑的皮肤则因寒冷有点泛白。阿拉伯人转过脸来，目光咄咄逼人，焦虑且不羁的神色打动了达吕。"请移步隔壁。"小学教员说，"我来给大家煮点薄荷茶。"巴尔杜克西应道："谢谢。地道的苦差事啊！赶快退休了事。"说完，他用阿拉伯语对犯人说："你也过来吧。"阿拉伯人站直身子，两手并拢绑在身前，慢慢走进教室。

达吕一手端着茶，一手提着一把椅子。但见巴尔杜克西已经端坐在第一排学生的位置上，而阿拉伯人则靠着讲台蹲着，面对安在窗户和办公桌之间的火炉。达吕把茶递给犯人时，见他双手绑着，不禁迟疑，问道："也许可以给他松绑了吧。""当然，这是为了旅途押送。"巴尔杜克西说着一边做着起身的样子。但见达吕把杯子放在地上，一边在阿拉伯人身旁双膝跪下。阿拉伯人没吱声，焦灼的双眼盯着达吕给他松绑。双手恢复了自由，他来回揉搓肿胀的双腕，端起茶杯快速小口小口呷滚烫的茶水。

“好啦，”达吕问道，“这么赶路，你们要去哪儿？”

“到这里来呀，孩子。”巴尔杜克西从茶杯里撅出胡髭说道。

“奇怪的学生！你们两位在此过夜？”

“不。我得赶回艾尔阿麦尔。你呢，得把这伙计送到廷基特①，混合市政厅②正等着他呢。”

巴尔杜克西带着友爱的微笑望着达吕。

“你胡扯什么呀。”小学教员说道，“你拿我开涮吗？”

“不，孩子，是上面吩咐的。”

“上面吩咐？我又不是……”达吕犹豫了，不想使科西嘉老人为难，“反正，我可不是干这一行的。”

“哼，这是什么意思？打起仗来，什么职业都得干。”

“好吧，那我就等着宣战吧！”

巴尔杜克西点头表示赞同。

“好吧，反正命令已经下达了，也跟你有关，可能会有动乱。大家都在议论会发生暴乱。从某种意义上说，我们已经被动员了。”

达吕保持执拗的神情。

巴尔杜克西对他说：“听着，小子，我挺疼你的，应当理

---

① 位于阿尔及利亚君士坦丁省布日埃附近蒂泽-廷基特。

② 当年，阿尔及利亚的基层组织有两种行政模式：一、全权行使，即全部按法国行政模式行使权利，即法国殖民者掌握行政权；二、混合行使，即本地人占多数行政人员。

解我们。艾尔阿麦尔分局只有十二个人，我们却要巡逻一个小省那么大的地方，我必须赶回去。上面对我说把这个怪家伙交给你，并立即返回。我们不能把他拘留在那边，他的村庄蠢蠢欲动，要抢他回去。明日白天，你必须把他押送到廷基特。二十来公里吓不着像你这么强壮的吧。然后万事大吉，你回来继续教你的学生，过安宁的日子。”

墙外传来马鼻喷气声和马蹄踢踏声。达吕凭窗眺望。天气明显放晴了，阳光逐渐扩大，照射白雪皑皑的高原。一旦积雪融尽，太阳再次抖擞威风，在此烧灼石头原野。碧净的天空将连续数天将其干燥的阳光倾泻到荒凉的、渺无人烟的大地上。

“说白了，”达吕转身向着巴尔杜克西问道，“他到底干了啥？”没等警察开口，又问：“他说法语吗？”

“不会，一个字也不会。一个月来，人家一直在找他，但有人把他藏了起来。他杀了自己的堂兄弟。”

“他反对咱们吗？“

“我想未必吧，但永远搞不明白。”

“他为什么杀人？”

“家庭纠纷吧，我猜想。好像一方欠另一方粮食。搞不清楚。总之，一句话，他一刀砍死了堂兄弟。你知道，就像宰一头绵羊，擦一声了结！”

巴尔杜克西做了个用力抹脖子的动作，阿拉伯人注意到了，表露出惴惴不安的样子瞧他。达吕不由得怒火中烧，厌恶起此人，厌恶所有的世人及其种种歹毒、没完没了的仇恨、嗜血成性的疯魔。

此时，茶壶在炉子上滋滋作响。达吕给巴尔杜克西续了茶，犹豫了一下，重新给阿拉伯人倒了茶，后者再一次贪婪饮茶。他抬起手臂，掀开长袍，精干的胸脯却肌肉发达，一一映入达吕的眼帘。

“谢谢，孩子，我这就走了。”

他站起身子，朝阿拉伯人走去，一边从衣兜掏出一根细绳。

“你这是干吗？”达吕冷冷责问道。

巴尔杜克西目瞪口呆，出示细绳。

“没有必要吧。”

老警察犹豫道：“随你便吧，自然喽，你带武器吧？”

“我有猎枪。”

“在哪儿？”

“在箱子里。”

“你应当放在床边。”

“为什么？我没啥可怕的。”

“你有点儿神经失常，孩子。假如他们发生叛乱，谁也躲不了。咱们大伙儿在一条船上。”

“我会自卫呀。在发现他们到来之前，应该还有段时间。”

巴尔杜克西开口笑了，然后小胡子突然遮盖依然雪白的牙齿，说道：“你来得及准备？得了，我一向怎么说来着：你脑袋瓜总是有点糊涂。不过我倒喜欢你这个样子，我儿子也是这么个德行。”

他一边说一边拔出左轮手枪放到办公桌上。

“带上用吧，我从这里返回艾尔阿麦尔不需要两把手枪。”

手枪在桌面涂的黑漆映衬下闪闪发亮。警察转过身来时，小学教员闻到对方身上的一股皮革味和马腥味。

“听着，巴尔杜克西。”达吕突然说，“这破事儿让我恶心。首先，你带来的这家伙，我不会把他交出去的。打仗，倒是可以，如有必要的话。但就这么交人，不行。”

老警察站在他跟前，严肃地望着他，慢吞吞地说道：“你这是干蠢事呀，我也一样，不乐意这么干。用绳子绑人，尽管这么多年了，还是习惯不了，甚至，是的，感到羞愧。但也不能听任他们为所欲为呀。”

“反正我不会交人。”达吕说。

“这是命令，孩子，我再重复一遍。”

“这样吧，把我对你说的话如实对他们说好了：我不会把他交出去的。”

巴尔杜克西显然在努力思考该怎么办，打眼瞧着阿拉伯人和达吕，终于下定决心。

“不，我对他们什么也不说。你若背弃我们，随你便好了，我不会揭发你的。我奉命交出犯人：我做到了。你现在给我签收吧。”

“没必要吧，我不会否认你把他交给我的。”

“别跟我使坏。我知道你会实话实说。你在本地出生，你是个男子汉，但你应该签字，这是规矩。”

达吕打开办公桌抽屉，取出一小方瓶紫色墨水，一支红木笔杆，配了上士牌蘸水钢笔尖，达吕平时用它来书写红格示范字体。他签了字。警察小心翼翼把公文折好，放进公文包，然后径直朝大门走去。

达吕说：“我送你一程。”

“不必了。”巴尔杜克西说，“不必搞得这么客套，你已经冒犯我了。”

老警察打量了一番待在原地没动的阿拉伯人，垂头丧气地吸了吸鼻子，转身走向大门时对达吕说：“别了，我的孩子！”大门突然在巴尔杜克西身后砰然关上。他却突然在窗前露了一下，随后消失了。他的脚步声淹没在雪地里，而马在隔墙外骚动，母鸡受到了惊吓。过了一会儿，巴尔杜克西手牵着马笼头又经过窗前，径直朝斜坡走去，没有回头，人影消失在先，随后马的踪影也不见了，却耳听得远远传来一块巨石缓缓滚动的声响。达吕回到依然没有动窝的阿拉伯人身边，目不转睛地望着他。达吕用阿拉伯语说：“等一等！”然后走向卧室，走到房门口时，改变了主意，回到办公桌旁，拿起左轮手枪，装进衣兜。然后，头也不回径直走进卧室。

他久久躺在沙发上，遥望夜幕悠悠四合的天空，侧耳倾听四周的寂静。正是这种寂静，在他战后初来乍到此地时倍感难熬。他谋了个职位，这座小城建在护墙之下，分隔开了沙漠和高原。那一道道岩石垒成的护墙，北面呈绿色和黑色，南面呈玫瑰色或淡紫色，划分出了终年夏日的界线。起先，人家把他派到同一高原上更北的地方，孤独和寂静使他痛苦不堪：仅有石头的不毛之地。有时似有田埂，以为有人种庄稼，其实是挖石头弄去盖房子。所谓耕耘是为了收获石头。另一些时候，村民也从石缝里掏出一些泥土，用来培植村庄小花园的花草。地貌如此，四分之三土地上全是石头。城市曾在此地诞生，兴盛一阵之后便消失殆尽；人们来到这里，彼此相爱或互相厮杀，死得精光。在这样的荒凉之地，无论是谁，无论是他还是他的客人，一概无足轻重，达吕心里一清二楚，都是无法生存的。

他站起身时，教室里一点动静也没有。一阵坦诚的喜悦涌上心头，自己都感到吃惊，一门心思以为阿拉伯人溜之大吉，他便又可以独善其身，无需做任何决定。然而，犯人仍在，只不过舒舒服服平躺在办公桌和火炉之间的空地上，两眼睁得大大的，只盯着天花板。这种姿势凸显出他厚厚的嘴唇，像是在赌气。达吕对他说："跟我来。"阿拉伯人站起来，跟他走。进了房间，小学教员指了指窗户下方桌子旁的一把椅子。阿拉伯人一边坐下一边不错眼盯着达吕。

"你饿了？"

"是的。"犯人说。

达吕摆上两副餐具。他取来面粉和油，在铁盘上摊开一张饼，然后点燃液化气炉。饼在炉子上烤着，他又去耳房取了奶酪、鸡蛋、椰枣和炼乳，饼做好后，放在窗台上晾着，把炼乳加水煮热，最后打了鸡蛋做煎蛋卷。他在干活时碰着装在右边口袋里的左轮手枪，于是放下碗，走进教室，把手枪放进办公桌的抽屉里。当他回到房间，夜幕已降临。他点上灯，给阿拉伯人端上晚餐，对他说："吃吧。"那人拿起一块饼，急着往嘴边送，但又停住，问道："那你呢？"

"你先吃。我也会吃的。"

厚厚的双唇微微张开，犹豫片刻，然后毅然决然大口吃起来。

餐毕，阿拉伯人盯着小学教员问道："你是法官吗？"

"不是，我看守你到明天。"

"为什么你跟我一起吃饭？"

"我饿了呗。"

对方不吭声。达吕起身出去，从耳房扛来一张行军床，安置在桌子和火炉之间，与自己的床成直角。房角有一只大箱子，竖着充当文件架，他从箱子里抽出两条被褥，铺在行军床上。然后停下动作，感到无所事事，在自己的床上坐下。不再有什么事可做，也不再要做什么准备。他端详起这个阿拉伯人，竭力想象他曾有过的那张怒发冲冠的脸。可他想象不出来，只看到阴沉而明亮的目光和野兽般的嘴巴。

"你为什么把他杀了？"达吕问道，却对自己的语气充满敌意感到吃惊。

阿拉伯人把目光挪开，说道："他逃跑，我在后面追呗。"

他抬起双眼望着达吕，眼中充满某种狼狈的疑惑。

"现在你们要把我怎么办？"

"你害怕了？"

对方挺直了腰，把眼睛转向别处。

“你后悔吗？”

阿拉伯人张口结舌望着达吕。显而易见，他没听明白。这使达吕恼火，觉得自己又笨拙又尴尬，胖乎乎的躯体夹在两张床之间。他不耐烦地对犯人说：

“你睡那儿，那是你的床。”

阿拉伯人没动窝，叫住达吕：“喂！”

小学教员瞧着他。

“警察明天会来吗？”

“不知道。”

“你跟我们一起走吗？”

“不知道。干嘛问？”

犯人站起身，直接躺在被褥上，双脚朝着窗户。电灯光直射他的眼睛，他立刻闭上了双眼。

“为什么？”达吕在他床前又问了一遍。

阿拉伯人顶着耀眼的电灯光线睁开眼睛望着他，竭力不眨眼。他说：“跟我们一起走吧。”

半夜了，达吕总睡不着。他脱光衣服上床，他一直有赤身裸体睡觉的习惯。但这样无衣遮体待在房中，他不禁踌躇起来，觉得容易受到攻击，便产生重新穿上衣服的欲望，随后耸了耸肩；他见过世面，必要时，可以把对手劈成两半。他躺在床上也可以监视阿拉伯人，那人仰卧着，一直纹丝不动，在强烈的灯光下，双眼紧闭。达吕熄了灯，黑暗随即凝成一片。渐而渐之，黑夜重新有了生气，通过窗户，望得见天空，虽然没有星星，却依然缓缓蠕动。小学教员很快便可辨认得出眼前躺着的躯体。阿拉伯人始终没有动弹，但双眼仿佛睁得大大的。一阵轻风在学校周围飘荡，也许能吹散乌云，太阳将重新露面。

夜越深，风越紧。母鸡骚动了一阵之后平静下来。阿拉伯人侧过身去，背朝达吕，传来叹息之声。然后，达吕监听他的呼吸，倒是越来越有力和均匀了，他睡着了。这一年来，他独居这间卧室，现在多了一个人，不禁感到别扭。之所以别扭，是因为他要被迫接受一种博爱，而在现实的情况下，他通常拒绝这种兄弟友情。他心知肚明：睡在同一间卧室的人们，士兵也好，囚徒也罢，彼此会产生一种特殊的联系，仿佛一旦每晚卸甲脱衣，便超越彼此的差异，一起进入梦幻和疲惫的古老共同体。不过，达吕抖擞了一下精神，不顾这些愚蠢的念头，必须入睡了。

稍后，阿拉伯人悄然有了动静，小学教员一直没有睡着。犯人有了第二次动静，达吕绷紧身子，保持戒备。阿拉伯人撑着臂肘坐起，活像个梦游者。他坐在床上，一动不动地等着，并没有把头转向达吕，仿佛在全身贯注倾听。达吕也没有动：他刚想到手枪放在了办公桌的抽屉里，最好立即采取行动。然而，他还是继续观察犯人，但见他依旧鬼鬼祟祟，先把双脚踏在地上，等了一会儿，然后慢慢直起身子。达吕正要叫住他，而阿拉伯人开始走动了，这次动作自然，却格外的轻手轻脚，朝通向耳房的后门走去。他小心翼翼拨开门闩，出门后反身关门，但并未关严实。达吕没有动弹，只是心想：“他逃跑了！倒是摆脱累赘了！”他竖起耳朵倾听。母鸡倒是没有动静，那人却已在高原上了。一阵轻微的喷水声传到他耳中，还未待他弄明白是什么声音，阿拉伯人已然再次出现在了门口，他又小心翼翼把门关上，再悄然躺下。于是，达吕翻身背向阿拉伯人，很快就睡着了。后来，他恍惚在睡梦中听见校园周围有鬼祟的声响。“我在做梦！我在做梦！”达吕自言自语，就此真的入睡了。

达吕醒来时，天空放晴，从未关严实的窗户吹进一股股清冽的轻风。阿拉伯人蜷缩在被窝里，张着大嘴，睡得死死的。达吕推了一推他的身子，他大吃一惊，一骨碌起身，怔怔盯住达吕，双眼似痴若狂，仿佛认不出他来了，神情惊恐之状使达吕身不由己地倒退了一步。“是我，别害怕，该吃早饭了。”阿拉伯人晃了晃脑袋，连连称是。他脸上恢复了平静，但表情仍旧神不守舍。

咖啡已经煮好。他们俩坐在行军床上，边喝咖啡边吃烘饼。然后，达吕领阿拉伯人进耳房，指了指水龙头，示意他洗脸。他自己回卧房，叠好被褥，收拾好行军床，整理好自己的床铺，把房间打理得井然有序。然后，他穿过校园，登上土台。太阳已经升上蓝天；柔和而灿烂的阳光洒满荒凉的高原。陡坡上有些地段的积雪融化了，石头重新显露出来。小学教员蹲在高地边缘，放眼眺望一派荒野风光。他想到了巴尔杜克西，他伤了他的心，昨晚打发他离开的方式，就好像跟他在同一条船上似的。警察的告别言辞仍在耳畔回响，他没来由地深感空虚和脆弱，自己也觉得奇怪。就在此刻，犯人在校园另一端传来咳嗽声。达吕几乎身不由己地侧身倾听，随后怒火中烧，顺手抛出一块石子，带着嘘嘘声钻进深雪地里。这家伙愚不可及的罪行令他怒不可遏，但把他交出去，有损体面：每想及此，倍感奇耻大辱，不由得痛斥自己的同胞给他送来这个阿拉伯人，而这家伙偏偏敢于杀人却不善于潜逃。达吕站起身来，在土台直转悠，然后一动不动傻站了一会儿，最后走进学校。

阿拉伯人躬身向着耳房的水泥地，用两根手指头刷牙。达吕瞧了瞧他，对他说："来吧。"他自己先进卧房，犯人随后跟进。达吕在粗毛衣外面加了一件猎装，双脚套上行军鞋。他站着等阿拉伯人套上缠头巾，穿上便鞋。他们进入校园，达吕指着大门对同伴说："走吧！"对方没有动。达吕说："我这就过来。"阿拉伯人出了大门。达吕回到房间，取了一些面包干、椰枣和糖块。临走时，进教室对着办公桌稍有踌躇，之后便跨出门槛，走出学校大门，转身把校门锁上。"从这儿走吧。"他对身后跟随的阿拉伯人说着，自己朝东方走去。但没走多远，好像听得背后有细微的声响，便又折了回去，查看一下学校周围，未见任何人影。阿拉伯人翘首望着他，似乎莫名其妙。达吕终于下令："咱们走吧！"

他们步行一小时后，在一座石灰岩尖峰旁停下休息。雪融化得越来越快，太阳随即晒干一处处小水坑，飞快地把高原打扫得一干二净，变得干燥的高原像空气似的微微颤动。他们重新上路时，土地在脚下咔咔有声。时不时飞鸟划破天空，对着他们快活地鸣叫。达吕大口大口吸进清爽明亮的空气。蓝天苍穹下，几乎处处金黄，面对这片熟悉的辽阔大地，一种兴奋之情在他心中油然而生。他们俩又走了一个小时，一路南下，来到一处岩石易碎的平坦山地。高原从此向东倾斜，一泻到底，形成低洼平原，可以看见几株瘦弱的孤树，往南则乱石成堆，景色呈现参差错落，杂乱无章。

达吕巡查了两个方向，只见远处地平线与碧空交接，近旁没有人影出现。于是，他转向阿拉伯人，后者茫然瞧着他，不明其意。但见达吕把小包裹递给他时说道："拿着吧，里面是椰枣、面包干、糖块。你可以吃上两天。喏，还有一千法郎，都拿去吧。"阿拉伯人接下包裹和钞票，双手把包捧在胸前，仿佛不知道人家给他这包东西派什么用场。小学教员对他说道："现在往前看！"他向阿拉伯人指着东方说："这是去廷基特的道路，你走两个小时就到了。廷基特有行政当局和警察局。他们正等着你呢。"阿拉伯人望着东方，双手仍捧着包裹和钞票。达吕抓住他的手臂，不客气地让他转九十度，往南看。他们所处高地的山脚下，影影绰绰可见一条小路。"喏，那是横贯高地的小路，从这儿要走上一天，你便找得到牧场，碰上首批游牧人。他们会接待你、庇护你，这是他们的法规。"于是，阿拉伯人转身向着达吕，一脸惊慌失措的表情，说道："听我说。"达吕摇了摇头，回答："不，别说了。现在我放你走。"说罢，转身向着学校的方向迈出两大步，又不免优柔寡断地望向呆若木鸡的阿拉伯人，然后径自离开。有那么几分钟，达吕听着自己的脚步声在冰冷的地面上回响，他没有回头。但过了一段时间，他还是回头了，但见阿拉伯人始终站在山顶边缘原来的地方，双臂已经垂下，但仍旧凝望着小学教员。达吕倍感喉头发紧，极不耐烦地打了个大手势，随即离去。他这次站住回头眺望时已经走得很远了，山岭上空无一人。

达吕迟疑不决起来。天上，太阳升得相当高了，晒得他的前额火辣辣。小学教员回头走了几步，起先有点儿游移不定，然后下定了决心。他到达小山丘时已是大汗淋漓，他尽力全速攀登，爬上山顶时已气喘吁吁。南边，蓝天下的岩石堆赫然壮观，但东方，平原上已蒸腾起一股股热浪。达吕处在这团薄雾中，却发现阿拉伯人慢慢走向通往监狱的大路，不禁感到切肤之痛。

稍后，小学教员伫立在教室窗前，茫然眺望一片灿烂的阳光从天而降，蹦蹦跳跳直往整个高原倾泻。他背后的黑板上，法国四条弯弯曲曲的大河之间，有人用粉笔歪歪扭扭地写下一行字，是他刚才看到的："你交出了我们的兄弟，你得付出代价。"达吕仰望天空，眺望高原，以及那通向大海却见不到的土地。他身处自己一往情深的大地，倍感孤独。

约拿或干活的艺术家

将我抬起来、抛在海中……我知道你们遭这大风、是因我的缘故。

——《圣经·旧约·约拿书》1：12[①]

绘画艺术家吉尔贝·约拿相信自己福星[②]高照。他一味相信这颗福星，尽管他自己觉得对别人的宗教也很尊重，甚至怀有某种赞赏之意。不过，他本人的信念是与美德兼收并蓄的，因为这种信念在于模糊地认可他将会无功受禄。因此，当他活到三十五岁左右，十来个批评家突然你争我夺，要把发现这位天才的荣耀归于自己时，他倒是毫不惊讶。然而，他这份泰然自若却被有些人归咎为自满自负，其实倒也可以解释为一种谦逊的自信。约拿有自知之明，与其说他有诸多优点，不如说他福星高照。

他更为有点儿诧异的倒是，一位画商提出供给他月俸，使他解除一切后顾之忧。建筑师拉多从高中起就喜欢约拿及其福星，出面提醒他说这种月俸刚够他过温饱的生活，而画商则有得无失。但纯属白费口舌。“毕竟不错嘛。”约拿答道。拉多之所以事事成功，全凭自己发奋努力，严责老友：“什么毕竟不错？必须讨价还价。”根本没有这回事儿，约拿心里则庆幸良机，竟对画商说：“就照您说的办吧。”于是他放弃了父亲出版社的职务，专门从事绘画。他叹道：“这可是天赐良机！”

实际上，他心想：“自己一路走来好运连连。”在他记忆中，愈追溯久远，愈觉得是好运在发挥作用。于是对自己双亲产生了一种温馨的感激之情，首先因为他们抚养他时漫不经心，这就给了他胡思乱想的闲暇时光；其次因为父母以通奸为由分居离异了。这至少是父亲提出的借口，却忘了具体说明有关奸情相当特殊：他不能容忍妻子大肆搞慈善，成了名副其实的世俗圣女，视而不见其中的花招，居然把自己的肉体献给了受苦受难的人类。然而，丈夫自以为有权作为主子支配妻子的贞操。这个奥赛罗③居然说：“我受够了，他跟

---

① 引用的这段文字背景如下：耶和华的话临到亚米太的儿子约拿，说：“你起来往尼尼微大城去，向其中的居民呼喊，因为他们的恶达到我面前。”约拿却起来逃亡他施去躲避耶和华……然而耶和华使海中起大风，海就狂风大作，甚至船几乎破坏。……众人对他（约拿）说：“请你告诉我们，这灾临到我们是因谁的缘故？”……“我们当向你怎样行，使海浪平静呢？”于是约拿说了加缪引用的话。他们遂将约拿抬起，抛入海中，海的狂浪就平息了。

② 加缪在《手记》（1949—1959）中写道：我向来看得不很清楚自己的归宿，但我始终凭着本能追随一颗不露踪影的福星。

③ 莎士比亚悲剧《奥赛罗》的主人公，奥赛罗是威尼斯公国一员勇将。他与元老的女儿苔丝狄蒙娜相爱，但有人挑拨苔丝狄蒙娜出轨，奥赛罗信以为真，妒火中烧，杀死了妻子。

穷人串通一气欺骗我。”

这场误会使约拿受益匪浅。他的双亲读到过或听说过，好几桩凶残的谋杀盖出于父母离异，于是对儿子争相溺爱，就为了把如此糟糕的演变扼杀在萌芽状态。按他们的说法，孩子受到打击越没意识到后果，越令他们担心：越看不出来的摧残应该是最深沉的摧残。只要约拿宣称对自己或对自己的一天感到满意，父母的常规焦虑便趋向惊慌失措，他们便对孩子倍加关爱，于是孩子就不再提出任何奢望了。

末了，约拿因假设的不幸而获得了一位忠诚的兄弟，附身在拉多身上。拉多的父母经常邀请这位高中的小同学，因为同情这个小同学的遭遇。双亲悲天悯人的说辞启发了爱好运动、身强力壮的儿子，萌生了要保护约拿的愿望。他早就欣赏这位同窗无所用心所获得的成就。欣赏佩服与纡尊降贵相得益彰，约拿也像接受其他东西一样，带着令人鼓舞的单纯接受一种钦佩与恩赐交织的友谊。

约拿没经过特别的努力就毕业了，还有幸进入由父亲操办的出版社，谋到一个职位，并且通过间接的途径立下了绘画的志向。约拿的父亲，身为法国最大的出版商，认定书籍从未有过如此灿烂前途，因为正好遇上了千载难逢的文化危机。他说：“历史证明，读书越少买书越多。”因此，他极少阅览递上来的手稿，决定出版与否，只凭作者声望或题材的现时性（有鉴于此，唯一永恒的题材便是性事，该出版商最终成了淫书专业户），然后只要搜寻猎奇的介绍以及免费的广告。故而，约拿跟编辑室一样，有许多空闲的时间可打发。

他就这样碰上了绘画。

他平生第一次发现自己具备一种出乎意料的热忱，居然经久不懈，很快消耗整日作画，始终轻轻松松，精于此道。除此之外，什么也引不起他的兴趣，勉强适龄完婚：绘画蚕食了他的全部身心。对日常生活中的人和事，他仅抱以善意的微笑，完全不去操心。无奈出了一次车祸，拉多驾驶摩托太猛出事了，坐在他身后的约拿右手骨折，上了石膏绷带动弹不得，心烦意乱之余居然对爱情产生了兴趣。更有甚者，他居然认为这起严重的车祸是福星高照的好结果。否则，他也不会有空闲细瞧露易丝 · 普兰，而她是非常值得一瞧的。

但拉多认为露易丝不值得一瞧。他自个儿矮矮的，且腰圆背厚，一味喜欢伟岸的女子。他对约拿说："我不知道你看中这只小蚂蚁什么了。"露易丝确实矮小，黑黑的毛发，黑黑的眸子，但身段匀称，容貌美丽。约拿高大而结实，对小蚂蚁一往情深，更何况她心灵手巧，手脚勤快。露易丝天生好动，与约拿喜欢慵懒完美搭配，相得益彰。露易丝起先致力于文学，她以为约拿至少对出版业感兴趣吧。她什么都读，杂七杂八，用不了几周功夫，便什么都聊得起来了。约拿很欣赏她，既然露易丝给他讲了足够多的东西，使他知晓了当代新发现的要义，便认为自己完全不必再读报念书了。露易丝断言："不能再说某人恶或某人丑，应该说某人成心变恶或某人成心变丑。"两者的细微差别不可忽略，否则，恰如拉多所指出的，至少会导致怪罪全人类之虞。但露易丝断然指出，这条真理同时受到爱情刊物和哲学杂志支持，是放之四海而皆准的真理，不容置辩。“悉听尊便。”约拿说完，随即忘却这一冷酷的发现，一心梦想自己的福星去了。

露易丝一旦弄清约拿只对绘画有兴趣，便立即抛下文学，投身造型艺术，出入博物馆和展览会，拉上约拿同行。但约拿对同代人的画作不甚了了，本着艺术家的淳朴，倍感窘迫。不过，他也感到欣慰，毕竟了解到许多涉及本行业的东西。尽管第二天他就把刚看过的画作及其画家的姓氏忘得一干二净。但露易丝自有其道理，她不容置辩地提起她在文学时期就已树立的信念——实际上，人们从来什么也不会遗忘。福星拿定主意庇佑约拿；这样，他便可以心安理得地宣称兼容并包记忆的可靠性和健忘的便利性。

露易丝大量奉献的“珍宝”在约拿的日常生活中迸发出灿烂的火花。这个天使免除了他亲自上街购买衣帽鞋袜的麻烦，对一般男人来说这件事会缩短已经非常短暂的生命时日。她毅然决然地承受扼杀时间的几千种发明：从社会保险晦涩难懂的单据直到花样百出的纳税条款。拉多说：“不错，理所当然啦。不过，她总不能替你去看牙医吧！”错了，替他打电话，替他选最佳的约会时间；她负责保养他的四匹马力小汽车，假日旅馆订房，购买家用煤炭；她亲自购买约拿准备赠送的礼品，选择和分发约拿要送人的鲜花，有些晚上，趁约拿不在家，她居然抽出时间去他房间收拾床铺，以便他当晚不必打开被褥就能直接上床睡觉。

她同样也是怀着这股热情冲动上了这张床，事后跟区长约好时间去登记结婚，那是在约拿的天才得到公认的前两年，并且安排了蜜月旅行，趁便参观了所有的博物馆。旅行之前，爆发了住房危机，最后总算找到了一套三居室，旅行回来后便安了家。之后，她几乎一个接一个制造了两个孩子，恰好一男一女；按她的计划是生三胎，约拿从出版社离职专事绘画后不久，她就大功告成了。

露易丝一旦为人母，就不能把所有心思全放在他身上，她要照顾孩子。但还是千方百计协助丈夫，只是时间不够用。她没准因为忽视了约拿而深感歉意，但她果断的性格不允许她沉湎于此等憾事。她说："算了吧。各人有自己的工作台。"这个说法，约拿顶喜欢，跟他那个时代所有艺术家一样，他乐意被视为工匠。这位工匠因为有点儿被怠慢，不得不亲自去买鞋。此事也算情理之中，约拿还试图引为幸事。他或许可以劳驾去逛逛商店，作为奖赏，获得了一小时的独处，这又为夫妻俩的幸福添砖加瓦。

然而，生存空间给小两口增添的麻烦远远超过所有其他家事，因为时间和空间同时相伴着缩短和缩小。孩子出生，约拿新的营生，狭窄的住所，月俸微薄不允许他们购置更大的套房，露易丝和约拿两人的活动空间捉襟见肘。他们的寓所在一幢十八世纪楼房的第二层，位于首都老街区。这个街区住了许多艺人，他们遵循的规矩则是，为了艺术创新就得住在老街区。约拿认同这种信念，久居老区倒也乐此不疲。

不管怎么样，说起老房，约拿的套房也够老的了。但略作时髦装修，便显得独具匠心，主要是给主人提供大量的空气就行，既然空间已然寸土寸金。房间天花板特别高，配有华丽的大窗户，依照其宏伟的气派来判断，正是用来招待客人和举行盛会的。但城市住房拥挤，房地产租金昂贵，迫使一个接一个房主用隔板把太大的房间隔成小间，不断地如法炮制，把这些隔间高价出租给成群上门的租客。他们照样宣扬所谓“充足的空气量”。这个优点不容否认。但只是因为房主无法从高度上来分隔房间，否则他们会毫不犹豫做出必要的牺牲，提供更多的安身之地给新生一代，正好那个时期结婚特别多，繁殖极其旺盛。充足的空气量并非只有好处。不便之处在于每个房间冬天取暖很困难，也难怪房主不得以提高了取暖费。夏天，玻璃窗面积过大，又没有百叶窗安装，套房听凭太阳暴晒。房主忘了这茬儿，许是窗户的高度以及细木工的要价使他望而却步了。毕竟厚实的窗帘也可以遮阴，至于成本费用不成问题，反正由房客自理。不过么，房主并不拒绝相助，他们送来了自家商铺便宜得不能再便宜的窗帘。房地产慈善业本就是他们的安格尔小提琴[①]。平时，这些新贵兜售细布和呢绒。

约拿对套房的好处欣喜若狂，很容易接受了不便之处。提起补交取暖费用，他对房东说：“悉听尊便。”至于窗帘，他赞同露易丝，认为只需给卧室挂上帘子就可以了，让其他窗户光着好了。这位心地纯洁的人说：“我们没有什么可遮掩的。”约拿尤其对最大的房间情有独钟，天花板高得简直不再需要另行采光了。开门就是大间，一条狭窄的走廊连通另外

① 画家安格尔还擅长拉小提琴，“安格尔小提琴”意为“业余爱好”。

两间房，但那两间房狭小得多，三间房处于同一条直线上。套间末端，厨房紧邻舒适的起居设备，旁边另有极小的一间，美其名曰淋浴室。倒也确实可以淋浴，只要在里面设一个淋浴器，不就成淋浴室了，反正淋浴器是垂直安装的，只要你同意一动不动站着接受有益健康的水柱喷射。

天花板确实高得异乎寻常，房间却狭窄得要命，这套住所像是一个奇特的平行六面体组合，每堵墙几乎全都安装了玻璃门窗，连家具都找不着依靠的墙面，住客淹没在一派白色而强烈的光照中，活像立式鱼缸中的浮沉子。更有甚者，所有窗户都面向天井内院，和对楼相隔咫尺，看得见邻居相似的窗户里面的风格一模一样，只不过朝向另一方天井内院罢了。约拿兴致勃勃地说："这真是玻璃陈列室。"他们根据拉多的高见，把夫妻房安置在最小的一间，另一间留给即将问世的宝宝。大间白天用作约拿的画室，晚上和三餐时成为共用空间。迫不得已时，可以在厨房用餐，只要约拿和露易丝乐意站着吃就行。拉多贡献良多，搞了名目繁多的精巧设施，诸如拉门、可拆卸书架、可折叠小桌，弥补了家具稀少的不足，又让这个独特的套房更像玩偶盒子了。

然而，一旦每个房间充塞了绘画和孩子，就要考虑添置新设施了。第三个孩子出生之前，约拿确实在大间作画，露易丝在夫妻卧室打毛衣，两个小孩占着第三间，日子过得顺风顺水，也还可以在整个套房奔跑打滚。有了新生儿，夫妻俩决定把他安顿在画室，约拿用画幅当作屏风，隔出一角，好处在于听得见宝宝的动静，可以随时照应。况且，约拿从来不需要动窝，一有动静，露易丝立马赶到。她没等到婴儿哭泣便已进入画室，总是小心翼翼，蹑手蹑脚。约拿对露易丝不事张扬深为感动，一日为让她安心，对她说不必蹑手蹑脚，他可以在脚步声中工作。露易丝回答说，这也是为了不惊动孩子。约拿对她流露出的慈母心十分赞赏，对自己的误解不禁哑然失笑。于是，他不敢承认露易丝蹑手蹑脚的谨慎进屋比径直贸然闯入更碍手碍脚。首先因为蹑手蹑脚拖时更久，然后她那小心翼翼的动作像是在演哑剧：双臂伸开，上体稍向后仰，脚向前抬得高高的，不可能不引人注目。这样走路甚至违背了她的初衷，因为画室遍布画框，她时刻都有可能绊倒其中某一幅画。由此发出的声响反倒会惊醒宝宝，那么宝宝就会以相当强有力的方式表示不满。老子对小子的肺活量大为欣喜，跑过去哄他一阵，随后马上交给妻子接班。约拿扶起倒在地上的画，手持画笔，着了迷似的聆听宝宝中气十足、持续不断的噪音。

这个时期的约拿成绩斐然，赢得了许多朋友，他们经常出现在电话里，抑或一有机会就临时登门拜访。电话机经一再斟酌安在了画室，经常响个不停，影响宝宝睡觉，于是宝宝的哭声和电话的急促铃声混成一片。如果露易丝碰巧正在照料另外两个孩子，也会带着他们一起跑过来，多半发现约拿一手抱着孩子一手拿着画笔和话筒，而电话那头的人正在亲切地邀请他共进午餐。约拿每逢有人盛情约他共进午餐，都会喜不自胜，尽管他谈吐平庸。不过，他更乐意晚上受邀外出，白天可以全日工作。不幸的是，大部分时间，朋友只约午餐，坚持说是专为亲爱的约拿预约的。亲爱的约拿答应道：“悉听尊便！”电话挂断后，又说道：“此君盛情难却！”于是他把孩子交给露易丝，重新投入工作，但很快又被日常的午餐或晚餐打断。他不得不把画挪开，打开精心设计的折叠桌，跟小孩子们一起坐下。吃饭的时候，约拿一只眼睛还盯着未完成的画作，有时，至少起初，他发现孩子咀嚼和吞咽有点慢，使得每顿饭吃得拖拖拉拉。但他在报上看到，进餐必须缓慢，以便消化吸收，从此之后便有理由从容不迫地享用每餐了。

有些时候，新朋友登门拜访。拉多，他只在晚饭后才来，白天在自己办公室上班，再者，他知晓画家们需要利用白天的光线进行创作。约拿的新朋友几乎全部属于艺术家或批评家。其中有些人曾经作画，有些将要作画，后者最终会负责打理已完成的画作和将完成的画作。他们所有人势必把艺术工作看得很高，抱怨现代的世界组织使艺术创作历尽艰辛，使艺术家不可缺少的沉思遐想也难以为继。他们整整几个下午都在发牢骚，恳请约拿继续创作，就当他们根本不在场，随便怎么对待他们一概无妨，他们可不是资产者，明白艺术家的时间是有价值的。约拿十分高兴这些朋友接受他当着他们的面工作，便又回到自己的画作前，边作画边回答他们提出的问题，抑或笑对他们概述的轶事趣闻。

如此顺其自然的天性使他的朋友们越来越觉得随意自在。他们的兴致好实在，连吃饭的时间都给忘了。可小孩子，他们记性好着呢。他们跑来奔去，混在聚会的人们中间大呼小叫，客人们跟他们逗着玩，让他们在自己的膝盖上跳来跳去。终于，从楼房天井的方形天空照进来的光线昏暗下来，约拿搁笔歇息。接下来，请大家吃顿便饭，还可以交谈，直至深夜。当然是谈论艺术，尤其议论没有天分的画家、抄袭者或追名逐利者，这些人自然都不在场。他爱早起，可利用早晨第一缕的光线。他深知会有麻烦，早餐来不及准备，而他本人也可能疲惫不堪。但他毕竟很高兴一个夜晚能获悉那么多对自己的艺术不可或缺又颇有裨益的事情，尽管表面上看不出来。“艺术上，恰如自然界，什么也不会丢失。”约拿说，“这是一种福星效应。”

时不时的，弟子们加入旧雨新知之中，约拿现已自成一派。起初，他为此感到吃惊，看不出别人能从他那里学到什么，自认尚需发现一切新鲜事。他，作为艺术家，尚在黑暗中前行，哪能指教千真万确知道？但他相当快地就明白，弟子未必是渴望学习某些东西。相反，更经常的，反倒是后学晚生因指点老师获取了无私的乐趣。有鉴于此，他可以谦卑地接受这份额外的荣幸。这不，约拿的弟子详尽地向他解释他所画的东西及其原委。于是他就这样在自己的作品中发现了许多使他有点惊讶的意图以及许许多多他未曾赋予的内容。他自认思想贫乏，多亏有这些后学晚生，一下子变得思想丰沛起来。有时候，面对这久被埋没的内涵，一丝自豪的揣想掠过心头。“这毕竟是真实的。”他暗自在心里嘀咕，“那张远景上的脸最为突出，我不明白他们说的间接人道化[①]是什么意思。不过，从效果上看，我的功力相当深厚了。”但他很快把这种难得的高超画技推卸给他的福星，说什么：“这是福星高照，而我跟露易丝和孩子们待在一起。”

弟子还有另外的功劳：他们迫使约拿更严厉地要求自己。在言谈中把他捧上天，特别夸赞他的认真诚实和干劲十足，搞得他不允许自己有任何嗜好。先前，每当完成一个艰难的阶段，或者重新往下工作前，总要嚼一粒糖块或巧克力。这个老习惯现在放弃了。孤独时，不管怎样，他还是会偷偷屈服于吃糖的嗜好。如今，弟子和朋友几乎无时不在，帮助他在处世之道上取得进步，当着他们的面啃巧克力有点难为情，况且也不能为一个如此小的嗜好而打断有趣的谈话。

此外，弟子们要求他忠于自己的美学。而他，约拿对自己的美学只有一个模糊的想法，这不，他本人苦思冥想良久才能获得一丝瞬息即逝的灵感，于是真实在一片纯白的光线中突然出现在他眼中。他的弟子则相反，对他的美学有好几种想法，各派彼此矛盾而又各持己见；在这一点上绝不含糊。约拿有时候企求随心所欲，这是艺术家谦恭的良友。然而，弟子们看着那些与他们的思想分道扬镳的画作，不禁皱起了眉头，这就迫使约拿对自己的艺术多一点思考，这是大

① 所谓“间接人道化”，是西方哲学家和批评家的专业术语，首见于安托万·巴伊所著的《哲学家们的即兴用词》（1947），是指画家赋予其笔下人物某种道德情怀的神情。

有裨益的嘛。

最后，弟子以另一种方式助力约拿，就是迫使他品评他们各自的作品。结果天天有人送上颇为粗拙的草图，撂在约拿及其尚未完稿的画稿之间，以便享有最好的照明。约拿不得不发表高见，而迄今为止，始终令他暗自惭愧的是，对评判艺术品实在拿不出高明的见地。除了极少数令他陶醉的画作以及显而易见拙劣的涂鸦之外，其余的作品，他一概觉得自有意趣，但无动于衷。因此，他不得不自建一套评语库，更要做到五花八门，他的弟子，一如首都所有的艺术家，好歹有一定的才华，所以当着他们的面还得道出足够的细微差别，好让每个人开心才是。这种何乐而不为的义务进而迫使他对自己的艺术创造出一套语汇和一番见地。他天生厚道，不会因为做出这番努力而变得尖酸刻薄。但很快明白后学晚生没有要求他提出批评，因为批评对他们毫无用处。他们要的只是鼓励，如有可能，还要赞许。只不过赞许必须因人而异。约拿不再满足于平日的和蔼可亲，还要和善得独具匠心。

约拿就这样随着光阴流逝，在朋辈弟子的簇拥下绘画，友人门生以他为中心，一个个坐在环绕他的画架排成圆圈的椅子上。经常也有邻居出现在对面，扶窗远眺，加入观众的行列。他议论探讨，交流看法，审视递给他的画作，向路过的露易丝微笑，安慰抚摸孩子，热情回复电话，但永不放下画笔，时不时用手中画笔在已开始的画作上添加一笔。在某种意义上，他的生活非常充实，所有的时间都用上了，他感谢命运免除了他的烦恼。在另一层意义上，完成一幅作品必须涂上许许多多笔触，他有时想烦恼也有好处，因为可以通过顽强的工作加以逃避。可是，随着朋友们越来越值得关注，约拿自己的创作反而越来越显迟缓。甚至在鲜有的完全独处的时间里，他感到疲惫不堪，难以加快速度。在这样的时刻，他只能梦想全新的安排，既调和友情的乐趣，又享受闲散的功效。

他向露易丝敞开胸怀，吐露心事，而露易丝也有烦恼，老大老二长得快，他们的房间显得局促了。她建议把他们安置在大房间，用一道屏风隔开他们的床，再把宝宝安置在小房间，还可避免电话把他吵醒。既然宝宝不占地方，约拿可以把小间改成工作室。大间白天用来接待客人，约拿可以来回走动，看望朋友抑或工作，露易丝确信会得到约拿的理解，他创作需要独处。再者，老大老二需要早睡，这就可以缩短晚餐聚会的时间。“好极了。”约拿想了想说。露易丝回应说：“再说了，你的朋友们早早离开，咱们做一处的时间也好更长一点。”约拿注视她，但见她脸上掠过一抹淡淡的哀苦。他动情了，拥抱她，柔情蜜意吻了她。露易丝如醉如痴，一时间夫妻俩幸福得如同新婚时节。露易丝抖擞一下精神：那间房兴许太小，不够约拿使用。她抓起一把折尺，他们发现由于大房放满了他的画作以及更多弟子们的画作，他平时工作的地方几乎不比日后单独给他的地方大多少。约拿毫不迟疑搬迁了。

约拿时来运转，越是画得少，名气却越大。每次画展都令人翘首以待，还没开展就提前庆祝。确实也有少数批评家，其中就有两位是约拿画室的常客，他们的保留态度降低了评述的热情。但弟子的愤怒弥补了这个小小的不幸。当然，这帮真传弟子斩钉截铁地表态，他们把约拿的初期画作捧上高于一切的地位，但目前的探索正预示着一场真正的革命。每当有人赞赏约拿的早期作品，他总会产生轻微恼火的自责，并流露出感激不尽之情意。唯有拉多抱怨："多么滑稽的怪癖……他们把你当作僵化的雕像来爱戴！跟他们为伍，活不下去喽！"但约拿硬是为弟子辩护，对拉多说："你无法理解，你呀，我画什么你都喜欢。"拉多笑着说："自然了！我喜欢的不是你的成品画作，而是你的绘画。"

不管怎样，约拿的画作继续深受青睐。画展又一次反响热烈，画商主动提出增加月俸。约拿接受时深表感激。画商说："听您这么说，人家会以为您很看重金钱。"如此重的善意征服了画家的心。然而，当他请求画商允许奉献一幅画作义卖时，后者表现出不安，想知道这是否属于"营利"的义卖。约拿哑口无言。于是画商建议他严守合同条款，涉及出售，合同授予画商专利。"合同就是合同。"画商一言为定。在他们的合同中，没有提及义卖。"悉听尊便。"画家如是说。

约拿对新的起居安排心满意足。确实，他可以相当经常地独自一人回复当前收到的大量信件，他为人谦恭，不能不答复。来信中有些谈及他的艺术，其余极大部分涉及通信者本人，或想在自己的绘画生涯中受到鼓励，或寻求建议或要求钱财资助。随着约拿的大名出现在多家杂志上，他像大家一样，收到种种呼吁，要求他声讨种种非常令人愤慨的非正义行径。约拿一一回复，书写艺术见解，致谢各界，提供意见，把买领带的钱寄去支付一笔小小的急需，更有甚者，在别人递上的正义凛然的抗议书上签下自己的名字。拉多说道："现在，你插手政治啦？让作家和丑娘们去干吧！"不，约拿只在与党派之争没有关系的抗议上签名。不过，所有的抗议书都宣称具有这样高尚的独立性。约拿的衣兜一周又一周装满信件，还未来得及回复又被连连催促。他回复最急迫的，一般来自陌生人，而那些需要从容回复的信件，倒是朋友的。反正，信债如山，压得他无暇闲逛，忧心忡忡。他总觉得跟不上趟，总觉得有负罪感，甚至作画时也时不时有这种感觉。

露易丝越来越被孩子们折腾得精疲力尽，她还要疲于应付约拿，在别的情况下，原本在家里可以做的事。约拿心里着实难过。毕竟他，为乐趣而辛苦工作，而她干的都是粗活累活。一看到她跑来跑去，约拿就有这种感觉。"电话！"大孩子喊道，约拿撂下画板去接电话，回来时安下心来：一次额外的邀请。"查煤气！"一位职员高声喊道，是孩子替他开的大门。"来了，来了！"约拿放下电话或打开大门，但见一个朋友或一个弟子，有时两者一起来，一直跟随他到小房间，继续谈完上次未能尽兴的交流。渐而渐之，所有客人都对过道很熟悉了。他们待在过道上聊天，打老远和约拿打个招呼，以示自己在场，抑或闯入小房间快速露个脸。"在这里，至少，"闯入小房间的人兴奋地嚷道，"可以拜见您，从容不迫待上一会儿。”约拿动情地说：“是啊，到头来弄得大家见不着面了。”这不，他也深感让见不着面的人们失望了，他为此感到难受。因为，那往往是一些他很乐意见见面的朋友。但时间不够用，不能什么都接受吧。结果呢，他的声誉受到了影响。有人说：“他自从出了名，骄傲了，再也不跟人见面了。”抑或“他不爱任何人，只爱自己。”不，他爱自己的绘画，爱露易丝，爱孩子，还爱拉多，以及其他几个人吧，而对所有人都抱有同情心。然而，人生苦短，光阴似箭，他本人的精力是有限的。既要画出世态人情，又要与世人同舟共济，很难呐。从另一方面说，他还不能抱怨，也不能解释自己种种不便之处。要不然有人就拍着他的肩膀说：“好福气的家伙！这是荣耀的代价嘛。”

于是信件越积越高，弟子不容任何松懈，越跟越紧，如今上流社会的人们也纷至沓来，约拿以为他们对绘画产生了兴趣，一如众生，热衷于英国王室八卦或饕餮美食。实际上，来的主要是那些上流社会的太太们，其行为举止倒是落拓不羁。她们自己并不买画，只是把男友带来拜访画家，暗自希望他们掏腰包，往往以失望告终。不过，她们乐意为露易丝搭把手，尤其是替客人们沏茶续水。茶杯手传手，通过走廊，从厨房传到大房间，再折回来传到挤得满满当当的小画室，约拿在少数几个朋友和客人的簇拥下，继续作画，直到他必须把画笔放下，感激地接过一位迷人的女士特意为他沏的一杯茶。

他喝了茶，注视一位弟子刚放到他画架上的草图，跟朋友们嬉笑一阵，忽又想到请在场的某个人把隔夜写的一叠信件拿去邮寄，接着扶起跌倒在他双腿间的老二，然后摆好姿势照相，又听得："约拿，电话！"他高举着茶杯，一路道歉穿过挤满人的走廊，听完电话，折回原处，在画面一角涂上几笔，又停笔回应那位有诱惑力的女郎的要求，当然，一定会给她画一幅肖像，说罢回到画架前继续工作，又传来呼唤："约拿，签字！""什么事儿？"他问，"邮差吗？""不，是声援克什米尔苦役犯的！""来了，来了！"约拿跑到门口接待一名年轻朋友和他的抗议书，关切询问是否涉及政治，对方一面声称与政治不搭界，一面告诫他作为艺术家享有天赋特惠而应尽之义务；等他再次来到门口，人家随即向他介绍一位刚获大胜的拳击手①，或引荐一位外国最大牌的剧作家，而他都没搞清这些人姓甚名谁。来者直愣愣盯了他五分钟，以激动的目光向他表示敬仰，因不懂法语而表达不出仰慕之意，约拿诚惶诚恐，频频点头。幸亏及时闯进一名魅力十足的说教者才打破不可收拾的僵局。约拿喜出望外，这是他自己说的，还摸了摸装满衣兜的信件，转念抓起一把画笔，正准备再画上几笔，但首先应当感谢给他送来一对塞特犬的人，约拿亲自把它们放到夫妻卧室，又返回表示接受送犬者的午宴邀请，却耳听得露易丝大呼小叫，说什么这对小猎犬从未经过室内生活的驯养，要把它们移到浴室，可是两

---

① 暗指法国著名拳击手马塞尔·塞尔当，他获得了 1948 年世界重量级拳击赛冠军。

只小动物狂吠不已，好在时间一长大家似乎也充耳不闻了。约拿时不时越过众人头顶瞥见露易丝的目光，他觉察出其中的狼狈无奈。终于到了黄昏，一部分客人告辞，另一部分人滞留大屋。约拿怀着恻隐之心瞧着露易丝哄孩子们睡觉，还有一位戴圆帽的高雅女士亲切相助，竟赞扬约拿一家亲亲热热，而她一会儿就要回到自己的府邸，两层楼的独立私人公馆，可生活气息远不如约拿家那般亲密和热情。

一个星期六下午，拉多给露易丝送来一台精巧的晾衣架，可以悬挂在厨房的天花板上。他觉得套房太拥挤了。在小间，约拿在行家里手的簇拥下，正在为送给他塞特犬的太太画肖像，而他本人则被一位官方艺术家摹画。后者，据露易丝说，正在执行一项国家订单。“画名将是《干活的艺术家》。”拉多退缩到工作室一角观察老友，显而易见，约拿正全神贯注在作画。其中一位行家，从未见过拉多，却俯身对他说：“哼，他气色多好啊！”拉多没有回应。“您画画吗？”那人继续搭讪，“我也是搞绘画的。嗨，请相信我的话，他下降了。”拉多问道：“至于吗？”“是的，功成名就了嘛。很难顶得住功成名就。他完蛋了。”“到底下降还是完蛋？”“一个走下坡路的艺术家就是完蛋。瞧着吧，他什么名堂也画不出来了。如今别人画他，将他往墙上一挂。”

晚些时候，午夜，在夫妇的卧室里，只有露易丝、拉多和约拿三人。约拿站着，其他两人坐在卧床一角，大家无言相对。孩子们睡着了，两只狗寄养在乡下，约拿和拉多刚擦干露易丝洗完的一堆餐具，委实累了。“雇个用人吧。”拉多看着跟前一大堆餐具建议道。但露易丝不胜伤感地接过话茬："咱们让她住哪儿呢？"于是大家无言以对。拉多突然问约拿："你称心如意吗？"约拿微微一笑，神情倦怠地说："是的，大家对我都很体贴。""不，"拉多说，"请防着点儿吧。他们不见得全是善良的。""谁？""比如说，你的画家朋友们。""我知道。"约拿说，"许多艺术家都是这种德性。他们对生活没有信心，甚至最伟大的也是这样。于是，他们寻找证据，评判啊，谴责啊。就给他们自个儿打气壮胆，存在感始于此时。他们很孤独！"拉多连连摇头。约拿继续说："相信我说的，我了解他们。应该喜欢这些人。"拉多回答："你呢？你有存在感吗？你从不说别人的坏话。"约拿笑了起来，说道："哦！我常想到他们的坏处。只不过，转念就给忘了。"末了，他变得严肃起来，说道："不，我肯定不了自己现实的存在。但我将会存在，我有把握。"

拉多问露易丝对此有何想法。她克服了倦意，勉强说约拿言之有理：他们俩的客人有何见解无关紧要，只有约拿的工作是有意义的。她深感小孩对他有妨碍。他们都长大了，必须买长沙发，但又占地方。怎么办？除非找到一套更大的房子！约拿瞧着夫妻卧室。当然，这间房也不算理想，床太大了。但它整个白天空着。他向正在沉思的露易丝指明这一点，至少在卧房，约拿不受打搅。别人毕竟不敢睡在他们俩的床上吧。现在轮到露易丝向拉多提问了："你是怎么想的？"拉多瞧着约拿，后者正凝望对面楼层的窗户。然后，抬头仰望没有星星的天空，走过去拉上窗帘。他返回时，向拉多笑了笑，一声不吭靠近他一起坐在床上。露易丝明显疲乏不堪了，宣布她要去洗澡。剩下两个老朋友，约拿更感到跟拉多肩并肩靠在一起了。他没有正面看拉多，但还是说：“我爱画画。我真想一辈子画画，日日夜夜画画。这难道不是一种运气吗？嗯？”拉多温柔地看着他说：“是的，这是运气。”

孩子一天天长大。约拿见他们快活健壮便感到幸福。他们都上学了，下午四点回家。约拿跟他们相聚，还可利用周六下午，周四以及许许多多的长假。他们还不到可以静下心来玩耍的年龄，但已显得足够健壮，套房的每个房间都听得到他们的吵闹和嬉笑。这就不得不设法让他们安静，吓唬他们，时不时装作要打他们的样子。还得让他们保持衣物整洁，替他们缝纽扣，露易丝怎么也忙不过来。既然容不下一名女佣住进来，更是无法让人插进他们亲密的家居生活，约拿便建议露易丝请她的姐姐萝兹来帮忙，她姐姐一直守寡，女儿也长大了。“好吧。”露易丝说，“大家不会感到拘束的。什么时候乐意都可以打发她走人。”约拿很欣慰找到这个解决办法，既减轻了露易丝的负担，又缓解了他面对妻子劳累所感到的良心不安。减轻负担立竿见影，姐姐还经常把女儿叫来助一臂之力。母女俩的心肠好得举世难找；德行和无私在她们正直的天性中绽放光芒。她们俩竭尽全力协助料理家务，毫不吝惜时间。母女俩本就对自己孤儿寡母的生活厌倦了，而在露易丝家却得到了自在的乐趣，何乐不为呢。确如预期所料，双方都没有感到拘束，从第一天起，两位亲戚真的觉得像在自己家一样。套房大间成了公共空间：餐厅、衣物布品存放及熨烫处、幼儿园。原来婴儿睡觉的小间用来收藏画作，还摆了一张行军床，供萝兹无女儿作陪时睡觉使用。

约拿占据了夫妇卧室，在大床和窗户之间工作。只不过要等孩子们的房间收拾完之后才来整理他的工作室。然后，大家不来打扰他，除非进来找衣物，因为家里唯一的衣柜在这间房里。来客一方，倒是不那么多了，却养成了常客的习惯，毫不犹豫躺在夫妻的卧床上以便更好地跟约拿聊天，这是违反露易丝意愿的。孩子们也过来跟爸爸亲热拥吻。“让他们看看画吧。”于是，约拿把他的画给他们看看，并亲热地跟他们拥吻一下。他打发他们出去时，深深感觉到孩子占据了他整个心灵空间，这样的充盈，毫无保留。没有了他们，他只会变得空虚和孤独。他疼爱孩子如同热爱绘画，因为在他心里，世间唯有孩子跟绘画富有同样的生命力。

然而，约拿画得少了，连自己也不知道为什么。他一直勤奋不怠，但现在画画有困难了，甚至在独处的时候也难以下手。这样的时刻，他则用来瞭望天空。他本来就漫不经心，神不守舍，现在则胡思乱想了。他不再画画，转而思考绘画，思考天职。“我喜欢画画。”他还在喃喃自语呢，但拿着画笔的手却顺着身子悬着，两耳聆听远处传来的广播。

同时，他的名声下降了。有人给他捎来对他有所保留的文章，有些说坏话的，还有几篇十分恶毒的文章令他心碎。但他心想从中也可获得好处，能促使他更好地工作。继续上门的客人们对他不那么恭敬了，把他看成老朋友，跟他无拘无束。当他想要重新投入工作时，他们便说：“得了吧，你有的是时间！”约拿感到他们以某种方式把他归并到失败者的行列。但从另一种意义上讲，这种新的抱团也颇有裨益。拉多却耸了耸肩膀说：“你太傻了。他们并不爱戴你。”约拿答道：“他们现在对我还有点儿爱戴。一点点爱，就了不起啦。至于如何获得爱戴，并不重要嘛。”因此，他依旧健谈，依旧写信和画画。尤其是周日下午，露易丝和萝兹时不时带着孩子外出。到了晚上，他对正在创作的画有点儿进展感到欣喜不已。这个时期，他描绘色彩多变的天空。

一天，画商通知他说，非常抱歉，有鉴于销售明显减少，不得不降低月俸。约拿同意了，但萝兹明显发愁了。时值9月，开学了，该给孩子们添置衣服。露易丝习惯性地鼓足勇气，亲自动手，但很快就力不从心了。萝兹能够缝缝补补，钉钉纽扣，缝纫可不在行。正好萝兹的小姑子会缝纫，便过来帮忙。她时不时坐在约拿房间一角的椅子上，生性沉默寡言的女人安安静静坐着干活。露易丝见她如此沉静，不由得建议约拿画一幅缝纫女工。“好主意！”约拿说。于是，他试了试笔，却浪费了两幅画布，然后又回到之前的天空景色画上。翌日，约拿在套房中久久踱步，无意作画，一味沉思默想。一个弟子十分激动地跑来，给他递上一篇长文，约拿本人是不会看到的，说什么他的画作既被过分吹捧，又被视为落伍过时；画商也给他打电话，重申画作销路不佳，忧心忡忡。然而，他仍继续幻想和思考。他对门生说，文章的说法有确实之处，不过他，约拿，还可以寄希望于今后许多年的工作。对画商，他回应理解焦虑，但并不同意他的担忧。他正着手一幅巨作，全新的作品，千真万确；一切将重新开始。交谈时，他感到自己说的是实话，他的福星高挂着呢。只需好好筹划一下就行。

此后的日子，他试图先在走廊里作画，次日在浴室，利用电灯光；再次日在厨房。然而，约拿生平第一次觉得各处碰到的人都让他不自在，包括不怎么认识的人，甚至亲人们，他喜爱的人们。有一段时间，他停下工作，反躬自省。假如季节合适，他本可以去室外写生。不幸的是马上入冬了，开春之前很难写生风景。他还是做了尝试，只得放弃：寒冷直刺心窝。然后大部分时间，他守着自己的画幅干坐着，抑或立在窗前；他不再画画了。于是，他养成了早上外出的习惯，给自己定下的计划是速写一个静物，一棵树、一幢歪斜的房屋、路上随意捕捉的一个人影。闲荡一日下来，一无所获。相反，他被微不足道的诱惑吸引了：各种报刊，一次邂逅，一些橱窗，一杯咖啡的热气。每天晚上，他深感内疚，挥之不去，却又不停地觉得情有可原。他会作画的，很肯定，并且会画得更好，不过先要经历这个看似虚空的时期。现在是内心酝酿，一言以蔽之，福星会穿透晦暗的迷雾，焕然一新出来高照，熠熠生辉。他暂且泡泡咖啡馆。他早就发现烈酒使他兴奋不已，如同他奋力拼搏工作的时日那般兴奋，那时候他一想起他的画作便柔情似水，心里热乎乎的，那种感受唯有在孩子面前才体验得到。喝到第二杯干邑下肚，他又感受到钻心的痛苦，自己在这个世道上既是主宰也是奴仆。只不过空洞体验一下罢了，并没有把激情的体验融入画作。然而，这也是最接近他生活的乐趣，这不，他现在一坐下来就待上几个小时，在烟雾腾腾和声音嘈杂的地方无所事事、想入非非。

不过，他避开艺术家常去的地方和街区，遇到熟人谈起他的画作，就惊恐失色。他想逃避，看得出来。于是，他溜之大吉。约拿知道别人在背后议论他，说什么“他把自己看成伦勃朗啦”，弄得他的苦恼变本加厉。反正他不再微笑了。他的旧朋故友就此得出结论，既古怪又难免：“他之所以不再微笑，是因为他自鸣得意呗。”他获悉此说后，越来越见人就躲，疑心重重。走进咖啡馆，只需感到被在场的某个人认出来，即刻觉得煞尽风景。他愣了一秒钟，顿感无力，一股奇特的悲哀涌上心头，阴沉的脸色掩饰着心慌意乱，同时掩饰着对友情有一种贪婪而急切的需求。但念及拉多和善的目光，就突然径直走了出去。“你瞧他那德行！”一日，当他离去时，某人在他近旁就这么嚷嚷道。

从此，他只去远离市中心的街区，那里谁也不认识他。那里，他可以说说笑笑，恢复了原先的宽厚友善，别人也对他没有任何所求。他交了几个不怎么苛求的朋友。他特别喜欢跟其中一人做伴，那是他常去的火车站冷食店侍候他的一名伙计。后者问他：“干什么谋生？”约拿回答：“油画。”“油画艺术家还是房屋油漆匠？①”“油画艺术家。”“嘿！当

① 法语中，peintre 有两个意思：画架，油漆工。

画家很难！”伙计叹道，他们的谈话就此结束。是啊，很难，但约拿会摆脱困难的，一旦找到办法把工作安排妥当。

光阴荏苒，酒杯不离手，遇到一些新人，其中一些女人帮了他一把。他可以跟她们交谈，无论云雨之前或之后，还可以吹吹牛，她们理解他，即使并不信服。时不时，他觉得先前的干劲要恢复了。一天他受到一位女友的鼓励后下定决心。他回到家里，趁女裁缝不在，试图重新在房间里工作。但一个小时之后，就收拾好画布，向露易丝笑了笑却视若无睹地走出家门。他一整天捧着酒杯，晚上在女友家过夜，但没有任何欲念。次日清晨，露易丝亲自迎接，脸色死灰，痛不欲生地想知道他是否跟那女人干了那好事。约拿说没有，他醉了，但承认在这之前跟别的女人乱搞过。约拿看到露易丝因大惊失色和极度痛苦而脸色煞白，恰似溺水者，生平第一次感到心如刀割。他这才发现这段时间都没有想到她，为此感到羞愧。他向她道歉，这一切结束了，明天一切重新开始，一如往昔。露易丝无言以对，转过身去藏住自己的眼泪。

次日，约拿早早出门。下雨天。回来时，淋得像落汤鸡，扛着一捆木板。家里坐着两个朋友，是闻讯赶来的，正在大房间喝咖啡。“约拿换方式了，要在木板上画画！”他们议论着。约拿笑了笑说：“不是的。我开始搞点新鲜事儿。”他走到连接起浴室、厕所和厨房的小过道。在两条过道交汇成直角的地方站定，久久打量两旁直达阴暗天花板的高墙。他需要一个踏步梯，于是下去找看门人。

他回来时，家里又多了几个人，他不得不应付客人那些很乐意跟他重逢的客套话，还要回应家人的关爱，最后来到走廊尽头。妻子此刻正好从厨房出来。约拿放下踏步梯，紧紧跟她拥抱。露易丝望着他说："我求求你，别再画了。""不，不。"约拿说，"我要画，我必须画画。"但他好像是在自言自语，这不，他的目光瞧着别处。他着手干活。在两面墙中间部位架起楼板，创造出一个又高又深却很狭窄的阁楼。黄昏时分大功告成。约拿借助踏步梯，两臂吊在楼板上，做了几个引体向上，试一试阁楼是否牢固。然后，他回到众人中间，大家重新看到他如此亲切，皆喜出望外。入夜时分，家里人少了，相对显得空落落的。约拿提着一盏煤油灯，一把椅子，一个凳子和一个画框，在家中三个女人和三个孩子惊讶的目光下，登上阁楼。"好啦。"他在高处宣布，"我就在这儿工作，不打搅任何人。"露易丝问他，果真确信？"当然。"他说，"只需一点地方，我更自由了。曾经有过借助烛光画画的大画家……"露易丝再问："楼板够结实吗？""很结实。放心吧，"约拿回答，"这是个非常好的解决办法。"说着走了下来。

次日凌晨，他爬上阁楼，坐下，把画框放在凳子上靠墙立好，干等着，没有点灯。他直接听到的声音来自厨房或厕所。其他的嘈杂声仿佛来自远方：来访、门铃、电话、往来、交谈，传到他耳际仿佛压低了一半，犹如来自街道或另一座院落。再者，当整个套房充斥刺眼的光亮，阁楼上的幽暗则令人安心。时不时有位朋友走过来，神气活现伫立在阁楼下："约拿，你在做什么？""我在工作。""没有光亮？"

"眼下用不着。"他没有画画，在构思呢。这里幽暗，蛮安静的，与经历过的往昔相比，他觉得寂如大漠或荒冢，他倾听自己怦怦心跳。传到阁楼的声音，即使是刻意向他传递的，也仿佛从今往后不再与他相干了。他好比在家中孤零零死去的人，陷入沉沉睡眠，次日来临，电话铃声大作，急切而执着，响彻死寂的房屋，笼罩充耳不闻的躯体。但他还活着，他在倾听寂静，他满以为这颗暗淡的福星正准备再次升起，它最终会突然出现，亘古不变的光辉再次在凌乱的空虚时日之上照耀。他呼喊："闪耀吧，闪耀吧。不要让我失去你的光辉。"福星会再次闪耀，他确信无疑。然而，他必须思考得更长久一些，既然他终于有机会幽居独处又不离开家人。他还必须发现尚未明白得一清二楚的东西，尽管他一向以为明白，尽管他一向按明白了的东西落笔画画。他应该最终能抓住这个秘密，不仅仅是艺术秘诀，他心里明白得很。故而他不点灯。

现在约拿每天必上阁楼。来客越来越稀少，露易丝忧心忡忡，无心交谈。约拿吃饭时下来，吃完又上去。他整日一动不动在阴暗处待着。夜里，他回到入睡的妻子身边。几天之后，他请露易丝把午餐递上去，露易丝悉心侍候，使约拿感动不迭。为了不打搅她做别的事，建议她准备一些干粮储存在阁楼上。渐而渐之，他白天干脆不下来了。其实，他压根很少碰干粮。

一天晚上，他唤来露易丝，要一些被单，对她说："我在这里过夜。"露易丝仰面相望，张嘴欲言而止，只是打量约拿时她的神情既焦虑又忧伤；他突然发现她何等苍老，家庭生活的艰辛把她深深磨损了。这时他才想到自己从来没有真正帮助过她。但在他欲开口之前，她已莞尔一笑，其柔情似水令约拿的心紧紧揪紧。她一口回应：“随你便吧，亲爱的。”

从此，他在阁楼上度日，几乎不再下地了。家里一下子变得空荡荡，客人都不来了，因为他们再也见不到约拿，无论白天还是晚上。对着某些人，他们说约拿去了乡下，对着另一些人，他们都懒得撒谎，推说他找了个画室。只有拉多一如既往登门拜访。他登上踏步梯，硕大的脑袋伸过楼板，问道：“好吗？”“再好不过了。”“你画画吗？”“差不离儿！”“但你连画布都没有！”“我毕竟在画画嘛。”踏步梯与阁楼之间的对话难以持久。拉多摇摇头，退下来去帮露易丝维修水管或门锁，然后过来没爬上梯子便向约拿告别，后者在阴影中回应一声：“保重，老弟！”有一个晚上，约拿说了一声保重之后加了一句“谢谢”。“为什么谢？”“因为你爱我呗。”“真新鲜！”拉多嚷了一句便离去了。

另一个晚上，约拿呼喊拉多快来，后者赶到，头一回见到那盏灯亮着。约拿俯下身子，探出阁楼，神情焦虑地说：“递块画布给我。”“你怎么了？你瘦了，活像个幽灵。”“好几天没怎么吃东西，没关系，我得画画呀。”“吃饭要紧呐。”“没事儿，我不饿。”拉多递上一块画布。约拿缩回阁楼之前问他：“他们怎么样？”“谁？”“露易丝和孩子们。”“孩子们挺好的，你若跟他们在一起就会更好。”“我不会离开他们，你一定要对他们说我绝不离开他们。”话音刚落就不见人影了。拉多来到露易丝跟前说出自己的担忧。露易丝也坦诚说出自己焦虑不安好几天了。“怎么办呢？啊！假如我能顶替他画画该多好啊！”她面向拉多，一脸愁容，“没有他，我不能活啊。”她脸上再一次浮现出少女的神色，着实使拉多吃了一惊。他瞥见露易丝脸红了。

那盏灯亮了整整一个通宵和次日整整一个上午。对前来探望的人，拉多或露易丝，约拿只回答一句：“别管，我在工作。”中午，他要加煤油。冒青烟的灯再次绽放光芒，直至夜晚。拉多留下来跟露易丝及孩子们共进晚餐。子夜，他向约拿致意告别。他在依旧灯火通明的阁楼前等了一会儿，然后什么也没说就走了。第二天早上露易丝起床时，阁楼的灯还亮着。

晴朗的一天开始了，但约拿没有觉察到。他早已把画布翻转过来对着桥。他精疲力竭，坐着等待，双手扶着膝盖，心想从今往后不再画画了，他深感幸福[①]。他听到孩子在嘀咕埋怨，哗哗的流水声，餐具叮当作响；还有露易丝的说话声，林荫大道上驶过一辆卡车震得商店玻璃窗直颤动。世间风情尚在，富有朝气，令人爱慕：约拿静听世人发出的喧哗。不过，远处传来的喧哗并没有干扰他内心那股快乐的劲头、他的艺术、他无法用言语表达的沉默的思绪，却让他凌驾于一切事物之上，身处自由而活泼的氛围中。两个男孩在

---

① 此处，加缪几乎转引《手记》（1949—1959）：“然后，他不再画画了。双手搭在膝盖上等待。”“现在我感到幸福。”

各间屋之间来回奔跑，小女孩哈哈笑着，露易丝也在笑，他好久没听到她的笑声了。他爱他们！多么爱他们呐！[①] 他拧灭了灯，重归黑暗。这不，难道他的那颗福星不是始终在高照吗？正是他的福星，他认出来了，感激之情涌上心头，一直凝望着福星，直到无声无息地从阁楼上摔了下来。

过了一会儿，医生应约赶到，看了看说："没事儿。他工作劳累过度，休息一周，就能下床活动了。"露易丝脸色萎顿，问道："他会康复吗？您肯定吗？""会的。"在另一间房里，拉多查看那幅画，画布全白，约拿只是在正中间写下一个字，字迹非常细小，但可以识别，不过其中一个字母不知该解读成 solitaire 还是 solidaire[②]。

---

① 《手记》（1949—1959）有一段几乎相同："那时他不再做任何事情的时刻……""他听得孩子们在各间屋之间来回奔跑……生活、世人发出的声音，是多么美好！小姑娘哈哈笑着。他多么爱他们呐！多么爱他们呐！"

② Solitaire 意为"孤独、孤单"， solidaire 意为"互助、互帮"。加缪于 1954 年受邀加盟著名杂志《信使》时，他回应写道："在我这个时代，我孑然独处（solitaire），但如您所知，我又与我的时代休戚与共（solidaire）。"

长高的石头

汽车笨重地急转弯，红土路泥泞不堪。黑夜中，车灯突然照亮马路一侧，接着是另一侧，以及两幢铁皮屋顶的木板房。右侧第二座木屋附近，透过薄雾辨认得出一座用粗糙梁木搭成的高塔。塔顶伸展出一条金属缆绳，看不出接线处，缆绳下垂，在车头灯的照耀下闪闪发光，最终消失在和马路相交的斜坡后面。汽车放慢速度，在离木屋几米处停下。

男子从司机右侧下车，他费劲地挤出车门。他庞大的身躯晃了一下才站稳。他敦实地伫立在汽车旁边的阴影处，累得垂头丧气，似乎在侧耳细听马达放慢转动的声音。然后，他朝斜坡方向走去，踩着车灯射出的光束，走到斜坡顶端站定，夜幕上映现出他巨大的背影。片刻后，他转过身来。司机的黑脸在仪表板上闪着微光，笑容可掬。男子打了个手势；司机熄了火。瞬间，小道、森林，一切复归宁静，只听得水声潺潺。

男子凝眸眺望斜坡下的江水，黑乎乎蠕动，茫茫一片，泛着粼粼波纹，熠熠生辉。远处，江的另一侧，夜色更加浓重、凝固，该是江对岸吧。凝神眺望，静止的江岸上冒起一股黄色的火焰，宛如远在一方的油灯。高大的男子于是转身面对汽车，点了点头。司机熄灭车灯，再点亮，如此关灯又开灯，有规律地忽明忽暗闪烁。男子在斜坡上时现时隐，显得更高大更粗壮。忽然，江对岸一只看不见的手举起一盏提灯在空中上上下下移动。信号员打完最后一个信号，司机也跟着熄灭了车灯。汽车和男子消失在黑暗中。车灯熄灭后，江水反倒隐约可见了，至少那绵长的液态肌肉明暗相间，若隐若现。马路两侧，森林形成的庞大黑影映照在天上，仿佛近在咫尺。一小时前下的毛毛雨竟把小道淋得湿透了，还继续在温和的空气中飘荡，原始森林中这一大片林中空地愈发显得格外寂静和凝重。睡眼惺忪的星星在夜空中闪闪烁烁。

然而，江对岸传来了铁索声和沉闷的江水声。男子一直等候着，他右边木板房上方的钢缆绷紧了。钢缆开始发出沉闷的吱吱嘎嘎声，与江上传来的划破水面的宽广而微弱的响声遥相呼应。吱嘎声平息下来，水声还在扩大，然后清晰可辨，与此同时，那盏灯则显得越来越大。此时看得清楚油灯散发出的淡黄光晕。光晕渐渐扩散，又逐渐缩小，而那盏油灯穿透了薄雾，照亮了上方和四周用干枯的棕榈叶做成的方形屋顶，四角靠粗壮的竹竿支撑起来。简陋的篷船周围晃动着模糊的影子，正朝着江岸缓慢行驶。差不多到达江心了，淡淡的黄光中有三个矮小男子的剪影，他们光着上身，几乎黑皮肤，头戴锥形尖帽。他们两腿稍稍叉开，上身稍稍前倾，用以抵挡来自江上四方的漂移力量；水流尽管肉眼看不见，却一齐涌向粗糙的大木筏，拖在后面的木筏最后才从黑夜和水道中脱颖而出。渡轮离江岸更近了，男子辨认出在木棚后面，江下游一侧有两个高大的黑人，也戴着大草帽，身上只穿一条灰褐色粗布长裤。他们俩并肩压在篙竿上，对准木筏后部把篙竿慢慢插入江中。两个黑人动作一致，身子俯下水面时弯曲到了极限。三名黑白混血儿站在船头，凝神伫立，默不作声，盯着河岸一点一点靠近，没有抬起双眼看一看正在等候他们的那个人。

渡轮猛不防撞上伸进水中的浮桥前端，震得那盏为渡船照明的油灯直摇晃。高大的黑人纹丝不动顶着，他们双臂举过头顶，死死拽住吃水不深的篙竿，肌肉紧绷却颤抖不止，这瑟瑟颤动似乎是水引起的，来自水的压力。另一些艄公抛出铁索，缠住浮桥的缆桩，踏上跳板，放下粗糙的吊桥，后者倾斜的桥面压在了木筏筏首。

男子回到汽车旁，上车坐定，司机点火发动出发。汽车缓缓驶上斜坡，引擎盖起先指向天空，然后平视江面，最后冲向斜坡。司机把刹车顶得紧紧的，泥泞中有点儿打滑，停停走走。汽车终于驶上浮桥，压得木板上下颠簸发出声响，开到尽头，几个黑白混血儿一声不吭排成两行看汽车缓缓驶向木筏。两个前轮一上去，木筏一头吃重扎进水中，随即又冒了上来，几乎立刻承载住整个车身的重量。然后，司机把汽车开到木筏后部，停在挂着油灯的方顶前面。黑白混血儿随即收起浮桥的斜面，一跃跳上渡船，随即把渡船撑离泥泞的江岸。江水在木筏下往上拱，把木筏从江面高高托起，它渐渐脱离了长长的金属杆一端，而后者正沿着钢缆在空中晃荡。高大的混血儿放松下来，收回长篙竿。男子和司机走出汽车，面向上游，一动不动站在木筏边缘。整个操作过程中，没有任何人说话，现在依然如此，每人各就各位，纹丝不动，一声不吭。唯一的例外，其中一个黑人用粗糙的纸在卷香烟。

男子凝望这个洞开的豁口，滚滚江水突然涌出这片巴西莽林，向他们奔泻下来。此地的缺口足足有好几百米宽，浑浊而光滑的浪涛撞击渡轮的侧面，而渡轮首尾的江水散开后，重新汇成一股强劲的水流，穿过昏暗的森林，缓缓流向大海和黑夜。闻得到河水或吸足了水分的空气飘散出一股淡而无味的气息。耳听得渡轮底下江水汩汩声以及从两岸时不时传来的牛蛙的鸣叫或鸟儿稀奇古怪的叫声。高大汉子走近司机，后者却又矮又瘦，倚着一根竹柱子，两手插在口袋里，他身上的工作服原本是蓝色的，经过了一日的旅途奔波，现在沾满了红土的灰埃。他尽管年轻，已一脸皱纹，笑吟吟、茫然望着倦怠的星星在湿漉漉的天空中游动。

然而，鸟儿的啁啾愈发清晰，其中也混杂了一些无以名状的鹊噪，钢缆也紧接着又吱吱咯咯响起来。那几个高大的黑人把篙竿再次插入水中，盲人似的探索江底。男子转身面向他们刚离开的江岸，但见已被黑夜笼罩，被江水浸润，广阔而粗犷，恰似绵延几千公里的森林陆地。在近处的海洋与这片林海之间，一小撮人在这个时辰，在荒凉的江面上漂泊，仿佛迷失了方向。木筏撞上了新浮桥，仿佛是割断了所有缆绳，在经历了数日的惊心动魄的航行之后，终于在漆黑的夜里登上荒岛。

上了陆地，这才听得人声。司机付清了渡河费用，艄公在浓浓夜色中用葡萄牙语欢快地祝福他们，而汽车已然上路。

“他们说，去伊瓜佩①，六十来公里，开车三小时就到了。索格拉特②很高兴呐。”司机如此宣称。

男子笑了，笑得爽朗，笑得粗犷，笑得热情，笑如其人。

“我也高兴，索格拉特，小道难走啊。”

“沉甸甸的，达拉斯特先生，你太沉了。”司机也笑个不停。

汽车开得稍快一点了，穿行于两排高墙般的大树和枝叶交错的植物之间，沉浸在湿绵绵甜丝丝的气味之中。萤火虫上下翻飞，不断掠过幽暗的森林，几只红眼鸟时不时来扑打几下汽车防风玻璃。时不时的，从深邃的黑夜传来怪异的虎啸，司机转动眼珠，打趣地瞧向他的邻座。

道路拐来弯去，穿越摇来晃去的木板桥。汽车行驶一小时后，雾色开始变浓，加上蒙蒙细雨，车灯亮光似乎都被溶解了。达拉斯特不顾颠簸，竟迷糊睡去。汽车此时不再穿行于潮湿的森林，重新行驶在山路上。早晨，他们出圣保罗城后走的就是这条路。红色尘土不断从这类红土路上扬起，他

---

① 巴西沿海市镇，隶属于圣保罗州。《手记》中提到《长高的石头》，是如此记载的：“伊瓜佩——人热情，黑公鸡般的友情。”

② 司机自称索格拉特（Socrate）。据加缪《手记》记载：“司机长得像法国哲学家奥古斯特·孔德。”而古希腊哲学家苏格拉底名为Socrates，和Socrate仅一个字母之差。

们的嘴里还留着红土味儿。道路两侧，极目所至，荒原上连稀疏的植物都被红尘覆盖了。太阳闷热，群山苍白，沟壑纵横，时而在红土路上可以遇见饥饿的瘤牛，仅有的护驾便是羽毛凌乱的美洲黑秃鹫，它们要飞越红土荒原，完成疲惫又漫长的航行……男子猛然一惊，原来汽车停下了。他们此刻到了日本：道路两侧是挂满易碎饰物的房屋，隐约可辨屋内有人穿着飘逸的和服来回走动。司机跟一个日本男子说话，那人穿着脏兮兮的工作服，头戴巴西草帽。随后汽车重新上路。

"他说只有四十公里了。"

"咱们刚才到哪里了？莫非东京？"

"不，雷吉斯特鲁，来我们巴西的日本人全住这里。"

"为什么？"

"说不好啊。他们是黄种人，你知道的，达拉斯特先生。"

好在森林稍许稀疏了一些，道路尽管还很滑，但比较好走了。汽车在沙地上依旧打滑。车门钻进一股潮湿的、温暾的、有点酸味的气息。

"你感觉到了吧，"司机带着贪恋美食的神情说，"那边就是真正的大海啦。很快就到伊瓜佩了。"

"咱们还有足够的汽油吧？"达拉斯特问道。

说罢，便安安稳稳又睡着了。

黎明，达拉斯特刚刚醒了过来，坐在床上，惊奇地打量着眼前的房间：开阔的墙壁，下半截新近用褐色生石灰刷过。上半截原先刷的是白色，时间一长，不仅泛黄还开裂，像是面包皮似的，布满墙头，直到天花板。屋里，面对面摆了两排床，每排六张。达拉斯特只看见他那排最后一张床上被子是凌乱的，但床上没有人。不过，他听到左边有声音，便转身向着房门，但见索格拉特站在门口，两手各拿一瓶矿泉水，笑嘻嘻地说："幸福的回忆！"达拉斯特抖擞精神。是的，镇长前日安排他们住下的医院名叫幸福的回忆。索格拉特接着说："可靠的回忆。他们对我说先建医院，晚些时候再建自来水厂。在此期间，所谓幸福的回忆，喏，请用矿泉水洗脸吧。"他说完便走开了。笑着，唱着，根本没有疲倦的样子，尽管他一整夜喷嚏打得惊天动地，闹得达拉斯特彻夜未合眼。

此时，达拉斯特完全醒了过来，透过对着他的铁栅窗户，瞥见一个红土院子，被雨水浸透了，一丛粗大的芦苇叶片上雨水无声地流淌。一个妇女经过，手举一块黄色薄绸方头巾。达拉斯特再次躺下，又立即坐起来，下床，床铺在重压下弯曲，发出吱吱咯咯的声响。正好索格拉特进屋说："该你上场了，达拉斯特先生。镇长在外面等候呢。"但面对达拉斯特那副慵懒模样，又说："沉住气，镇长从来不着急。"

达拉斯特用矿泉水洗完脸后，出门来到小楼门廊下。镇长一表人才，戴着金丝边眼镜，貌似可爱的鼬鼠，似乎正在忧心忡忡静观雨水。但一见到达拉斯特，愁容立即变成笑容可掬。他挺直细小的身躯，疾步向前，张开双臂，试图拥抱

“工程师先生”高大的上身。就在同时，一辆汽车从院子矮墙另一端开过来，在他们面前踩刹车后伴着潮湿的黏土滑行了一段，七扭八歪地停下。“法官！”镇长喊道。法官跟镇长一样，一身海军蓝服装。但他年轻得多，抑或至少显得如此，这要多亏他优雅的身段，惊讶、稚嫩的脸庞显得眉清目秀。此时他穿过院子朝他们走来，躲避积水的姿态十分优美。离达拉斯特几步之遥便伸出双臂，以示热烈欢迎。他为迎接工程师先生而自豪，后者来为他们寒伧的小镇增光添彩了：即将修建的小水坝将造福本镇低洼街区，避免周期性水患，这将是工程师先生对伊瓜佩不可估量的贡献，法官感到欢欣之至。引水治河，啊，此乃伟大之职业，伊瓜佩的平民百姓必将永远铭记工程师先生的英明，千秋万代为其祈祷。达拉斯特已被法官的无穷魅力和非凡口才所折服，连声道谢，心里不敢再琢磨一位法官能与一座堤坝有哪门子关系。好在按照镇长安排，该立即驱车去镇俱乐部，社会名流贤达执意要隆重欢迎工程师先生，然后再去视察低洼地区。“那么名流贤达有哪些人呢？”

“哦！”镇长说，“我本人，身为一镇之长；卡瓦霍先生，就是在场的这一位，港务局长①，另有数名陪伴人员，不必一一列举。况且，您不必费心，他们都不会讲法语。”

达拉斯特叫来索格拉特，对他说接近中午时分去接他。

---

① 卡瓦霍先生的官方职务是“港务局长”，伊瓜佩是巴西沿海小镇，镇级城市没有法院，法官称号是虚名。

“好吧。”索格拉特说，“我去喷泉花园好了。”

“去花园？”

“是的，家喻户晓。别担心，达拉斯特先生。”

达拉斯特出门时瞥见医院就建在森林边缘，茂密的树叶几乎密密层层遮住全部屋顶。浓密的森林无声无息吸吮着密密实实落在树丛上的蒙蒙细雨，宛如巨大无比的海绵。城镇共有一百来户，住所屋顶一律铺着暗淡的瓦片，在森林与大江之间铺陈开来，远处的气息一直飘到医院。汽车首先开进浸透雨水的街道，几乎立即转入一个长方形的广场，相当开阔，保留了原本的红土，许许多多水坑之间留下了一些轮胎、铁轮和马蹄的印迹。四周的低矮房屋刷了五颜六色的粗涂灰泥，把广场团团围住，而广场后面则是一座蓝白两色的双圆塔教堂，呈现殖民地风格。在这光秃秃悬浮似的场地，一股咸涩气味从小港湾飘过来。广场中央，有几个湿漉漉的人影游来荡去。各色人等沿着房屋闲逛，他们中间有高乔人、日本人、混血印第安人和举止优雅的社会贤达，他们迈着碎步走动，伴着缓慢悠闲的手势，其中社会贤达身穿深色西服反倒呈现出异国风情。他们不慌不忙为轿车让路，然后站住，用目光尾随轿车。车子在广场旁边一幢房屋前停妥，然后一群浑身湿漉漉的高乔人无声无息围了上来。

俱乐部两层设有一间小酒吧，内设一个竹制柜台和几张铁皮独脚圆桌，有许多社会贤达光临。大家为欢迎达拉斯特共饮甘蔗酒，镇长先生手持酒杯向达拉斯特表示欢迎，祝他万事如意。然而，正当达拉斯特倚窗啜酒之际，一个相貌丑恶的彪形莽汉，身穿马裤、打着绑腿，晃晃悠悠过来对他说了一通话，说得又急促又模糊，工程师只听出“护照”一词。犹豫了一下，便掏出证件，对方贪婪地一把夺了过去。莽汉翻了翻护照，表露出明显的不耐烦。他滔滔不绝说事儿，拿着护照本在工程师鼻子底下晃动，而工程师不动声色，冷眼望着狂怒者。就在此刻，法官满脸微笑过来问出了什么事儿，醉汉审视片刻，一个文弱书生竟敢打断他的话头，他踉跄得厉害，仍旧朝新来的对话者眼皮底下挥动那本护照。达拉斯特很镇静，在一张铁皮独脚圆桌旁坐下静候。对话变得十分激烈，突然，法官先声夺人，正言厉色。这完全出乎莽汉的意料，他突然打了退堂鼓，那模样活像做错事被抓住把柄的孩子。在法官再度呵斥之下，莽汉这才向门口撤退，举止笨拙，如同受罚的差生，最后消失了踪影。

法官立即转过身来向达拉斯特解释，声音又变得和谐悦耳，他说这个粗鲁的家伙是警察局长，竟然声称护照不符合规定，他该为其失言受到惩罚。接着，卡瓦霍先生诉诸围成一圈的社会贤达，似乎在征求他们的意见。经过简短的商议，法官向达拉斯特郑重道歉，请他姑且认为唯有酒后失言方可解释他竟然忘了工程师对伊瓜佩的大恩大德，为了结此事，谨请工程师先生本人决定如何处置这个祸害灾星。达拉斯特说他无意惩罚，大可不必，一件无足轻重的事故而已，不如赶紧去江边看一看。于是，镇长发话，满怀敦厚的情怀宣示，惩办确实不可或缺，冒犯者将被关禁闭，并且敦请贵宾从速发落。面对这番笑容可掬的姿态，自是无法推却，于是达拉斯特不得不答应考虑一下再说。末了，大家决定去查看低洼街区。

泛黄的江水没过低洼且平滑的江岸。勘察现场的人们已经远离伊瓜佩最后几座房屋，走到大江与峻峭的高坡之间，陡坡上栖息着几处用柴泥和树枝搭成的茅屋。他们前方，路堤尽头，森林仿佛无需转换就直接延伸到了江对岸。然而，河水很快又在森林中间撕开更大的缺口，直到形成一条似黄更若灰的模糊水线，那便是大海了。达拉斯特一声不吭走向斜坡，上面还留着前不久江水泛滥后的新鲜印记。泥泞的小径通向坡上各处茅屋。各家屋前站着一些黑人，悄然望着新来的人们。几对男女手拉着手，路堤边上，一排肚皮鼓胀、大腿细瘦的孩子站在成人面前，圆睁双目望着客人们。

达拉斯特走到茅屋前，挥了挥手，叫来港务干事长。应招而来一位胖胖的黑人，满脸堆笑，身着白色制服。达拉斯特操着西班牙语问他，是否可以参观一下茅屋。干事长表示肯定没问题，甚至认为这是个好主意，工程师先生将会看到一些趣事。说完，他转向黑人，指着达拉斯特和江水，讲了很久。黑人静静听着，一声不吭。干事长讲完了，谁也不动窝。他又讲了一遍，语气急躁。然后点了其中一位，此人连连摇头。干事长以命令的口气，简明扼要下了指令。那人走出人群，面对达拉斯特，意为由他引入，但目光充满敌意。此人上了岁数，鬈曲的灰白头发，清癯憔悴的面容，身子骨却结实得像个年轻人；硬朗瘦削的肩膀和发达的肌肉，虽有粗布裤子和褴褛衬衫遮挡，依然明晰可见。他们俩往前走着，后面跟着干事长和本村黑人，爬上了一段更陡的斜坡，那里的茅屋用黏土、白铁皮和芦苇搭成，难以扎根在泥土中，不得不用巨石压牢屋角。他们遇上一名赤脚妇女，她头上顶着一铁罐清水，一步一滑朝坡下走去。后来，他们来到像小广场的地方，周围仅有三户人家。领头的那人走向其中一户人家，推开竹门，而门铰链竟是用蔓藤做的。一进门，他便闪到一边，不动声色地瞧着工程师。达拉斯特入眼看到的是茅屋中央地上一堆即将熄灭的柴火，然后识辨出尽里一角有一张铜床，光秃秃的床绷已经塌陷，另一角上摆了一张桌子，上面放了一些陶土器皿；床与桌之间有个支架，端放着圣乔治[①]的彩色画像。剩余的家当，就只有进门右手边在火架上晾烤的五颜六色的缠腰布。达拉斯特凝神伫立，吸纳着从地面升起的夹杂了贫困的烟熏味，直呛他的喉咙。干事长在他身后拍了拍手。工程师回过身子，但见门槛那边逆光映照下有一名黑人小姑娘，身影窈窕俏丽，正过来向他递上什么东西：他接过酒杯，将杯中浓稠的甘蔗酒一饮而尽。姑娘伸出托盘，接过空酒杯，便出门去了。她的动作那么灵巧，那么生动，以致达拉斯特猛然生出欲望想要揽住她。

他跟着她出去，可是茅屋四周聚满了黑人和社会贤达，已经认不出她了。他向老人道谢，老人鞠躬回礼，没有吭声。于是，工程师拔腿就走，干事长跟在后面，又解释起

① 英格兰主保圣人，基督教殉道者，他经常以屠龙英雄的形象出现在西方文学、艺术作品中。

来，并询问里约的法国公司何时能开工，水坝是否能在大雨之前建成。达拉斯特说不确定，其实他心里认为不可能。他冒着似有若无的细雨，下坡往凉爽的江边走去。他一直侧耳倾听这宏大而空洞的声响，自从来到这里，他就一直听到这样的声响，也真说不好是水浪滔滔抑或松涛滚滚。他来到江岸边，瞭望远方江海相接之处，瞭望几千公里浩渺孤单的水面以及非洲大陆，再过去才是更遥远的故土欧洲。

"干事长，"达拉斯特问道，"我们刚才见到的那些人靠什么生活？"

"有人需要，他们便干活。"干事长回答，"我们很穷。"

"这些人是最穷的吗？"

"是的，他们是最穷的。"

正在这个时候，法官过来了，脚踏一双精致的皮鞋，稍稍有点儿打滑，他接过话茬说，他们已经爱戴上工程师先生啦，因为先生将给他们活干。

"您知道吧，"法官又说，"他们天天跳舞唱歌呢。"

接着，冷不丁的，法官问达拉斯特是否考虑好如何惩办。

"惩办什么？"

"喏，我们那位警察呗！"

"不必理会他了。"

法官说那怎么行呢，必须严惩。但达拉斯特已经迈步向伊瓜佩走去了。

小小的喷泉花园在毛毛细雨中显得既神秘又温馨，沿着香蕉树和露兜树枝间的蔓藤，一串串的奇异花朵倾泻而下。一堆堆湿漉漉的乱石标记出条条小径的汇聚点，此刻有一群穿戴花里胡哨的人们在这里来来往往。混血儿、黑白混血儿、几个高乔人，在这里说悄悄话，抑或漫步钻进竹林小道，直到树丛和矮林越发稠密，难以插足。紧挨着便是森林了。

达拉斯特在人群中寻找索格拉特，不经意就在自己背后找到了他。

“像过节吧。”索格拉特笑着说，竟搭着达拉斯特高高的肩头蹦跳起来。

“过什么节啊？”

“嗨！”索格拉特已转身面对达拉斯特，惊异嚷道，“连这个都不晓得啊！是仁慈的耶稣节庆。每年，男女老少都带着榔头到岩洞里来。”

然而，索格拉特给他指的不是岩洞，而是一群似在花园一角静候的人们。

“你听着！一天，一尊精美的耶稣雕像从海上飘来，逆江水而上，被一些渔夫发现了。多美呀！多美的雕像！于是他们把雕像带到岩洞里洗干净，如今岩洞里长出一块石头。每年过节时，你带着榔头敲岩石，敲出碎片图个吉利。那块石头年年敲打，年年长高。真是奇迹。”

他们来到岩洞，越过静候的人群，望见低矮的洞口。洞中，但见颤抖的烛光刺破黑暗，一个蹲着的人影正用榔头敲打，是个高乔人，瘦削、蓄着长髭须。他站起身，走了出来，掌心拽着一小片潮湿的岩片，摊开给众人看看，离去之前，小心翼翼合上手掌。接着，另一名男人躬身弯腰进入岩洞。

达拉斯特转过身去，他周围的朝圣者并未瞧他一眼，若无其事地在树林的细雨帘子下静候。他也在岩洞前等待，冒着同样的毛毛细雨，却不知道在等待什么。事实上，他来到这个国家一个月了，他一直在等待，在骄阳似火、潮气熏人的白天等待，在黑夜细小密集的星光下等待，尽管肩负重任，要修筑水坝、要开辟公路，却仿佛这些工作反倒成了借口，这会是一次意外的契机，一次始料未及的邂逅，似乎有什么好事在天涯海角耐心地恭候着他。他抖了抖，打起精神，没有惊动周围这一小撮人，没人注意到他朝出口走去。他要回到江边，他要去干活。

索格拉特已在大门口等候，正跟一个人聊得起劲，那人矮矮胖胖，腰圆背厚，肤色与其说黑，不如说黄。他的头颅剃得光光的，更显得天庭饱满。而他光滑的宽脸上却长了一把漆黑的大胡子，修剪得四四方方。

“这一位，可是第一流的！”索格拉特说，权充介绍，“明天，他参加仪式。”

那人身穿粗哔叽水手服，里面还套了件蓝白条纹的海魂衫，那双安详的黑眼睛端详着达拉斯特。他咧嘴一笑，饱满油亮的双唇之间露出两排雪白的牙齿。

“他说西班牙语。”索格拉特说完，转过身对陌生人说，

“跟达拉斯特聊聊吧。”

然后他跳着舞步去找另一群人。那人收敛笑容，带着率真的好奇盯着达拉斯特。

“你感兴趣，船长？”

“我不是船长。”达拉斯特说。

“不要紧的，那你是老爷，索格拉特跟我说了。”

“我，不是。我祖父倒是的，他父亲也是，所有的先辈都是。现在，咱们两国都没有老爷啦。”

“哦！”黑人笑着说，“我明白了，大家都是老爷了呗。”

“不，不是这么说的，而是：既没有老爷也没有平民。”

那人想了想，然后下定决心说出口：

“没人工作，没人受苦？”

“是的，几百万人。”

“那么，是老百姓？”

“这么说，也可以吧，就算是老百姓吧。不过，老百姓的主子是警察或商人。”

黑白混血儿厚道的脸一下子变得阴沉，低沉埋怨起来：

“呸！搞买卖，嗯？多么肮脏！那帮警察呀，他们听命于无耻之徒。”

他冷不丁又哈哈大笑起来。

“你呢，你不卖什么吧？”

“不算是买卖吧，我只搞修桥筑路。”

“好，这就好！我呢，在一条船上当厨子。你乐意的话，我给你做我们的特色菜，黑豆。”

“很乐意。”

厨子走近达拉斯特，挽住他的胳膊。

“听着，你说的我爱听，我给你说的也一样，你也许爱听。”

他把达拉斯特带到入口附近，挑了竹丛下一张湿漉漉的长木凳坐下。

“我出过海，就在伊瓜佩的外海，这是一艘小油船，沿海航行，向沿岸各港口供应物资。一天，船上起了火。不是我的错，哼，我是很内行的！不，是飞来横祸呗！我们倒是来得及把救生艇放下水。夜里，海上起风了，把小艇掀翻了，我落入水中，沉了下去。当我重新浮起，我的头碰到了救生艇，漂流起来。夜色浓重，水涨浪高，再说我的水性不好，很害怕。突然，我看见远处有亮光，辨认出那是伊瓜佩仁慈的耶稣教堂的圆顶。于是，我向仁慈的耶稣许诺，如果我得救，我将头顶一块五十公斤的石头参加祭祀仪式。说了你也不信，但海浪平息下来了，我的心也踏实了。我慢慢游着，倍感幸运，终于游到了岸边。明天，我将履行诺言。”

他凝神瞧着达拉斯特，突然面带疑惑的神情问道：

“你不会笑话我吧？”

“不会笑话你的，理应兑现承诺嘛。”

对方拍了拍他的肩膀说：“现在跟我去江边，我兄弟家，我给你煮黑豆吃。”

“不。”达拉斯特说，“我有事儿要办。今天晚上吧。”

"好吧。但今晚，跳舞，在大茅屋祷告，是圣乔治节。"

达拉斯特问他是否也跳舞。厨子的脸一下子沉了下去，眼神第一次避开了。

"不，不，我不跳舞。明天，必须顶石头啊。石头很沉。今晚我会去纪念圣徒，然后早早回家。"

"舞会时间长吗？"

"通宵达旦。"

他瞧着达拉斯特，感到很不好意思。

"那就来跳舞吧，然后把我带走。否则，我也许控制不了自己。"

"你喜欢跳舞吗？"

厨子双眼一亮，露出贪婪的神情。

"哦！是的，我喜欢，而且还有雪茄、有圣像、有女人。大伙儿把一切抛之脑后，不再听人使唤了。"

"有女人吗？全镇的妇女都来吗？"

"不是全镇，不，而是住茅屋的那些女人。"

厨子又露出微笑。

"来吧。船长的话，我听。你呢，一定要帮我明天还愿。"

达拉斯特隐约感到被冒犯了。这荒诞的许愿跟他有什么关系？但他望着厨子那张英俊而开朗的脸上露出对他信任的笑容，黝黑的皮肤闪闪发亮，透着健康和生气，于是说："一定会来。现在我送你一程。"

不知道为什么，他眼前又浮现出献礼的黑人姑娘的身影。

他们走出花园，穿过几条泥泞的街道，来到坑坑洼洼的广场，在周围低矮房屋的衬托下，广场显得愈发开阔。墙壁上的灰泥此刻渗出水滴，虽然雨势并没有变大。江水和森林的轰鸣，穿过吸饱了水分的天际，滚滚而来，传到他们的耳畔。他们并排同步走着，达拉斯特步伐沉重，厨子步伐有力。时不时，厨子抬头朝同伴笑一笑。他们朝教堂方向走去，望见耸立在一大片房屋之上的教堂时，他们已经到达广场尽头，然后顺着泥泞的小巷漫步，此刻小巷里弥漫着从厨房飘散出来的冲鼻气味。时不时，有妇女拿着盘子或炊具从家门口探出好奇的面孔，随即又缩了回去。他们俩从教堂前面走过，潜入一个老街区，街两旁依然是低矮的房屋，冷不丁耳听得滔滔水声却不见滚滚江涛，达拉斯特曾在茅屋区也听到过同样的声音。

“得了，失陪。晚上见。”他说。

“好吧，教堂前面见。”

但厨子同时紧抓住达拉斯特的手不放，犹豫不决，末了，下决心问道：

“你？你从来没呼唤过天主吗？没许过愿？”

“不，有过一次吧，我想是的。”

“碰上船难？”

“可以这么说吧。”达拉斯特边说边猛然抽回自己的手。他就在转身之际却遇到大厨的目光，犹豫了一下，微笑说：

“我可以告诉你，尽管已经无关紧要了。某人因为我的过失行将死亡。我似乎求过神灵保佑。”

“你许过愿了吗？”

“没有，我本想许愿的。”

“很久之前的事吗？”

“来这里前不久吧。

厨子双手捋住大胡子，双眼炯炯有神。他说：

“你是船长吧。我家就是你家。再说了，你要帮我还愿。就好比你给自己还愿。这对你也好啊。”

达拉斯特微笑着说：“我不信。”

“你自负啊，船长。”

“我过去自负，现在我孤独一人。不过，只要告诉我，你那大慈大悲的耶稣有求必应吗？”

“哪能有求必应呢？不会每次必应的，船长！”

“那么？”

厨子大笑，笑得爽朗而稚气，答道：

“哎呀，人家是自由的嘛，不是吗？”

达拉斯特在俱乐部与社会贤达共进午餐。镇长对他说，他大驾光临伊瓜佩，至少是一件大事，应在镇公所留言簿签上大名，以证明此行。法官也别出心裁想出两三句新辞令，赞扬贵宾的德行和才华，并盛赞贵宾朴实无华，在众人中间鹤立鸡群，代表着贵宾所属伟大国家之风范。达拉斯特只说道，能代表自己的国家实属三生有幸，他毫不怀疑。不过，他的公司能承包此类长期工程也委实受益匪浅。面对这等谦恭，法官啧啧称赞之余又问道：“对了，请教，咱们该怎么处置警察局长呢？”达拉斯特笑吟吟瞧着他说：“我想好了。”他认为就当是他个人的善举和特殊的恩泽，以他的名义宽恕这个冒失鬼吧，这样他就能在祥和友好的氛围中开启他的伊瓜佩之行，他达拉斯特非常想要见识一下这座美丽的市镇及其慷慨好客的居民。法官神情专注，面带笑容，点头称赞。他以行家里手的姿态思考如何措辞，随即恳请与会者为伟大的法兰西民族宽宏大量的传统鼓掌，然后再次转身对达拉斯特表示他十分满意。“既然如此，”他定了调，“今晚我们跟局长共进晚餐吧。”但是，达拉斯特说他已受邀跟一些朋友参加舞会，茅屋区的舞会。“哦，好啊！”法官说，“我很高兴您去那儿。瞧瞧，谁都会不由自主地喜爱上我们的人民。”

晚上，达拉斯特、厨子及其兄弟围坐在茅屋中央熄灭的火堆旁，这里达拉斯特上午已经来过。厨子兄弟重见到他，并不感到惊讶。他不大会讲西班牙语，大部分时间限于点头摇头示意。至于厨子，他对各地大教堂感兴趣，其次高谈阔论黑豆浓汤。此时，太阳快要落山了，如果说达拉斯特尚可看清厨子及其兄弟，却已辨不清楚茅屋尽头蹲坐的老太太和少女的身影了，少女再一次侍奉达拉斯特。茅屋下方，江水单调的流动清晰可闻。

厨子站起身说：“到时候了。”男人们都站起身来，女人们没有动窝。男人们单独出门，达拉斯特犹豫了一下，随后跟上他们兄弟俩。黑夜此刻已降临，雨停止了。天空是淡淡的黑色，似乎还饱含水汽。远处天际很低，若明若暗的水色中一些星星开始闪亮。几乎随即又熄灭，一颗又一颗落入江中，仿佛天空淅淅沥沥撒下最后的光亮。浓郁的空气散发着水汽和烟味。还可以听得到近在咫尺的大森林传出的嘈杂声，尽管森林纹丝不动。突然，远方响起鼓声、歌声，起先低沉，继而清晰，由远及近，而后停息。没过一会儿，一长列黑姑娘映入眼帘，她们身穿白色粗绸长裙，腰身很低。一名高个黑人尾随其后，上身紧裹鲜红的绸衣，脖上挂了一串五颜六色的齿形项链，他身后乱哄哄跟随着一群穿白色宽松长裤的男人和手持三角铁及手鼓的乐师，那鼓又大又扁。厨子放话，跟上他们。

他们沿江岸走，在距离最后几间茅屋几百米开外处，坐落着一座大茅屋，里面空空如也，内墙刷过粗灰泥，相对舒适宜人。地面是夯实的，四壁没有任何装饰，茅草芦苇屋顶由中央一根独木大柱支撑。尽头靠墙摆着一个小祭坛，覆盖了棕榈叶，插满蜡烛，勉强照亮了半间屋子，台上供着一幅精美的彩色画片，那是圣乔治，神态充满魅力，正在降服一头蓄着大胡子的恶龙。祭坛底下像是壁龛，四周围起绘有假山石的硬纸板，一边点一支蜡烛，另一边放一盆水，中间是一尊小小的红色泥像，看模样是一个长角的神灵。这位面目狰狞的神灵挥舞着一把银纸做的大刀。

厨子领达拉斯特来到离大门很近的一角，贴壁伫立，窃窃私语："这样的位置，咱们脱身很方便。"确实，茅屋已经挤满男男女女，一个紧挨一个，水泄不通，热气腾腾。乐师分别站在小祭台两侧。男女舞者分别站成里外两圈，男舞者在里面。穿红绸上衣的黑人头领来到圈子中央。达拉斯特双臂交叉，背靠墙壁。

然而，黑人头领穿过两层舞者，向达拉斯特他们走来，神情严肃地和厨子说了几句话。“船长，请放下交叉的手臂。”厨子传达头领的指令，“你双臂交叉，是妨碍神灵下凡的。”达拉斯特乖乖垂下双臂，脊梁骨一直紧贴墙壁，四肢又长又重，大脸上汗珠闪亮，他自己倒像某个令人心安的兽神。大个黑人头领审视一番，心满意足地返回原位。立马，他放开响亮的歌喉，带头领唱，在手鼓击节伴奏下，众人一起合唱。于是，两个圆圈朝相反的方向旋转，舞步沉重、有力，更像顿足，伴随着臀部的微微扭动，两圈舞者营造出交错的波动起伏。

屋里越来越热。然而，歇息越来越短，停顿越来越少，舞步越来越急促。高大的黑人再次掰开两圈舞者，径直走向祭坛，众人没有放缓节奏，他自己也没有停下舞步。他返回时，一手端水，另一手拿蜡烛，插在屋中央的地上。他把水洒在蜡烛四周，洒了两圈，然后站直，抬起一双发狂似的眼睛，凝望屋顶，全身紧绷，等待着，纹丝不动。“圣乔治下凡了。瞧呀！瞧呀！”厨子悄悄说，两只眼睛瞪得溜圆。

果不其然，几名舞者此刻神灵附身的模样，呆若木鸡，双手叉腰，步子僵硬，目光发呆，毫无活力。其他舞者加快节奏，浑身抽搐，开始发出含糊不清的叫声。喊叫一点一点四起，混合起来，汇合成集体嚎叫，头领双眼始终仰望，亲自迸发一声语不成句的长吼，盖过了大呼小叫，老是那几个词颠来倒去。“你瞧，”厨子低声道，“他说自己成了神灵的战场。”达拉斯特惊异厨子的声音也发生了变化，瞧着厨子，但见他俯身向前紧握双拳，两眼发呆，就地模仿其他舞者节奏分明的舞步。于是，他发觉自己旋即摆动沉重的身躯，尽管双脚没有挪动。

此时，鼓声猛然大作，赤红的大魔怪陡然癫狂，眼睛冒火，四肢随着身躯乱晃，膝盖弯曲，轻敲一条大腿，再敲另一条，轮换拍打，节奏越发加快，越发猛烈，眼看就要脱臼散架了。却在高潮时戛然而止，伴着雷鸣般的鼓声，以既骄傲又可怕的神情环视四周目击者。紧接着，一名舞者从昏暗的一角冒了出来，跑过去双膝跪下，向魔怪附身的人奉上短刀。高大的黑人接过短刀，不断环视四周，然后把那柄短刀举到头顶上挥舞耍弄。就在此时，达拉斯特瞥见厨子也在人群中跳舞，工程师竟未发现他早已开溜。

在游移不定的淡红色灯光下，令人窒息的尘土从地面扬起，使皮肤黏腻的空气更加浓厚。达拉斯特越来越感到疲惫；呼吸也越来越困难。甚至没有注意到舞者是如何分享粗大雪茄的，他们此刻正一边抽着一边不停地舞动，怪异的气味充斥茅屋，熏得他有点儿晕头转向。好在见到厨子从他身边跳着舞经过，也口衔雪茄。“别抽烟了！”他嚷道。但厨子嘟嘟囔囔，不停地跟着节奏踏舞步，盯着中央那根大柱，神情活像被击倒的拳击手，颈背掠过一阵既长又久的战栗。他身旁一个肥壮的黑女人从右向左转动，动物般的脸孔在不停吼叫。年轻黑姑娘被附身的样子尤其令人毛骨悚然，她们双脚紧踩地面，从脚到头浑身抖动得越来越剧烈，越靠近肩膀抽搐得越厉害。她们的脑袋前后翻动，简直像脱离了躯壳。同时，全体舞者开始齐声不断嚎叫，一声声长长的呐喊，集体的、不带色彩的呐喊，没有明显的喘气，没有音调变化，仿佛那些躯体、全部的肌肉和神经扭作一团，化作一次耗尽一切的发泄，把每个人的话语权交给一个迄今为止默不作声者。吼声未止，女人一个个跌倒在地。黑人头领俯身下跪，用他肌肉发达的大手挨个快速给她们捏太阳穴。她们终于重新站立起来，踉踉跄跄回到队伍中，她们又重新呼喊，起先声音微弱，接着越来越高，越来越快，而后又跌倒，再次爬起来，重新开始，还是高声呼喊许久，直到集体的叫声变弱了，变质了，退化成一种嘶哑的犬吠，打嗝似的让他们振作起精神。达拉斯特精疲力竭，肌肉由于长时间原地扭动摇摆而扭结一团，又因闷声不吭而倍感窒息，他自己觉得天旋地转。热气、灰尘、雪茄烟味、人体气味，使得室内空气完完全全令人窒息。他用目光寻找厨子，不见其踪影。达拉斯特禁不住沿墙下滑，弯腰半蹲，总算忍住没吐。

当他睁开眼睛时，空气依然污浊不堪，但喧闹停止了。唯独手鼓在有节奏地敲击出持续不断的低音，茅屋各个角落都有一批批人群肩披白布，随着鼓声顿足踏曲。屋子中央的水杯和蜡烛已撤掉，一群处在半催眠状态的年轻黑姑娘缓缓起舞，始终处在跟不上节拍的状态下。她们双眼紧闭，却身体挺直，微微前俯后仰，踮着脚尖，几乎原地不动。其中两名少女肥胖，脸上盖着酒椰叶做成的帘子。她们簇拥着另一位盛装打扮的少女，她修长、苗条，达拉斯特突然认出来了，就是他下榻的宾馆老板的女儿。她身穿绿色衣裙，头上的女款猎人帽挂了蓝纱，帽子前沿翘起，饰有火枪手的那种羽毛，手持绿黄两色的弯弓，搭着的箭矢箭头挂了一只五颜六色的鸟。纤细优美的身姿配上漂亮的面容，娇媚的头部缓缓摆动，微微上扬，睡眼惺忪般的脸上映出一抹惆怅，既始终如一又天真无邪。音乐终止时，她步态蹒跚，恰如梦游人。唯有在手鼓急促的鼓点催促下，她才像是获得无形的保护，有气无力地施展舞姿，直到乐声和舞步同时中止，她摇摇晃晃得几乎失去平衡，不禁尖叫一声，恰似一种奇特的鸟叫，尖利却悦耳。

达拉斯特被这种舒缓的曼舞迷醉了，出神凝视着这位黑肤狄安娜[1]，正在这时，厨子突然出现在他面前，光滑的脸上显得失态变样了。他原先善良的眼神消失了，只存一种未曾见过的贪婪；失去了厚道，就像对陌生人那般说话："时间很晚了，船长，他们可要跳个通宵，他们不愿意你现在还待在这里。"达拉斯特正头重脚轻呢，随即站起身来，跟着厨子沿墙走到了大门。到了门槛，厨子把着竹制门框，送达拉斯特出门。后者转过身来，敲着不动窝的厨子说：

"跟我走吧，一会儿还得顶石头呢。"

"我留下。"厨子说，神色无动于衷。

"那你的许愿呢？"

---

① 古罗马宗教信奉的月神，司掌野兽和狩猎，兼管家畜。

厨子不置可否，却一点一点把门关上，达拉斯特用一只手顶住。他们就这样僵持了一下之后，达拉斯特便让步了，耸了耸肩膀，渐行渐远了。

夜晚空中洋溢着清香。森林上空，南半球的天上，疏星寥落，被看不清的轻雾遮盖着，星光晕化，光泽暗淡。潮湿的空气沉沉的。但从茅屋出来却好像感受到一股沁人心脾的清新。达拉斯特重新走上泥泞的山坡，走到最初出现茅屋的地方，走在坑坑洼洼的小路上，恰如醉仙似的踉跄行进。附近的森林发出轻轻的山鸣谷应的声音响。江水涛声则轰隆隆震响，陆地整体浮现在夜色中，达拉斯特觉得一阵恶心，似乎真想唾弃这整块地域，唾弃广袤空间的忧郁，唾弃茫茫森林海蓝色的光泽，唾弃荒僻空寂的江水夜间发出的汩汩声。这片土地太过广袤，鲜血与四季在这里混合，时间在这里融化了。这里，生命依偎大地，要与这块地方融合，必须年复一年在泥泞或干裂的土地上躺下睡觉。那边，欧罗巴，充斥耻辱和愤怒。这边，却是流放或孤独，四周则是这帮萎靡颓丧的疯子，他们手舞足蹈唯求一死。然而，透过充满植物气息的湿润夜色，睡美人发出的受伤之鸟的奇怪叫声，依然传到了他的耳际。

达拉斯特醒来时因没有睡好感到偏头痛得厉害，潮湿的热气压抑着小镇和凝滞的森林。此刻，他在医院门廊下等待，瞧着停摆的手表，确定不了几点钟，惊异于这竟然是大白天，镇上居然如此寂静。天空几乎一片湛蓝，笼罩着天边的房顶。几只淡黄羽毛的秃鹫热得昏昏然，在正对医院的房顶上睡着了，其中一只突然抖了抖身子，张开鹰嘴，作势起飞，对着自己的身躯拍打了两下布满灰尘的翅膀，飞离屋顶几厘米高就落下，几乎立马又睡着了。

工程师下坡去镇上。大广场空无一人，如同他刚经过的街道。远处，江两岸的森林上方飘浮着低低的轻雾。热气直逼下来，达拉斯特寻找阴凉的角落躲避一下。正当此时，他看见一座房屋的挡雨披檐下一个矮小的男人在向他打招呼。在走近时，方认出是索格拉特。

“喂，达拉斯特先生，你喜欢那个仪式吗？”

达拉斯特说，茅屋里太热，他喜欢天空和夜色。

“是啊。”索格拉特说，“在你的家乡，做一做弥撒而已。谁也不跳舞。”

他搓着手，一只脚跳着转圈，笑得上气不接下气。

“没劲。”他说，“真没劲！”

然后，他好奇地瞧着达拉斯特问道：

“你呢，你去做弥撒吗？”

“不去。”

“那你去哪儿？”

“哪也不去。我不知道。”

索格拉特还是笑着说：

“不可能呐！一个大老爷们不上教堂，算得了什么！”

达拉斯特也跟着笑了。他说：“是呀，你瞧，我还没有找到方位呢。这不，我离开了家乡。”

“那就留下来吧，达拉斯特先生，我喜欢你。”

“我很愿意，索格拉特，但我不会跳舞。”

他们的笑声在人迹稀少、四下寂静的城镇中回荡不已。

“嗨！”索格拉特说，“我差点儿忘了。镇长要见你。他在俱乐部有午餐。”他说完，连招呼也不打，便朝医院方向跑去。达拉斯特喊道：“你去哪儿？”索格拉特模仿打呼噜的模样说：“睡觉。一会儿还有迎神游行呐！”他一边小跑一边学着打呼噜。

镇长只不过想给达拉斯特一个贵宾席位，观看迎神游行。他向工程师做了解释，并请他品尝米饭烧肉，这美食足以治愈一名瘫痪病人①。按照计划，他们先到法官寓所，在阳台上落座，那里面对教堂，可以观看游行队伍出发。然后，大家去镇公所，它坐落在通往教堂广场的大道上，那将是忏悔者们返程的必经之道。法官和警察局长会陪伴达拉斯特，镇长则按规定参加仪式。警察局长确实也在俱乐部大厅，不停地围着达拉斯特转悠，嘴上始终挂着笑容，侍奉工程师，念念有词，亲切殷勤，尽管对方根本听不懂。达拉斯特下楼时，警察局长赶紧给他开道，在他前面抢先一步把一道道门打开。

骄阳下，依然不见人影的城镇，两名男子朝法官的宅邸走去。唯有他们俩的脚步声在空气中回荡，倏然一枚爆竹在附近街道炸响，脖颈儿脱毛的黑秃鹫拖着又沉重又笨拙的身

① 当地宗教的“圣迹”疗法传说。

躯从所在的各家屋顶飞了起来。差不多紧接着几十枚爆竹从四面八方炸开，各家门户都打开了，居民们走出家门，把狭窄的街道挤得水泄不通。

法官向达拉斯特表示，他的光临令寒舍蓬荜生辉，使他倍感骄傲，并请他移步上楼，漂亮的巴罗克式样楼梯已经刷过蓝色石灰。达拉斯特经过楼梯平台时，旁边房间门突然打开，几个棕色脑袋探出来，旋即伴着忍住的笑声缩了回去。贵宾会客室气派华丽，一色藤条家具，还有几只大鸟笼，鸟儿叽喳啁啾有声。他们即将入席的阳台正对着教堂前的小广场。人群正络绎不绝挤满广场，却出奇的安静，尽管热浪自天滚滚而降，连肉眼都看得出来，他们却纹丝不动。唯有孩子围绕广场奔跑，突然站住点燃鞭炮，噼啪响声接连不断。从阳台眺望，教堂墙壁是粗涂灰泥的，十几级台阶抹上蓝色的生石灰，两座圆塔呈蓝色和金色，看上去显得更加小巧。

忽然之间，教堂内响起管风琴声，人群转向教堂门廊，在广场两侧排列成行。男人摘下帽子，女人跪在地上。远处管风琴长时间演奏进行曲之类的音乐。突然，从森林中传出奇怪的昆虫鞘翅声响。原来是一架微型飞机，翅膀透明，机身易折，在这个缺乏时代感的人世间显得不伦不类地出现在森林之上，然后向着广场稍稍降低飞行高度，发出嘎嘎刺耳声，掠过抬首仰望的人群上空。飞机急转弯，向小港湾飞去。

然而，在教堂建筑的阴影下，一阵模糊的骚乱再次引起在场者的注意。管风琴声早已停止，此时此刻，代之以藏在门廊下的铜管乐器和手鼓响成一片。忏悔者们身披黑色宽袖法衣，鱼贯走出教堂，聚集在教堂前围有栏杆的空地上，然后开始逐级走下台阶。在他们后面紧跟着一些白人忏悔者，手持红色和蓝色的圣母会旗，再后面是一小分队身穿天使服的男童，那是圣母会儿童团，他们个个脸色黝黑，表情严肃。最后，由身着深色西服的社会贤达抬着一顶圣人遗骸轿，个个汗流浃背，五彩斑斓的轿子里供着慈悲耶稣像，他手持芦苇，头戴金冠，面流鲜血，摇摇晃晃从站满台阶的人群上方掠过。

圣人遗骸轿被抬着下台阶后，停顿了一下，在这短暂的间隙，忏悔者们煞有介事地排列成有秩序的样子。正当此时，达拉斯特见到厨子出场了。他刚才赤裸着上身，走出围有栏杆的空地，他那满是毛发胡须的脑袋顶着一块长方形巨石，头盖骨与巨石之间垫着一块软木。他步履雄劲有力地走下教堂台阶，一双肌肉发达的粗短手臂拱扶着巨石，平稳妥帖。他一走到圣人遗骸轿后面，游行行列便开始行动。此时，从门廊下突然冒出一群乐师，一概穿五彩鲜艳的上装，使劲吹系有彩带的铜管乐器。忏悔者队伍加大步伐，脚步铿然有声，踏入连接广场的一条街道。轿子在乐师身后消失，只能瞥见厨子以及殿后的乐师们。在他们之后，人群顿时在一片噼啪声中乱了方阵。此时那架飞机伴着活塞的哐当声返回游行队伍末尾的上空。达拉斯特只盯着厨子，但见他此时在街上消失了，他突然觉得厨子的双肩弯曲了一下，但这么远的距离看不清楚。

大街小巷空无一人，商店紧闭，民房关门，法官、警察局长和达拉斯特于是前往镇公所。随着他们离开，铜管乐声和爆竹声越来越远，城镇愈发安静，几只黑秃鹫飞回屋顶，仿佛那是它们一向以来的领地。镇公所对着一条窄而长的小巷，从外区的某条街通向教堂广场。此刻广场空无一人。从镇公所阳台极目眺望，只见得一条坑坑洼洼的马路，最近的雨水留下了一摊摊积水，日头现已有点儿偏斜，却依旧炙烤着街道另一边没有门窗的墙面。

他们待了好久好久，达拉斯特因老是盯着对面反照的残阳，再度觉得疲劳和眩晕。空寂的街头，人烟稀少的住宅，既吸引了他又让他恶心。他，再度想逃离这个地方。同时又念及那块巨石，真希望这场考验赶快了结。他正要建议下去打听消息，忽闻教堂钟声大作，敲得震天价响。正在此刻，街道另一端左侧响起一阵嘈杂声，冒出群情沸腾的一队人马。从远处望去，朝圣者与忏悔者汇集在圣人遗骸轿子周围，与轿子一起在鞭炮声和欢乐声中沿狭窄的长街行进。过了几秒钟就挤到了街道边缘，男女老少，不同人种，各色服饰混合在一起，成了五颜六色一大群，集体睁大眼睛，大笑大嚷，混乱得难以描述，全部朝着镇公所的方向行进。队伍中冒出一大堆人，手持酷似古代长剑的大蜡烛，其烛光与炙热的日光交相辉映，慢慢蒸发。然而，大队人马走近，在阳台上向下看，人群似乎沿墙堆叠而上，显得密密匝匝，达拉斯特却看得很清楚，厨子不在行列之中。

达拉斯特冲动之下，离开阳台和房间，冲下楼梯来到街上，头顶上空教堂钟声和爆竹声惊雷般响彻一片。在这样的情况下，他不得不奋力拼搏，拨开兴高采烈的人群、手持蜡烛的信徒和满脸乌云的忏悔者。他以不可抗拒的姿态，凭借身强力壮的体力逆人潮而上，辟开一条出路，有时用力过猛而打趔趄，差点要摔倒。总算从人群中闯出来，到达街道尽头方获自由。他紧贴灼热的墙壁，等待呼吸平稳下来，然后再往前走。就在此刻，一小队人出现在街头。前面的几个人倒退着走，达拉斯特这才看见他们就环绕着厨子呢。

显而易见厨子已精疲力竭。他停下脚步，在巨石下弯着腰，小跑几下，步伐像装卸工和苦力，那是潦倒者的小跑，快速，脚底板整个儿敲打地面。厨子一旦停下，便有忏悔者们围上来鼓励他，那些人身上穿的白色宽袖法衣滴满了蜡油，风尘仆仆。其兄弟在其左边走着或默默小跑。达拉斯特觉得他们永远走不完与他们相隔的这段距离。厨子几乎走到与他并排时，又一次停下，失神的目光扫射四周。见到工程师，似乎没认出来，然后他站定了，把身躯转向工程师。现已铁灰色的脸上布满油腻肮脏的汗水，大胡子上挂满唾沫，上下嘴唇被干掉的褐色沫子封住了。他勉为其难地微笑了一下，但在重负之下动弹不得，况且全身在发抖，超出了肩胛部位，肌肉明显在抽搐中凝成一团。厨子的兄弟认出达拉斯特，只说了一声：“他已跌倒过了。”索格拉特不知从哪儿冒了出来，凑到他耳边低声说：“舞跳得过久了，达拉斯特先生，跳了整整一宿啊！他累了。”

厨子一冲一冲往前行，不向正常前行的人，像是要摆脱压在他身上的重负，好像他希望借由移动来减轻重担。达拉斯特不知怎么搞的，站到厨子的右边去了。他把手轻柔地放在厨子的背上，迈着急促而沉重的碎步护送他前行。到了街的另一头，圣人遗骸轿子消失了，人群想必已挤满广场，但队伍似乎不再往前。有数秒钟的时间，厨子在其兄弟和达拉斯特的护佑下，有所进展。一会儿工夫，距离早已聚集在镇公所等着他的人群只有二十来米了。他却再次止步不前。达拉斯特的手重重压了一下，说道："加油，大厨师傅，再加把劲儿。"厨子却浑身颤抖，唾沫又从口中流出来，大汗简直是从全身涌出来的。他想深深喘一口气，却突然止步不前了。他摆动了一下，走了三步，摇摇晃晃。突然，巨石滑到他肩上，把肩膀划开一道口子，巨石直落到他面前的地上，厨子失去了平衡，侧身跌倒。走在他前头的人们高喊着往后退，为他鼓劲，其中一人捡起软木垫，其他人则合力抬起巨石，重新架在厨子头上。

达拉斯特俯下身子，用手替他清除肩上的斑斑血污和灰尘泥土，而矮子脸贴地面，气喘吁吁，什么也听不见，动弹不得。他张着大嘴，贪婪地吸气，仿佛吸的是最后一口气了。达拉斯特拦腰抱住他，像举起一个孩子那么轻松，把他扶起后紧紧搂住，又尽可能俯身下去，贴着他的脸说话，仿佛要把自己的力气吹进他的躯体。过了一会儿，对方浑身血迹、满面尘土，从达拉斯特怀里挣脱，脸上显露出惊慌的神情。他趺趺撞撞，再次走向巨石，其他一些人正稍稍抬起那块石头。可是他站住了，瞧着石头，茫然若失，摇了摇头。然后，他顺着躯体垂下双臂，转身向着达拉斯特。大粒大粒的泪珠悄然流满憔悴的脸庞。他很想说话，刚开口就欲言又止，嘴巴不好使，只吐出几个音节说：“我许过愿了。”然后又吐了几个字：“啊，船长呢，船长！”泪水淹没了他的话语。他的兄弟突然从背后过来，把他紧紧抱住，厨子放声哭泣，顺势依偎着他，无奈仰首叹息，败下阵来。

达拉斯特瞧了瞧，欲言又止。他转身向着远处的人群，他们重新呼喊起来。猛不丁，他从别人手上夺下软木垫，径直朝巨石走去。他示意别人把巨石抬起，几乎不费劲地把巨石放在自己头上。在巨石的重压下，他微微弯腰屈背，稍微有点喘气，看向双脚，凝神聆听厨子的抽泣。然后，他自个儿迈开有力的步伐，开拔，毫不示弱地开始缩短他与聚集在街道尽头的观众之间的距离，义无反顾地从前几排人群中劈开通道，勇往直前。他进入广场，钟声和爆竹声震耳欲聋，两边的观众盯着他，惊讶不已，突然一片寂静。他向前行进，迈着刚烈的步伐，人群纷纷为他让路，打开一条通往教堂的道路。他感到巨石开始压扁他的脑袋瓜和后脑勺，幸好他已看见了教堂以及停在教堂前小广场上静候着他的圣人遗骸轿。他朝着轿子走去，走过了广场中央，却猛不丁不知道为什么，折向了左侧，偏离了面朝教堂的原路，迫使朝圣者跟他面对面。他听得背后响起急促的脚步声。迎面到处都是张着大大的嘴巴。他听不明白人群向他嚷嚷什么，尽管他似乎听出了众人在不断向他高喊的那个葡萄牙单词。倏忽之间，索格拉特出现在他面前，转动着魂飞魄散的眼睛，张口语无伦次，向他指指点点其身后通往教堂的路：“去教堂！去教堂！”索格拉特跟人群众口一词。然而，达拉斯特继续顺势向前。索格拉特闪到一边，双臂滑稽地伸向天空，而人群渐渐安静下来。达拉斯特走上第一条街，是那条跟厨子一起走过的街，心里明白这就是通向滨江区的街了。这时他背后的广场只剩下一片嘈杂的喧闹声了。

此时，巨石压得他头顶生疼生疼，他需要使出两条粗大胳膊的全部力量方感轻松些。他走上街区头几条街时，双肩已经打成疙瘩，下坡路又很滑。他停下脚步，侧耳倾听。形单影只。他把搁在软木垫上的巨石扶稳，迈着谨慎而坚定的步伐下坡，一直走到茅屋街区。他到达时，喘气不足，扶着巨石的双臂瑟瑟发抖。他加快步伐，终于到了小广场，厨子的茅屋就在那里，他赶紧过去，一脚踢开宅门，一下子用力把巨石抛在屋中央，砸在那里还闪烁红光的火堆上。至此，他挺直腰板伫立，凸显高大壮实，他拼命大口猛吸那里的气息，他所熟悉的苦难与烟灰混合的气息。他聆听自己身心涌动的喜悦暖流，尽管他还无法命名这种晦涩难言又令人气喘的喜悦。

茅屋的居民们来到时，发现达拉斯特靠着尽头的墙壁伫立，双眼紧闭。屋中央灶火的位置，巨石沾满灰烬和泥土，一半已陷进土里。厨子的家人全站在门口没进来，默默望着达拉斯特，仿佛在诘问他。但他一声不吭。于是，厨子由兄弟引领来到巨石旁边，不由自主地倒坐在地。兄弟也坐下，向其他人打了个手势。老妇人走了过来，所谓的少女也跟了过来，但谁也不瞧达拉斯特一眼。他们默默围绕巨石蹲成一圈。唯有江水隆隆涛声透过闷沉沉的空气传到高坡上来，在他耳际萦绕。达拉斯特站在阴影中倾听着，什么也看不见，滔滔水声则使他心头充满躁动的幸福感。他，双眼紧闭，喜悦地庆幸自己的大气力，再一次庆幸自己复苏的生命。就在此刻，一个爆竹炸响，仿佛近在咫尺。厨子兄弟稍微挪开一点距离，半个侧面转向达拉斯特，并没有正面瞧他，只是指了指空出来的位置，说道："来吧，跟我们坐在一起吧！"

译者概说概评《流放与王国》

I. 略论加缪的文学艺术风格

——“一部小说从来只是一部化为形象的哲学。”（加缪语）

我们这个集子包括六个中短篇小说。如果说初读时，《背教者或一个糊涂虫》与《沉沦》的背景格局有天壤之别：前者是蛮荒的、野性的、无价值的，而后者则是阿姆斯特丹有条不紊的夜景。《背教者或一个糊涂虫》的叙述者失语了，连自己的名字都说不上来。但忏悔式内心独白的精神形式却让它们无缝接轨了，更确切讲，《沉沦》简直就是《流放与王国》最好不过的导言：反映出作者加缪的内心危机达到了顶点，以至于获悉诺贝尔文学奖组委的决定，非但没有安抚平息他的内心焦虑，反而大大加重了。

我们多次提及加缪自称是艺术家，即文学艺术家。这六个中短篇小说是最好的例子，几乎重复同一主题，却以不同的艺术形式加以表达，用不同的形式来塑造“我”。总之，主题不变，其形式则尽可能翻新。比如，加缪的导师让·格雷尼埃特别欣赏《失贞的女人》的结局，着重指出其恰如重奏曲和复调音乐，形成一种开放性形式：化零为整，然后再以整化零。同一个主题，不断调配组合其形式，标志着对风格的探索追求。后来，加缪在一处《请予刊登》中强调指出统一与多样相组合的理念：唯一的主题，比如流放，在文中以六种不同的方式进行加工提炼，从内心独白直到现实主义叙事。

《流放与王国》正处在简明形式的十字路口。加缪作为散文家会身不由己担心创造性枯竭，又害怕对形式的追求可能影响到文体风格。甚而至于，在他获得诺贝尔文学奖的1957年，他依然被认为是白描文体的作家，成名作《陌路人》（也译为《局外人》）的白描风格依然深刻留在读者的脑海中。他竭力想要改变风格，向格雷尼埃谈起这些中短篇小说时写道："我很想每写一篇就改变一次风格，独辟奇径搞创新。"此言一出，不禁让人觉得加缪颇有皈依宗教的独醒和睿智，至少拥有追求特立独行的抱负。

我们不妨列出其中有代表性的四篇中短篇小说，分别具体评论一番他的艺术风格，有话则长，无话则短，不必强求篇幅。

《憋屈的沉默者》讲述上世纪50年代初期一家箍桶作坊的工人罢工失败过后第一天所发生的事情。加缪本人很熟悉这一行手艺，《第一人》中的埃尔内斯特就是他叔父埃蒂埃纳的替身，一个很少说话的工人，几乎是哑巴。叔父专干这一行，他童年时每次去看望叔父的时候都去箍桶作坊玩耍。想当年有些左派评论家怀着好意想要拔高小说的意识形态价值，煞有介事为其正名：所谓力量的较量显示了劳资之间的阶级斗争，面对老板，工人们保持沉默以示反抗，对反抗自身的状况保持尊严。这种所谓的“好心拔高解读”是站不住脚的。熟读《资本论》的加缪铭记马克思的教导，“一个社会集团损害另一个社会集团而获得价值提升”，这样的社会集团之间的斗争才谈得上阶级斗争。因此无论从小说内容还是人物形象的描述来看，显而易见属于传统的现实主义创作。无论从主题的选择，还是从技术语汇语境的运用，无论从箍桶工人劳动流程的精确描绘，还是从他们的表情、言谈、动作的交流，一概与小说标题《憋屈的沉默者》象征的价值相得益彰，令人赞叹不已。这篇小说不仅和整个集子的内容保持一致，而且与稍早出版的哲学散论《反抗者》也是前后呼应的。

《约拿或干活的艺术家》完全是另一类小说，尽管保持现实主义的根底和讽刺笔调的烙印，却明显富有隐喻和讽喻的内涵，借用约拿之名也可以理解为深层的含义在别处。约拿，或加缪本人，所谓出人头地，无非是其仰慕者和央求者生拉硬扯拱出来的。至于约拿，为了偿付荣耀的赎金，末了不得不收敛起余晖了事。约拿的孩子们以及家庭其他成员和络绎不绝的朋友们，逼得他躲进自建的小阁楼画画，几天不吃不喝，最后连人带画一起掉了下来。结果，大伙儿发现他最近的画作竟然是一块白画布，正中央只写了一个小小的字： solitaire 或 solidaire，其中一个字母既像 t 又像 d，看不清楚，模棱两可，却意义不同，而且正好相反：前者为“孤独”，后者为“互爱”，也可分别译为“踽踽独处”和“互助抱团”。加缪似乎是为了让读者自己去猜，但有一点是肯定的：小说主人公的命运与小说艺术家的命运如出一辙，或者说，小说家与自己笔下的主人公同声相应，同气相求。

《背教者或一个糊涂虫》与《长高的石头》。我们之所以把这两篇放在一起评说，主要因为这些中短篇小说中这两篇最艰涩难读，而且让人捉摸不透的笑出现的频率也最高，真可谓笑含酸甜苦辣涩，五味杂陈，十色陆离，笑尽人间世态。《背教者或一个糊涂虫》凸显其笔法独特和内容怪异，最引人瞩目的是形式和内容的完美统一，跟《沉沦》一样，通篇是内心独白，但情感更加炽热，说话更加胡言乱语。据说，背教者会出现一种奇怪的现象：饶舌者会断舌根，而小说主人公更是在被强迫背教时被割掉了舌头。因此，采用内心独白来叙事成了唯一可行的表现形式，使作者能够阐述传教士的意识流动，哪怕他陷入了乱麻无序之中，也可以在行文怪异的节奏中，尽可能地表现出他的狂言乱语。加缪时不时地使用语气词，比如，“啦啦”、“哼哼”、“啪啪”、“啊啊”，既表达痛苦又发泄摧毁性的狂怒。

我们认为这种表达形式并不离谱，因为谵狂的说辞纳入严谨的结构之中，叙述的虚构时间与空间非常准确地构成自然循环的“整体性”（又译“全体性”，康德哲学用语），因为叙述的“现在时”（语法术语，相对于过去时）起始和结束都在黎明，即太阳出来前一刻。传教士的独白恰好按照太阳的运行而安排，每每涉及过去时之后又回到现在时，却指明一日循序渐进的时刻。对称是无可挑剔的：叙述汇聚在中午这个得天独厚的时刻，中午前的时间和中午后的时间并行不悖，妙就妙在过去时和现在时两相对应。这种严格的结构组合其目的在于表达人物对戒令的渴求（抱负）。

加缪高明之处恰恰是找到了小说结构和意义相得益彰的载体：笑。我们不妨摘录一些范例与读者们分享。首先摘录一段背教者痛不欲生的自述："他们把我拉到神像的台座下，让我喝下黑乎乎的水，苦得很，真苦啊，我的脑袋立马着了火似的，我不禁大笑，这可是侮辱，我被侮辱了。他们把我衣服扒个精光，剃光我的头发和全身寒毛，用油净了身躯，用盐水浸过的绳索抽我的脸，我又大笑了，每次转过头时，总有两个女人揪我的耳朵，把我的脸对着巫师的鞭子，而我只见到方形的眼睛，尽管鲜血淋漓，依然大笑。他们终于罢手了，谁也不说话了，只有我一脑袋瓜稀粥开始沸腾，然后他们把我扶起来，强迫我抬头仰望物神，我不再笑了。我明白自己现在注定为物神效劳了，命定崇拜物神了。"这是背教者在嘲笑自己被招安了。

"我笑，我大笑，眼前这一位裹着可憎的罩袍，略微抬头望我，而我，我是他的主子，虽然我身陷囹圄却有十足的威权，他为什么朝我微笑，我要粉碎这个微笑！枪托砸在仁慈的脸上发出的声音多么悦耳。"

笑，在这部中短篇小说集中有几十处之多吧，嘲笑、讥笑、耻笑、微笑、大笑、狂笑，应有尽有。笑人生反复无常，笑人生邪恶多端或歪门邪道，这很正常。请翻阅一下加缪《手记》（1949—1959），当时正处在冷战时期，文化战士加缪绝无可能像李白那样洒脱浪漫，“笑而不答心自闲”。

从已经和即将列举的例子可以看出，每次笑，其多多少少具有笑的荒诞哲学含义：笑可以覆盖人生一切喜怒哀乐，而加缪哲学的核心是人生荒诞。我们不妨再举几个荒诞的范例：

一、《约拿或干活的艺术家》，所谓天才画家约拿的“两个男孩在各间屋之间来回奔跑，小女孩哈哈笑着，露易丝也在笑，他好久没听到她的笑声了。他爱他们！多么爱他们呐！他拧灭了灯，重归黑暗。这不，难道他的那颗福星不是始终在高照吗？正是他的福星，他认出来了，感激之情涌上心头，一直凝望着福星，直到无声无息地从阁楼上摔了下来。”三次笑声，三颗福星。

二、《长高的石头》，伊瓜佩民众有强烈的自尊心，但人穷志不短。他们最讨厌警察和商人，往往报以嘲笑，但他们担心或不乐意外人笑话他们，最典型的是黑白混血儿厨子。“老百姓的主子是警察或商人。”黑白混血儿厚道的脸一下子变得阴沉，低沉埋怨起来：“呸！搞买卖，嗯？多么肮脏！那帮警察呀，他们听命于无耻之徒。”他冷不丁又哈哈大笑起来。但厨子又担心自己闹笑话。他问达拉斯特是否会笑话他“将头顶一块五十公斤的石头参加祭祀仪式”，达拉斯特回答：“不会笑话你的，理应兑现承诺嘛。”

三、《长高的石头》，达拉斯特微笑着问厨子：“你那大慈大悲的耶稣有求必应吗？”——“哪能有求必应呢？不会每次必应的，船长！”——“那么？”——厨子大笑，笑得爽朗而稚气，答道：“哎呀，人家是自由的嘛，不是吗？”……索格拉特还是笑着说：“不可能呐！一个大老爷们不上教堂，算得了什么！”——达拉斯特也跟着笑了。他说：“是呀，你瞧，我还没有找到方位呢。这不，我离开了家乡。”——“那就留下来吧，达拉斯特先生，我喜欢你。”——“我很愿意，索格拉特，但我不会跳舞。”他们的笑声在人迹稀少、四下寂静的城镇中回荡不已。

亲爱的读者，你们不觉得这三小段文字很美吗？难道不是闪烁着加缪的荒诞美学吗？

II. 分篇逐一概述评论文本

一、《失贞的女人》

本篇标题 *La femme adultère*，直译理应为《奸妇》，因为加缪确确实实借用了《圣经》中的一则故事：一名有夫之妇与外人通奸，被众人用石头活活砸死，尽管她苦苦哀求不要向她扔石头。然而，女主人公雅妮娜并没有跟任何人发生性关系，连跟别的男人眉来眼去的暧昧关系都没有，甚至跟男子意淫的念头都没有，尽管颇为不满丈夫的床笫冷漠，她是对大自然心醉神迷，一时冲动，忘情地与大自然做了爱，完全是情不自禁的，没有任何预谋，凡浪漫女子都会如此忘情，与忠不忠于丈夫没有一点关系。所以这篇故事，以雅妮娜的一个生活片段为中心，突出她利用临时的、意外的见闻表达她对美和自由的理想。

雅妮娜陪同丈夫马塞尔外出贩卖布匹，他们乘大客车去阿尔及利亚高原沙漠，即被称为石头王国的地方。她面对沙漠壮美的景象和游牧生活，意识到自己的日常生活多么平庸。她暂时逃离旅社房间，趁深夜登上城堡要塞平台，面对繁星密布的天空下沙漠壮观的景色，她心醉神迷，出神入定，忘了情。是啊！“在被榨得只剩下骨头的干旱土地上，在这广袤的疆域，从古至今总有一些人不停地来回迁徙，他们尽管一无所有，但也不听任何人使唤，他们都是一个奇怪王国的领主，穷困潦倒却自由自在。雅妮娜不知道为什么这个想法使她心头滋生出一股既非常甜蜜又非常浩荡的愁绪，以至于闭上了双眼。”雅妮娜与自然现象情投意合的“联姻”在加缪的笔下描绘成有肉感的做爱：

“她把整个腹部紧贴住护墙，仰首抬望颤悠悠的苍穹，一心等待骚动的心房自行平静下来，好让身心获得恬静。众星座的最后几颗星辰将其玉珠串低悬在荒漠的地平线上，并且再也不动了。于是，夜色阑珊时的露水开始带着缱绻情意充盈雅妮娜全身，吞没寒气，从她生灵的幽暗中心渐渐升华，化作涓涓细流不断往上漫溢，直到呢喃呻吟的嘴巴。片刻之后，她仰翻倒在冰凉的地上，只见得整个天宇在她的上空舒卷伸展。”

如果说与大自然做爱在《婚礼》中已经很明显，那么在

《幸福死亡》中，加缪更是细腻而生动地描绘了人与山林，尤其与大海做爱，不妨参阅拙译。

其实，雅妮娜没有得到她所期望的爱或性生活，是有苦难言的。但她一直苦苦忍受着，从不性出轨。结果，她只能采取与沙漠通奸的方式，把沙漠化为情人。加缪借用了《圣经》典故，赋予了这个短篇小说神话般的蜕变，不禁让人联想起雅妮娜颇有西西弗背负大石上山的精神。“她心口不适，压着巨大的重负，喘不过气来，却突然发现已负荷了二十年，现在还在重负下竭尽全力挣扎。”雅妮娜的经历只可意会不可言传，只能暗自流泪，连粗心的丈夫都发现她情绪不对头后关心地询问她，她只能说：“没什么，亲爱的，真的没什么。”痛苦的泪只好往肚子里咽。

《流放与王国》其他篇章也一样，一概由叙述者接着描述人物的下落，即由叙述者补漏。于是，现实主义的叙事转化为抒情题材。喜爱加缪的评论家认为文学艺术家加缪颇有拉辛之风，言下之意，是“伟大的经典艺术”。

难怪加缪的导师兼忘年交作为首读者，第一个阅读完《流放与王国》后，于1954年7月25日给加缪写信说特别赞赏《失贞的女人》。他写道：“您知道我多么喜欢《失贞的女人》。”又写道：“特别喜欢结尾。” 1957年2月加缪在回信中提到：“我在《失贞的女人》中，淡化了丈夫的阴暗面，因为太过明显的反差可能会损害效果。”

二、《背教者或一个糊涂虫》

《背教者或一个糊涂虫》初稿篇名为《入地狱》。加缪熟读《神曲》，但丁的传世长诗分三大部分：《地狱》、《炼狱》和《天堂》。在《神曲·地狱》中，但丁和维吉尔进入地狱前，看到大门上写着："放弃一切希望，进入这里的人。"

小说的背景很有异国情调：一个匿名的非洲国家，首都叫塔加扎，事发地点是离首都较远的荒漠之地。在这个短篇小说中，主人公在叙述的同时重新体验了自己经历过的事情。主人公是个基督教传教士，从法国出发去非洲沙漠一个村落从事福音传教工作，却被当地的土著俘虏，被割掉了舌头，迫使他信仰拜物教的神。他不得不背叛自己心爱的宗教，承认物神的威权，以物神为偶像，还要被迫去炫耀物神的威权。所以，我们把 *Le renégat* 翻译为"背教者"，而放弃了"背叛者"。

然而，整个故事中最令人感到怪异、莫名其妙的，倒是这位传教士。他原先是被逼背教的，到头来，他真的皈依了神秘而暴虐的异教。他被异教徒割了舌头，憋在肚子里的话语说不出来，只能嘶哑喘着气喊疼；他还被伤了生殖器，被打得遍体鳞伤，其实这些都并不足以使他改教，他最后可以说是自个儿心甘情愿改教的。"我整天打扫物神庙堂，替换祭品，晚上举行仪式，我有时挨打，有时不挨打，但总是由我来侍候物神，以致神像如同镌刻在铁上一样铭刻在我的记忆中，久而久之，现在铭刻在我的希望中了。从未有过一个神灵如此这般控制我、奴役我。日日夜夜，我的整个生命都奉献给神灵了。"

标题的第二部分"或一个糊涂虫"，这个"或"并不意味着“糊涂虫”与“背教者”相对等，或者“糊涂虫”与“背教者”是必然前提和后果的关系，它无非是解释了这位背教者是个怎样的人物，所以这个“或”之后的“糊涂虫”是解释性的或补充性的，表明主人公是个头脑不清和思维混乱的角色，表明他说辞狂妄，价值传递混乱。

然而，背教者一旦成为彻头彻尾的糊涂蛋，便成为狂热者，成为新主子立下的秩序的捍卫者。此时，我们这位背教者以为在塔加扎找到了新秩序，他把新主子的城市视为有秩序的城市，处于奴役状态下的城市，在他眼里“这是一座正经八百的城市，有棱有角，四方的房屋，紧绷的人民”。他自愿成为这座城市的公民，他要建立一劳永逸的秩序。这样，糊涂虫从一个极端跳到了另一个极端。

于是，糊涂虫放弃了为善，毅然决然成为恶的狂热信徒，甚至情愿在这条道上超越制服他的那些拜物信徒，可谓有过之而无不及。叙述一开始，主人公便在小道上等待应当来替换他的传教士。任何障碍都不应当阻止这个王国的降临，他要“向拖延恶来临的一切开枪”。这种求索具有极权主义的特征：物质体系的绝对与思想体系的绝对不谋而合。

然而，背教者的冒险以失败告终，其原因恐怕是：一方面，尽管他决心背教，但他始终不能彻底否认自己的过去，正如他对自己童年的回忆一起涌进脑海，尤其证明了这一点。总之，他始终必须否定自己；另一方面，秩序被他的行为破坏了。背教者脱离了奴役身份的时空，去窥私即将来到的新传教士。疑虑重新出现，随着黑夜降临，直到最后他遭到背弃。他诉求友谊，请求降服他的人向他伸出援手。这个呼吁发出之后，背教者的说辞便不攻自破了。于是，叙述者最后让位于不同的叙事声音，向背教者宣判罪名成立，“一把盐塞进饶舌的奴才的嘴里”。教士依旧是奴才！

三、《憋屈的沉默者》

这个短篇小说还翻译为《哑巴们》《沉默的人们》或《无声的愤怒》，都没有错，但我们觉得“沉默者”前面加“憋屈的”，更切合主题，而且可以避免把小作坊的劳资双方争执上升为大工厂劳工团体与资本集团之间的阶级斗争。我们不妨引述两小段文字全充引证：

“大伙儿默然不语，对这种战败者似的进场倍感屈辱，对自己的沉默感到恼火，但随着沉默越久，就越发难以开口说话。”“伊瓦尔知道他（埃斯波西托）要说什么，其实大家想到一块去了，他们不是在赌气，而是人家把他们的嘴堵上了，不容讨价还价，怒火中烧和无能为力有时候使人痛苦得甚至喊不出声来。”

主题是关于阿尔及尔一个箍桶作坊老板跟工人们之间的力量较劲，故事发生在一场为期二十天的罢工失败之后。叙述采用复原事情的方式，通过主人公伊瓦尔对事件的回忆，通过他的内心思考轨迹，来复述事件的前因后果。老板拉萨尔为一方，工人们为另一方，在短短一天时间内，作者交代清楚了前因后果，以及双方矛盾从激化到平息的戏剧化过程，并且细腻刻画了双方斗争的紧张气氛以及工人憋屈的沉默无言。冲突最后并没有得到解决，尽管发生了意想不到的情况，老板拉萨尔的小女儿晕厥倒地，送往医院治疗暂时缓和了劳资双方的对立氛围，但并没有发生大家所期待的反转结局。

作者用心良苦地着重表现在流水作业线上萌生的那种“团结”。按马克思《资本论》的原理，工人们这种生存状况是政治团结的关键，尽管是有限的和相对的，颇有碍于实现世人真正的博爱。自发的博爱行为表现仅出现过两次：工人们分享午餐，再有就是伊瓦尔下班离开作坊时。这两个片段都笼罩着兄弟般的热情，把工人们团结在一起了。

事实上，加缪避免了善恶二元论式的描述，工人和老板没有完全的对错。此外，工人的态度在小说中似乎也成为批判性的审视对象。加缪几乎处处指出他们的不良态度。加缪所维护的价值，并非沉默不语，而是沉默不语的负面：死不开口。

沉默不语和死不开口之间有着根本性区别，两者分别对应了反抗和怨愤。工人对自身状况的反抗，确实在小说中被搁置到次要的地位，加缪采用留白的手法来处理罢工这件事。在罢工结束的第二天，也就是故事开头，工人已经从反抗变成了屈从，主导情绪便是怨愤，也就是反抗的负面。愤怒不再针对老板，而是针对自己了。

所谓死不开口，倒成了听不见的呼声，是一种狭义的团结，只限于某个小团体，只让读者领会字里行间的言外之意。最后，老板拉萨尔的爱女突然昏倒在地送医院急救，他面无人色地回到作坊，工人们闻讯后面对老板，依然保持死不开口，毫无同情的表示。憋屈的沉默也抑制了一切自发的情感。故事的前半篇，老板几乎要成为攻击的牺牲品。加缪笔锋一转，用小女孩生病来推动故事发展，缓和了，甚至是减少了剧情中的政治含量，毕竟小女孩与劳资冲突不搭界，但又加剧了故事的悲怆感。

此外，作者指出另一种形式的团结在老板和工人之间被排除了，那就是，团结一致地面对死亡。世人被不同的社会和政治藩篱所困而割裂，他们各自感到孤独，本来普世团结是可以慰藉全人类的，但却无法达成。贯穿整篇小说的苦恼就是：一方面渴望博爱，另一方面也明知博爱是不可能实现的，这符合加缪的一贯想法；越是渴望得到的，越是不可能得到。

四、《房东与房客》

L'hôte 作为标题已有四种译法，《房东》《来客》《东道主》和《客人》。说明译者们吃不准或吃不透作者的意图，也正是好玩弄字眼的加缪有意而为之，起到模棱两可的效果。他故意在文中一个很不起眼的地方让其含糊其辞出现了一次而已，让你根据上下文去琢磨。我们可以采取排除法，来访小学的是两个人，而《来客》和《客人》都是单数，可以先排除。人家不请自来，小学教员称不上东道主。只有《房东》是对头的，但从整体文本上来看，房客即犯人，占据了半壁江山，没有犯人这个访客，就根本不存在这个故事。最有说服力的是， hôte 既可译为“房东”也可译为“房客”，加缪喜欢玩文字游戏，这正中他的下怀。故而，译者认为

《房东与房客》比较贴切。

短篇小说《房东与房客》写于阿尔及利亚战争时期，在这样人烟稀少的地方，会产生被流放的感觉。他，单身汉，孑然一身，一如默尔索和塔鲁，没有儿女，像里厄。小说中并没有出现学生，但文中谈起他负责教学并兼管学生的伙食。

一天，来了两个人，打破了他的孤单。老警察巴尔杜克西是他的熟人，骑着马，用绳子牵着一名不幸的阿拉伯犯人。在达吕眼里，这个阿拉伯人受到了凌辱，被当作畜生似的对待，相貌特征和穿戴一眼看得出是马格里布[1]种族，看得出他又渴又饿，一副穷人模样，几乎不说话，神情焦虑，反叛、赌气，从头到尾是个活生生的谜团。

警察有别的任务在身，请达吕帮个忙，留宿犯人一夜，然后第二天把他送往最近的警察局。犯人不是叛乱分子，是因为杀死了自己的堂兄弟。达吕很不乐意承担这项行政命令，一个活人不是一件包裹，不可以交来交去的。警察走后，小学教师尽可能带着人情味对待犯人，不把他当作潜在的敌人，给他提供吃住，好客的礼仪可能激发了兄弟情，但两者的文化差异太大了。他们的对话只限于只言片语。他们可以本能地以“你”而非“您”相称。达吕身为欧洲白人，法国殖民者，却没有任何降贵纡尊的表现，正是他这种人道主义的表现感染或打动了阿拉伯人，这个对话者，同伴，似乎比较心平气和了。尽管双方语言不通畅，却都无恶意，彼

① 非洲西北摩洛哥、突尼斯和阿尔及利亚三国的总称。

此尊重。

达吕竟在自己的卧房给犯人搭了一张行军床，自己赤裸睡觉，可见不设防的程度。犯人起先以为达吕是法官，我们知道加缪笔下的人物默尔索、塔鲁等一概憎恨法官，对法官的恶评一直贯穿其全部作品，再加上语言不通畅，无法沟通，更谈不上思想交流。犯人反倒安心入睡，达吕一时睡不着，但从未感觉受到了威胁。睡觉时，双方已经多少产生了兄弟情。达吕每当情不自禁产生敌意、恼怒、不耐烦，便倍感笨拙，因为不知道该如何诠释客人的行为举止，甚至没想到问一问阿拉伯人的姓名。加缪借达吕的心理活动，解释说“这间卧室，现在多了一个人，不禁感到别扭。之所以别扭，是因为他要被迫接受一种博爱”。而这个阿拉伯兄弟不善表达，而且还是个犯人：“这家伙愚不可及的罪行令他怒不可遏，但把他交出去，有损体面：每想及此，倍感奇耻大辱，不由得痛斥自己的同胞给他送来这个阿拉伯人，而这家伙偏偏敢于杀人却不善于潜逃。”

第二天早上，达吕给他准备了一些口粮和一点银钱，送他一程，直到十字路口才对他说，朝东去找行政单位和警察局，而朝南则是游牧部落，可受到接待，不受殖民政治和法律管辖。结果，阿拉伯人主动选择朝东，去警察局自首，踏上了通往监狱的道路。

这个短篇小说突出显现文化冲突以及不可逾越的文明藩篱：不同文化之间的沟通是很困难的，思想一致更艰难，心心相印或情投意合更是难上加难。加缪对此深有体会，对殖民者和被殖民者之间的矛盾所造成的根深蒂固的恶果深感切肤之痛。但作者的愤怒只能模糊表达，达吕心中法兰西共和国“自由、平等、博爱”的价值观只能通过人物形象抽象又模糊地加以表现。

最后的结束语是有人在黑板上写下一句带有威胁性的话：“你交出了我们的兄弟，你得付出代价。”真可谓好心没有得到好报，命中注定的。

小说发表时正逢阿尔及利亚战争，虚构殖民者和被殖民者之间的关系是一件非常艰难的事情，也深刻反映了加缪内心的矛盾。这篇小说经受了六十七年的历史考验，无论从思想内容上还是从艺术手法上，仍是一篇优秀的作品。不妨套用苏轼的一句名言，皆天下之所谓难能而可贵者也。

五、《约拿或干活的艺术家》

《约拿或干活的艺术家》是《流放与王国》中的第五篇，用加缪的话来说，是具有法国风范的小说，至少主题涉及了法国，而其余四篇主题情节发生在法属非洲殖民地，一篇发生在葡萄牙殖民地巴西。约拿的故事不仅发生在法国，而且在大都会首都巴黎的老街区。主人公一家五口挤住在狭小的套房里，最麻烦的则是同行朋友、弟子门生、商务人员等来访者络绎不绝，每天闹到三更半夜，闹得画家约拿无法静下来创作。到头来，一心忙活儿的画家虽然总拿着画笔却什么也画不出来了。最后只好自建小阁楼，躲进艺术小天地，真可谓“躲进小楼成一统，管他冬夏与春秋”。然而艺术家一旦自我封闭，就什么也画不出来了。于是双手搁在双膝上，默默等待，结果得出结论：“我很幸福。”真的幸福吗？言不由衷吧！

1953年2月15日，加缪给皮埃尔·贝尔热写信的草稿摘录在他的《手记》中：“我工作的每个小时都在跟时间和人物发生争执，常常无补于事……但最严重的是，我不再有时间和内心空闲写我的书。我用四年写了我自由自在时用一两年就能写的东西。”加缪把个人的困苦搬到约拿这个人物身上。画家的工作室从活动的性质而言是需要有空间的，至少与作家工作室相比，更需彰显外部世界逐步侵蚀艺术家工作空间的寓意吧。

画家约拿很像加缪本人，相信自己天生是福星高照。我们可以在加缪的《手记》中找到这样的说法：“我向来看得不很清楚自己的归宿，但我始终凭着本能追随一颗不露踪影的福星。”加缪特意用《圣经》中的人物作为主人公的名字，并且开宗明义引用了《圣经》上的话：“将我抬起来、抛在海中……我知道你们遭这大风、是因我的缘故。”约拿是古以色列国的先知，他应当前往亚述帝国首都尼尼微城传天谴警告，但他违背了神的旨意，乘船逃跑，于是在大海上遇到了暴风雨，他被扔入大海，被大鱼吞下，在鱼腹中悔改。

至于题目的第二个部分《干活的艺术家》，是另一位画家接受了国家订单，以画画的约拿为模特创作的一幅作品，也是约拿绘画生涯中的一个标杆，当时的约拿处于巅峰状态：越是画得少，名气却越大。这也正好是加缪当年的自我写照，大家都等着他的作品，可就是不脱手，让出版商干着急。

加缪笔下的画家约拿与19世纪以降的大作家们（斯塔尔夫人、司汤达、巴尔扎克、左拉、龚古尔兄弟等）笔下的画家截然不同，根本没有闹得沸沸扬扬的事儿，他的理想很简单：我爱画画。根本不存在预先倾向于什么崇高的愿望，也完全没有天才画家的想入非非，他很朴实，一再重复："我要画画，必须画画。"他的理想是只顾自己画画，今天比昨天画得好，明天比今天画得更好。就像西西弗不断把巨石往山顶上推，也像《鼠疫》中的小职员格朗把每天的事儿做好就得了。

约拿，作为加缪的替身，深信艺术上恰如自然界，绝无可丢弃之物，这是一种福星效应，所以他心安理得自我欣赏，盲目得意："他自认思想贫乏，多亏有这些后学晚生，一下子变得思想丰沛起来。有时候，面对这久被埋没的内涵，一丝自豪的揣想掠过心头。'这毕竟是真实的。'他暗自在心里嘀咕，'那张远景上的脸最为突出，我不明白他们说的间接人道化是什么意思。不过，从效果上看，我的功力相当深厚了。'"但很快又把这种高超的画技推卸给他的福星，说什么"这是福星高照，而我跟露易丝和孩子们待在一起"。然而，现实是无情的，约拿虽有艺术天赋，一旦深陷世俗而不能自拔，必然失去创作灵感，只好寻求酒与色的刺激。

好在手不离笔的约拿深信"人生苦短，光阴似箭，他本人的精力是有限的。既要画出世态人情，又要与世人同舟共济，很难呐"。从另一方面说，他也确实有他的难处。他还不能抱怨，也不能解释自己种种不便之处，要不然就会有人拍着他的肩膀说："好福气的家伙！这是荣耀的代价嘛。"于是约拿吃不准了，作为艺术家享有天赋特惠，也有应尽之义务。于是约拿诚惶诚恐。

末了，约拿的名声下降了，有人攻击他，其文章十分恶毒，令人心碎，但他心想从中也可获得好处，能促使他更好工作。约拿感到他们以某种方式把他归并到失败者的行列。但他依旧健谈，依旧写信和画画，此时的约拿已近半个圣人，接近《圣经》中的约拿，总是从好的方面想别人对待自己的方式。因为，"他正着手一幅巨作，全新的作品，千真万确；一切将重新开始。交谈时，他感到自己说的是实话，他的福星高挂着呢"。实际上，约拿才能已丧尽，财力早已不逮。约拿陷入了难以言状的痛苦，正如加缪经历过的切肤之痛，他将其归纳为一句带有荒诞哲理的警句："人的钻心痛苦是，在这个世道上，人既是主宰也是奴仆。"

六、《长高的石头》

这是艰涩难懂的中短篇小说集《流放与王国》中的最后一篇，从规模上看，称得上中篇小说，压轴戏。如同其他几篇小说，情节集中在一个人物身上以及他处于极端形势下所发生的脱胎换骨的演变。达拉斯特，一名法国工程师，在巴西重新发现自身体力和对生命的热爱。瘦弱的厨子成为最受注目的人物，因为他在遇到海难溺水时默默向耶稣许愿将在迎神会上献上一块非常沉重的石头。但他整整一宿狂舞，体力不支了。当达拉斯特见他精疲力竭后把巨石甩到地上，便替他顶起石头，但改变了走向，没有去教堂，而是一直顶到厨子家。没想到，厨子特别高兴，热情接待，称兄道弟，非但没有责怪他未能实现其许愿，还一个劲儿说请坐请坐。

《长高的石头》初稿篇名为《伊瓜佩》，这是城市名，位于巴西圣保罗以南三百公里的海滨。《流放与王国》的前五篇已经让批评界困惑不堪，这篇《长高的石头》更令评论家们茫然不知所措。首先，这一篇最长；其次，是压台之作；再次，是唯一没有时空背景的创作，不在北非也不在欧洲，而在某个更遥远的国家，远在南美洲巴西的伊瓜佩；最后，加缪以某种方式提示读者这篇小说出自他 1949 年 6 月至 8 月在巴西旅游时的感受，其中有四十来处可在他的《手记》《日记》中找到对应的内容。为此，译者特意在小说中加了注释，以飨读者，以示作者的真情实感，尽可能避免文坛上常见的所谓异国情景情调或异国风光的假创作。

主要情节，原先作者有两种选择，也就是两种结局：一、伊瓜佩。城市。迎神会。男子汉，巨石，跌倒，甩下。访问者顶起巨石，但避开教堂，径直走向江边。他把石头装在一条长长的小船上，逆江而上，运往原始森林，然后自我消失。二、他把巨石搬到最贫困的茅屋里，土著人紧紧挤在一起，一声不吭，给他让出座位。沉默中，大家只听得江水滔滔不息。——这里我们最后的生存者，即是最后的幸存者们的最后生存之地。（《手记》）

小说一开头就是个典范：布局起初的背景是漆黑的夜晚，主人公的视觉无法猎奇江边如画的风景，甚至包含异国情调和趣味的词语也几乎没有，以至于限制了地理定向，读者根本不知道故事发生在美洲、亚洲、非洲或欧洲，一直到故事末尾才不经意蜻蜓点水一下，那是在巴西大森林。因此，我们可以断言，加缪一上来就在寻求小说内容的普世意义。可谓大手笔。不妨引一大段落让大家开开眼界：

“陆地整体浮现在夜色中，达拉斯特觉得一阵恶心，似乎真想唾弃这整块地域，唾弃广袤空间的忧郁，唾弃茫茫森林海蓝色的光泽，唾弃荒僻空寂的江水夜间发出的汩汩声。这片土地太过广袤，鲜血与四季在这里混合，时间在这里融化了。这里，生命依偎大地，要与这块地方融合，必须年复一年在泥泞或干裂的土地上躺下睡觉。那边，欧罗巴，充斥耻辱和愤怒。这边，却是流放或孤独，四周则是这帮萎靡颓丧的疯子，他们手舞足蹈唯求一死。”加缪的《手记》有一段话可资引证：“世界混乱，分不清楚春夏秋冬，植物草木混杂在一起，枝叶交错，很难定形；居民的血也是混杂的，混血的程度已经达到了混血儿失去了人种界限。”主人公对存在的厌恶，酷似萨特在卢森堡公园久久面对栗树丑陋的根部而产生的恶心。

《长高的石头》的特点是效果集中，时间和地点单一，所有事情都在四十八小时之内在伊瓜佩发生。小说灵感源于加缪的三段经历：加缪曾于1949年7月16日在里约热内卢附近参观过马公巴①祭祀仪式。第二次于7月24日观看了康东

① 马公巴教（Macumba），巴西某些地区流行的教派，类似安的列斯群岛有名的黑人伏都教。

布莱教仪式，在巴伊亚州。第三次在伊瓜佩旅行（8 月 5 日至 7 日），观看了仁慈的耶稣节仪式，这是属于西方基督教的节日。小说中，马公巴祭祀仪式最有异国情调，但作者并没有描写实际的场面，连具体名字都没提起，他把前两种仪式综合在一起，而后再与仁慈的耶稣节仪式混同流俗，成为富有巴西和非洲混合特色的宗教信仰祭仪。

“忏悔者们身披黑色宽袖法衣，鱼贯走出教堂……手持红色和蓝色的圣母会旗，再后面是一小分队身穿天使服的男童，那是圣母会儿童团，他们个个脸色黝黑，表情严肃。最后，由身着深色西服的社会贤达抬着一顶圣人遗骸轿，个个汗流浃背，五彩斑斓的轿子里供着慈悲耶稣像，他手持芦苇，头戴金冠，面流鲜血，摇摇晃晃从站满台阶的人群上方掠过。”“过了几秒钟就挤到了街道边缘，男女老少，不同人种，各色服饰混合在一起，成了五颜六色一大群。”围绕在厨子四周的“手持蜡烛的信徒和满脸乌云的忏悔者”。

这种混合使小说主人公、法国工程师达拉斯特的世态人情发生了意外的、冲突性的变化，起先他是个被动的观望者，被一种难以形容的不适应所折磨，然后渐渐参加到某种带有异教色彩的仪式中。一名男子在大海翻船溺水遇难时向耶稣许了愿，奇迹般活下来之后，决意履行自己的诺言。传说中的人物原型是个无名的朝圣者，背着一块六十公斤的巨石到达目的地，经受了考验，完成了愿望。加缪小说中的厨子扛的巨石在半路上滑落在地，达拉斯特接替他扛到底，但绕开了原定目的地大教堂，而改为厨子家的茅屋，从而替他本人还了愿。小说特意指明不知道达拉斯特为什么这么做。只是为了承诺？本能所为？或证明把厨子视为亲如手足？反正这个结局令人感到意外，无神论者加缪认为许愿和承诺只要真心诚意就行，结果并不重要。这完全符合加缪的荒诞哲学。这不，达拉斯特按自己的意志去行事，“心头充满躁动的幸福感，他双眼紧闭，喜悦地庆幸自己的大气力，再一次庆幸自己复苏的生命”。

运笔至此，我们不禁自问为什么加缪选择巴西作为《流放与王国》压轴故事的发生地，而不再是欧洲。如上所说，作者选择异国情调，异国特色，这样主人公就可以换位思考，以致做出在本国本地不会做的事情。《手记》中有一段：“访问者顶起巨石，但避开教堂径直走向江边。他把石头装在一条长长的小船上，逆江而上，运往原始森林，然后自我消失了。”这是纯粹的个人主义，因为厌世或其他个人问题，与石头为伍，一起在大自然中消亡。

而小说中的主人公达拉斯特却由个人主义走向集体主义，思想境界得到了飞跃提升。小说结尾肯定了兄弟博爱主义，或者说，集体主义代替了达拉斯特原先的个人主义：他有强壮体魄、魁梧的身材，使他有条件改变前进方向。从小说整体结构的角度来看，主题的双重性建立在一种对照之上，江水、雨水、潮湿、液化、轮廓模糊与石头坚硬、土地夯实之间形成了强烈的反差。但小说并不限于这种双重性，还有达拉斯特本人慢慢脱胎换骨的变化，从法国工程师，理性却很不自在，最后差不多成了异教的偶像，他的举止行为获得了榜样性的格调。作为个体，不再像巴西不确定的风景，而是面向彻底的相异性，正如主人公先前有所警觉的那样。

最后，我们做综述结论，不如把首篇《失贞的女人》和末篇《长高的石头》简要比较一下，便可抓住要义。这两篇小说布局是相抵牾的，也可以说是相反相成的。我们只需从故事发生的时间和光线做一个比较即可：首篇是黑夜，末篇是白天；首篇光亮，末篇阴暗。首篇故事从弥漫沙尘的白天开始到孤独无助的黑夜结束，但不管白天或黑夜同样令人心慌意乱。末篇开始时我们陷入了热带潮湿且黏糊的黑夜，但故事结尾是在大太阳照耀下，终于一个孤独的个体加入了充满博爱的集体："来吧，跟我们坐在一起吧！"

沈志明

2020 年初春于巴黎

Covid－19 处于居家隔离流放之中

Albert Camus
LA CHUTE/ L'EXIL ET LE ROYAUME

图书在版编目（CIP）数据

沉沦·流放与王国/（法）加缪著；沈志明译.
—上海：上海译文出版社，2022.10（2024.11 重印）
（译文经典）
ISBN 978-7-5327-8911-5

Ⅰ.①沉… Ⅱ.①加…②沈… Ⅲ.①中篇小说-小说集-法国-现代②短篇小说-小说集-法国-现代
Ⅳ.①I565.45

中国版本图书馆 CIP 数据核字（2022）第 165510 号

沉沦·流放与王国
［法］加缪 著 沈志明 译
责任编辑/黄雅琴 装帧设计/张志全工作室

上海译文出版社有限公司出版、发行
网址：www.yiwen.com.cn
201101 上海市闵行区号景路 159 弄 B 座
苏州市越洋印刷有限公司印刷

开本 787×1092 1/32 印张 10.25 插页 6 字数 169,000
2022 年 12 月第 1 版 2024 年 11 月第 3 次印刷
印数：8,001—10,000 册

ISBN 978-7-5327-8911-5
定价：62.00 元